KB163203

친구의 오빠가 수상하다
vol.2

욱수진 장편소설

동아

친구의 오빠가 수상하다 2

초판 1쇄 인쇄일 | 2020년 12월 3일
초판 1쇄 발행일 | 2020년 12월 12일

지은이 | 육수진
펴낸이 | 박성면
펴낸곳 | (주)동아

출판등록 | 제406-3960100251002007000071호
주소 | 경기도 파주시 문발로 115, 세종대학교출판부 206호
전화 | (031)8071-5201
팩스 | (031)8071-5204
E-mail | bear6370@hanmail.net

정가 | 9,000원

ISBN 979-11-6302-428-6 (04810)
        979-11-6302-426-2 (set)

친구의 오빠가 수상하다

vol.2

욱수진 장편소설

동아

목   차

Chapter 7

새봄은 도저히 일이 손에 잡히지 않아 그저 멍한 상태로 노트북 앞에 앉아 있었다. 그런 새봄을 지나가던 남기가 발견하곤 손을 뻗어 위아래로 휘저었다. 하지만 그마저도 뒤늦게 알아차릴 정도로 새봄의 정신은 딴 데 가 있었다.

"어? 감독님 언제 오셨어요?"

새봄이 영혼 없는 말투로 물었다. 남기가 장난기 가득한 표정을 지우고 걱정스레 물었다.

"무슨 생각을 그렇게 해? 혹시 석경이랑 싸웠어?"

"아뇨. 싸운 건 아닌데……."

"무슨 일 있구나?"

"그게……."

새봄은 뭔가 말을 하려다가 말고, 입을 열었다가 닫아 버리고,

그렇게 몇 번이고 반복했다. 남기는 새봄이 계속 뜸을 들이자 토라진 얼굴로 돌아섰다.

"됐어. 말하기 싫음 말아."

"감독님!"

새봄이 자리에서 벌떡 일어나 남기를 부르며 쫓아갔다. 남기는 그럴 줄 알았다며 씨익 웃으며 빙글 뒤로 돌았다.

"우리 옥상에서 커피 한잔할까?"

새봄이 고개를 끄덕였다. 남기가 기다렸다는 듯 사무실 냉장고에서 캔 커피 두 개를 들고 밖으로 나갔다.

새봄은 남기를 따라 옥상으로 향하며 아까부터 계속 반복적으로 떠올라 제 머릿속을 어지럽혔던 그의 말들을 하나씩 되짚어 봤다.

'일단 정해수부터 정리하고 와. 저녁에 다 얘기해 줄 테니까. 내가 누굴 좋아하는지.'

분명 그의 눈빛이 평소와는 아주 달랐다. 그리고 상식적으로 생각을 해 봐도 말의 흐름을 보나 분위기로 보나 그가 좋아한다는 사람은 자신인 것 같았다.

'근데 말이 안 되잖아. 오빠가 나를 왜 좋아해? 짝사랑하더니 과대망상에 빠진 건가?'

"자, 마셔. 마시면서 천천히 생각해 봐."

옥상에 도착한 남기가 캔 커피를 까서 건넸다. 새봄은 커피를 벌컥벌컥 원샷하더니 정말 미치기 일보 직전인 표정으로 남기를 쳐다봤다.

"말하기 곤란하면 안 해도 돼. 머리나 식힐 겸 올라오자고 한 거니까."

"아니에요. 말하고 싶어요. 감독님, 저 진짜 진짜 궁금한 게 있는데요."

"뭔데 뭔데?"

사실 속으론 무지하게 궁금하면서 겉으론 점잖은 척하던 남기가 그새를 못 참고 두 눈을 반짝거리며 새봄을 재촉했다.

"뭐냐니까. 뭐가 궁금한데? 나한테 다 털어놔 봐."

오두방정을 떠는 남기의 반응에 보답이라도 하듯 새봄이 술술 속내를 털어놓았다.

"상대방이 나를 좋아하는지 아닌지, 그걸 확실하게 아는 방법은 뭐가 있을까요?"

"지금은 애매하단 말이지?"

"네! 그거예요. 애매, 플러스 모호."

새봄은 자신이 길게 말하지 않아도 단번에 알아듣고 같이 해결 방법을 찾아 주려는 남기를 믿음직스럽게 바라봤다. 남기는 괜히 우쭐거리며 "가만있어 보자 그렇다면 말이지……" 하며 턱을 매만졌다.

"그럴 땐 방법이 하나 있지."

고민을 끝낸 남기가 입을 열자 새봄이 귀를 쫑긋 세웠다.

"뭔데요?"

"물어보는 거지. '너 나 좋아하니?' 이렇게 직구를 그냥 날리는 거야."

"그건 했는데."

"했어? 했다고?"

놀란 남기의 두 눈이 커다래졌다. 순딩이 새봄이가 직구를 날렸단 말이지. 이거 조만간 무슨 일 나겠네, 나겠어. 남기는 다급해졌다.

"그래서? 그랬더니? 뭐래?"

"대답을 피하더라구요. 저녁에 얘기해 준다고……."

"아오! 우석경 등신! 걔 미친 거 아니야?"

"전 석경 오빠라고 안 했는데요. 오빠 얘기 아니에요."

"새봄, 난 지금 너를 가장 아끼는 사수로서……."

"맞아요. 오빠 얘기예요……."

새봄은 결국 이실직고하고 말았다. 이렇게 털어놓으니 마음은 한결 가벼워졌지만, 아직 풀리지 않은 문제가 남아 있었다.

"오빠가 저 좋아하는 거 맞을까요? 아닌 것 같기도 하고……."

"왜 아닌 것 같은데?"

"그거야 저는 예쁘지도 않고, 직업도 없고, 돈도 없고……."

"새봄, 너 예뻐. 올해 언론 고시도 볼 거잖아. 그럼 직업은 이제 곧 생길 거고, 직업 생기면 돈도 생길 거고. 그리고 새봄, 우석경 걔는 돈이 아주 많아. 우리가 상상할 수도 없을 만큼 많아. 그리고 예쁜 여자? 예쁜 여자랑 사귈 거였으면 서채희랑 만나고 있겠지."

"네? 서채희요? 미스코리아? 월드 미스 유니버시티 대상?"

새봄이 울상을 지었다.

"연애 한번 했다면서요."

"어. 근데 따라다니는 여잔 많았지."

"서채희도 오빠를 따라다녔어요?"

"말도 마. 서채희가 우석경 미국에 있을 때부터 엄청 쫓아다 녔어. 근데도 안 넘어갔잖아. 걘 대단한 놈이야."

"그럼 저는 더더욱 안 되겠네요. 서채희라니…… 저는 이만 포기해야 할까 봐요……."

새봄이 금방이라도 땅굴을 파고 들어갈 것 같은 표정으로 어 깨를 축 늘어뜨리자, 남기가 서채희 얘기는 괜히 했다며 속으로 후회했다. 그러곤 다시 진지하게 말을 이었다.

"포기하기엔 너무 아깝지 않아? 같이 보낸 시간들이 말이야. 난 너한테 석경이가 의미 있는 사람인 것처럼, 그 녀석한테도 너 는 특별한 존재일 거라고 생각해. 아마 너도 그걸 느꼈을 거야. 그래서 혼란스러운 거고. 그 사람이 나한테 왜 이렇게까지 잘해 주는지 궁금한 거고."

새봄은 지난 몇 달간 그와 함께했던 순간들을 떠올려 봤다.

'숨길수록 더 괴로워져. 털어놔. 그래야 아무렇지도 않아지니까.'

'그리고 세상에서 제일 쉬운 게 남 탓이야. 넌 그것부터 연습 해야겠다. 평범해지려면.'

'잘 안 될 때 보호자한테 물어보고. 알았나?'

위로, 격려……. 정말 미안할 정도로 받은 것밖에 없었다. 이 런 내가 오빠를 좋아할 자격이 있는 걸까?

"새봄아 너도 힘든 성장 과정을 보낸 거 내가 알아. 근데 그

녀석도 상처가 많아. 둘 중 누구의 상처가 더 깊은지는 내가 가늠할 순 없지만, 그 녀석은 일반 사람들은 상상도 못 할 정도의 아픔을 가지고 있어."

"어떤 아픔이요?"

얘기를 꺼낼까 말까 고민하던 남기는, 자신이 말하지 않으면 석경은 평생 숨기려 할 것을 잘 알기에 어렵게 입을 열었다.

"부모님이 그 녀석 보는 앞에서 총에 맞아 돌아가셨어. 총을 쏜 사람은 그 녀석의 삼촌."

"……!"

새봄은 방금 제가 무슨 말을 들었나 귀를 의심할 정도로 놀랐다. 그러다 문득 오늘 새벽에 그와 같이 운동을 하려고 일찍부터 거실에 나와 있다가 그의 방에서 나던 소리가 떠올랐다.

악몽이라도 꾸는지 그는 끙끙 앓으며 괴로워했었다. 너무 힘들어하는 것 같아서 들어가서 깨울까 고민도 했었지만 차마 용기가 나지 않아 그러지 못했는데.

지금은 그게 너무 후회가 된다.

"그리고 그 녀석의 첫사랑 말이야. 사실 그 두 사람은 연인이라기보단 남매 같은 사이였어. 같은 날 같은 장소에서 부모님을 잃었거든. 그러니 서로를 얼마나 의지하며 살았겠어. 근데 그녀가 하루아침에 그냥 사라져 버린 거야. 그래서 나랑 수희는 그 녀석이 새로운 사람은 절대 못 만날 거라고 생각했어."

그에 대해 알면 알수록 새봄은 확신이 들었다. 자신이 생각했던 것보다 그는 훨씬 더 단단한 사람이었다.

"오빠는 진짜 어른 같아요. 그런 엄청난 상처를 안고도 하나도 티가 안 나잖아요. 나는 다 들켰는데."

상처가 생기는 족족, 아니 과거에 있던 상처까지도 그는 어떻게 알고 다 보듬어 줬다.

'그럼 얹혀사는 거 아니지. 그냥 같이 사는 거야.'

습관처럼 스스로를 깔아뭉개고 비하하는 자신을 향해 그가 말했었다. 건조한 말투였지만 꽤 포근했던 위로에 아직도 가슴이 두근거렸다.

"수희랑 나는 그 녀석이 누구랑 같이 사는 것도 믿기지 않은데, 심지어 상대가 너라고 해서 얼마나 놀랐는데. 집에선 어때? 그 녀석이 막 못살게 구는 건 아니지?"

"집에선⋯⋯."

아침에 어묵 국물 먹다가 혀 천장 다 까여서 고통스러워하던 석경이 떠오르자 새봄은 작게 미소를 지었다.

"귀여우세요."

"뭐? 걔가 귀엽다고? 야, 너 콩깍지 제대로 씌었구나."

"진짠데요. 진짜 귀여우세요. 제가 출근할 때 되면 방에서 기다렸다가 딱 나오세요. 그리고 되게 아닌 척하면서 '태워 줄까?' 이러거든요. 남한테 친절을 베풀거나 좋은 말할 때 되게 부끄러워하는데 전 그게 너무 귀여워요."

새봄이 석경의 얘기를 하며 세상을 다 가진 듯 활짝 웃었다. 그런 새봄을 보며 남기는 생각했다. 아이고, 우석경 등신. 이렇게 좋아하는 감정 못 숨기고 다 드러나는데. 이 얼굴을 분명 그 녀석도 다

봤을 텐데. 왜 모를까? 새봄이가 본인을 좋아한다는 걸.

"아무튼 새봄, 용기를 내봐. 내가 이렇게까지 얘기했는데도 못 알아듣고 피하면 너 진짜 바보다. 무슨 말인지 알지? 그럼 천천히 내려와."

남기가 새봄의 어깨를 토닥이더니 옥상을 벗어났다. 그는 비상계단을 빠른 걸음으로 내려가며 어디론가 전화를 걸었다.

"어. 수희야. 여긴 내가 불 지폈으니까 이제 네 차례야. 부채질 좀 해."

* * *

한편 옥상에 홀로 남은 새봄은 아직도 가슴이 콩닥거렸다. 남기와 대화를 하며 석경이 어떤 사람인지 더 많이 알게 됐고, 그에 대한 감정은 더욱 깊어졌다.

고백하지 않고는 견디기 힘들 만큼.

핸드폰을 만지작거리며 액정에 띄운 '보호자' 번호를 응시하던 새봄이 통화 버튼을 누르려고 하던 그때.

지이잉 지이잉.

핸드폰이 울렸다. 발신인은 정해수였다.

뒤늦게 떠올랐다. 그에게 고백하기 전에 해결해야 하는 문제가 하나 있었다는 것을.

잠시 망설이던 새봄의 눈빛이 다부지게 변했다. 곧 전화를 받은 새봄의 목소리는 그 어느 때보다도 결의에 차 있었다.

"해수 씨, 6시에 방송국 앞 카페에서 잠깐 만날 수 있어요?"

* * *

한옥으로 지어진 전통 찻집.

원래도 석경은 이곳에서 가끔 성 비서를 만나곤 했었다. 만나서 하는 일은 할아버지의 요구 사항을 조율하는 거였다. 대부분은 회사로 들어와라 마라 그런 얘기뿐이었다. 그런데 오늘 두 사람은 전혀 다른 이유로 마주 앉아 차를 마셨다.

프라이빗한 단독 룸엔 바로 옆 호숫가에 날아든 새가 지저귀는 소리만 들렸다.

먼저 말을 꺼낸 건 성 비서였다. 그는 서류 가방을 열어 두툼한 종이 뭉치를 꺼내 들었다. 그러곤 안경을 끼고선 서류를 들여다봤다.

"이름이 신새봄, 나이는 스물다섯, 한국대 언론 정보학과 4학년, 가족은 없고……."

성 비서가 그 애의 프로필을 읊어 댔다. 석경은 별로 개의치 않았다. 어차피 자신이 그 애를 계속 데리고 있는 한 언제고 알게 될 사실이었으니.

석경은 그저 느긋하게 차를 마시며 성 비서의 얘기를 듣다가 찻잔을 내려놓았다.

"전 세입자가 그 애예요? 내가 알아봐 달라고 한 건 그게 아닐 텐데."

불만이 잔뜩 들어간 어조로 석경이 말하자 성 비서가 걱정스러운 눈빛을 보냈다.

"신새봄이라는 여자애가 전 세입자 장민숙의 딸 은예지의 친구던데. 네가 왜 그 애랑 같이 살고 있는 거지?"

"아…… 전 세입자가 장민숙, 은예지의 부모. 오케이 알았고. 그거 좀 줘 봐요."

석경이 성 비서가 들고 있던 서류를 뺏어 갔다. 꽤 묵직했다.

"아저씨, 뭐 이렇게 무겁게 들고 다녀? 태블릿 하나 사 줘요?"

석경이 구시렁거리며 서류를 넘겼다. 사진도 같이 첨부되어 있는 서류들을 유심히 보던 그가 미간을 확 구겼다.

"뭡니까? 이거 최근에 찍은 거예요? 은예지가 왜 한국에 있어?"

사진으로 은예지의 얼굴을 처음 확인한 석경은 그녀가 서울의 유명 호텔에서 웬 남자와 함께 수영장 데이트를 즐기고, 명품관에서 쇼핑을 하는 모습들을 보며 어이가 없었다.

오갈 데 없는 그 애를 집에서 쫓아낸 것으로도 모자라 돈까지 갈취해 가더니.

"미친, 씨."

석경이 저도 모르게 욕을 읊조렸다. 그러곤 잔뜩 신경질적인 표정으로 서류를 넘겼다. 다음 페이지 그리고 또 다음 페이지를 연속으로 넘길수록 화는 더 치밀어 올랐다.

죄다 클럽, 술집, 호텔에서 노는 사진뿐이었다.

"하아……."

긴 한숨과 함께 서류를 덮으려던 석경의 손이 멈칫했다.

"……!"

석경이 다시 서류를 뒤로 넘겨 사진을 응시했다. 사진 속 은예지와 함께 서 있는 사람은 분명 그 애였다. 배경은 백화점. 날짜를 보니 최근이었다.

석경은 기억을 더듬어 이날이 언제인지 떠올리다가 번뜩 생각났다. 그날이었다.

그 애답지 않게 술을 많이 마시고, 알 수 없는 행동을 했던 날.

그 애가 정해수와 사귀기로 한 날.

'그럼 이때부터 다 알고 있었던 거야?'

여러 생각이 뒤엉켜 석경의 머릿속이 복잡했다.

"석경아. 그 신새봄이라는 애 말인데…….'"

"잠깐만요. 아저씨."

석경은 새봄이 왜 알고도 자신에게 아무 말도 안 하고 숨기고 있었는지 궁금했다. 당장 그 애한테 물어보지 않으면 견디기 힘들 만큼.

"저 먼저 일어날게요."

결국, 참지 못하고 석경이 자리에서 벌떡 일어났다.

"잠깐만! 아직 중요한 얘긴 시작도 안 했는데 이렇게 가면…….'"

"아저씨 부탁인데 할아버지한텐 당분간 얘기하지 마세요. 내가 할게요. 내가 직접 한다고요."

"너 혹시 그 아이 좋아하니?"

"네."

석경은 자신의 마음을 숨기지 않고 드러냈다.

"아마 지금 아저씨가 예상하는 것보다 훨씬 더 많이 내가 그 애를 좋아하고 있는 것 같아요. 그럼 갈게요. 서류 고마웠어요. 이제 그만 알아보셔도 돼요. 내가 알 건 다 알았으니까."

석경이 들고 있던 서류를 탁자 위에 던지듯 내려놓고 나가 버렸다. 성 비서는 황급히 나가는 석경의 뒷모습을 바라보다가 착잡한 심정으로 다시 서류를 들었다. 그리고 석경이 미처 다 보지 못한 서류 맨 끝장을 펼쳤다.

서류에 첨부된 사진을 응시하던 성 비서가 피곤한 듯 안경을 벗어 관자놀이를 문질렀다.

사진 속엔 솔이와 흡사하게 생긴 강아지를 안고 있는 교복을 입은 수연, 그리고 그 옆에 열 살 정도로 보이는 여자아이가 환하게 웃고 있었다.

여자아이는 분명 새봄이었다.

* * *

차에 올라타자마자 석경은 바로 새봄에게 전화를 걸었다. 평소 같았으면 지금 일하는 시간이니까 나중에 하자, 방해하지 말자며 배려했을 테지만 지금은 그런 걸 따질 상황이 아니었다.

—여보세요?

자신이 그 애한테 전화하는 일은 거의 드물다 보니 그 애가 당황한 목소리로 전화를 받는다.

—오빠, 무슨 일 있어요?

걱정하는 그 애의 목소리를 들으니 석경은 심장이 빨리 뛰어 주체할 수가 없었다. 하려던 말도 다 까먹고 말았다.

"밥 먹었나?"

아이씨. 시간이 몇 신데 밥 타령이야. 석경은 뒤늦게 차량용 시계로 지금 시간이 4시 30분인 것을 확인하곤 이를 악물었다.

―점심이요? 당연히 먹었죠. 간식도 먹었는데.

"뭐 먹었는데?"

―떡볶이요.

"잘했네. 잘 먹고 다니네."

―그거 물어보려고 전화하셨어요?

"그건 아니고, 저녁에⋯⋯."

데이트. 데이트하자고 말해.

"데, 그, 데이⋯⋯ 암튼 일찍 들어와."

젠장. 말 못 하겠다. 석경이 핸들을 꽉 움켜쥔 채 자책했다.

―당연히 일찍 들어가야죠. 오빠가 좋아하는 여자가 누군지 들으려면.

그 애의 말투에 웃음기가 잔뜩 묻어 있었다. 석경은 저도 모르게 피식 따라 웃고 말았다.

하고 싶은 말도 묻고 싶은 것도 많이 있었지만, 굳이 묻지 않아도 알 것 같았다. 이제 더는 친구의 오빠가 아닌 제 옆에 그애가 계속 남아 있었던 이유를.

"신새봄."

―네?

"저번에 했던 말 취소할게."

―무슨 말이요?

"너한테 난 친구 오빠 그 이상 이하도 아니라고, 다른 감정은 없다고 했던 말, 그거 취소한다고."

―…….

"일하는 데 방해해서 미안. 이따 집에서 보자."

저도 모르게 고백 아닌 고백을 하고 전화를 끊은 석경은 얼른 창문을 내려 선선한 바깥바람에 얼굴을 식혔다. 그의 귀가 새빨개져 있었다.

* * *

"너 어디 아프니?"

소란 피디가 불쑥 다가와 물었다. 그러곤 새봄의 상기된 얼굴을 식혀 주려는 듯 대본으로 부채질을 해 댔다.

"병원 가야 되는 거 아니야? 아까부터 얼굴이 새빨개."

"네? 아…… 괜찮아요. 아니 안 괜찮아요. 아니 좋아서 그래요."

"뭐?"

횡설수설하던 새봄이 손으로 얼굴을 가린 채 너무 좋아서 어쩔 줄 몰라 하며 발을 동동 굴렀다.

'너한테 난 친구 오빠 그 이상 이하도 아니라고, 다른 감정은 없다고, 했던 말, 그거 취소한다고.'

바보가 아닌 이상 그게 무슨 말인지 알 수 있었다.

세상에 오빠도 나와 같은 마음이라니. 이제껏 내가 불쌍해서가 아니라 나한테 관심이 있어서 나를 좋아해서 챙겨 준 거였다니. 살면서 제일 행복한 순간을 꼽자면 바로 지금일 것 같았다.

새봄은 콩닥거리는 가슴을 겨우 진정시킨 후 일을 시작했다. 퇴근 시간만을 기다리며. 그런데 그렇게 고대하고 기다리던 퇴근 무렵이었다.

"새봄 씨, 로비에 누가 찾아왔어."

FD 충식이 와서 말을 건넸다.

"다짜고짜 새봄 씨 좀 불러 달라고 하더라고. 친구라면서."

순간 새봄의 가슴이 철렁 내려앉았다. 불길한 예감이 들었다. 그리고 그 예감은 틀리지 않았다.

로비로 내려간 새봄은 삐딱한 자세로 기둥에 기대어 서 있는 예지를 발견하곤 표정이 굳어졌다. 반면 예지는 새봄을 보자 뭐가 그리 즐거운지 깔깔 웃으며 다가왔다.

"정말이네? 너 진짜 여기서 일해?"

"네가 여긴 어떻게 알고 왔어?"

"야, 섭섭하다. 나 너 찾으러 학교까지 갔어. 근데 너 취업 확인서 내고 학교 거의 안 나온다며."

"그래서? 왜 왔냐고."

"여기서 얘기해?"

"아니. 별로 듣고 싶지 않으니까 그냥 돌아가."

새봄은 더는 상대하고 싶지 않다는 표정으로 예지를 쳐다봤다.

"너 많이 변했다? 남자랑 동거하더니 눈에 뵈는 게 없어?"

새봄이 아랫입술을 꽉 깨물었다. 지나가는 사람들이 예지와 자신을 흘끔거리는 게 느껴졌다. 새봄은 예지를 끌고 밖으로 나갔다.

"이거 놔!"

주차장 쪽에서 예지가 새봄이 잡은 팔을 뿌리치며 비아냥거렸다.

"우석경이 누군가 했네. 그래서 내가 한번 찾아봤지. 너 이번엔 남자 제대로 물었더라?"

예지가 핸드폰을 내밀어 사진을 보여줬다. 새봄과 석경이 함께 집에 들어가는 사진이었다.

"이 남자 드라마 제작사 대표라며? 취직도 이 남자가 시켜 줬지?"

"……."

"맞네. 근데 너 대단하다. 저번에 백화점에서 네 남자 친구라던 사람은 배우더라? 그럼 이 제작사 대표는 스폰서 그런 거니? 잤어? 그 대가로 얻은 일자리야?"

"그딴 식으로 말하지 마. 그런 사람 아니야."

새봄이 날 선 눈빛으로 예지를 노려봤다. 예지가 기가 찬다는 얼굴로 크게 웃었다.

"너 그 배우가 아니라 대표님 좋아하는구나? 얘가 얘가 또 순진하게 이용당하고 있는 줄도 모르고. 새봄아. 남자는 아무 이유 없이 돈과 시간을 쓰지 않아. 그 남잔 그냥 너랑 한번 자 보려고 수작 부리는 거라고. 안 되겠다. 내가 널 지켜 줘야겠어. 내가 아는 기자님이 있거든."

예지가 핸드폰을 터치해 어디론가 전화를 하려고 하자 새봄이 지친 얼굴로 말했다.

"원하는 게 뭐야?"

예지가 언제 그랬냐는 듯 핸드폰을 내려놓고 씨익 웃었다.

"알면서 왜 물어?"

"이번엔 얼마 주면 되는데?"

"야, 누가 들으면 내가 맨날 네 돈 뜯어가는 양아친 줄 알겠다? 난 받아야 할 돈을 받을 뿐이야. 너 우리 엄마 돈으로 좋은 학교 입학했고 좋은 집에서 편히 지내며 학교 다녔잖아."

아니다. 자신이 받은 돈보다 예지가 가져간 돈이 훨씬 많았다. 그래서 새봄은 늘 궁핍했다. 이제는 정말 넌덜머리가 난다.

"너 도대체 나한테 왜 이러는 거야? 저번에 우리 다신 안 보기로 한 거 아니었어?"

"그랬지. 그랬는데 네가 이렇게 잘 지내는 거 보니까 생각이 바뀌었어."

예지가 방송국 로고가 걸린 화려한 건물과 새봄을 번갈아 가며 보더니, 눈을 치켜떴다.

"네가 나보다 잘되는 게 싫어. 네 주제에 잘난 남자 만나서 좋은 직장 다니는 거 꼴 보기 싫다고."

"……."

"일주일 줄게. 그 남자랑 같이 사는 집에서도 나오고 방송국도 그만둬."

"뭐?"

새봄은 어이없는 웃음을 흘렸다.

"지금 웃을 때가 아닐 텐데? 나 그 남자 흠집 낼 거야. 그러기 참 좋은 직업을 가졌더라? 제작사 대표가 채용 대가로 대학생 성폭행……."

"야, 은예지!"

"이 바닥은 가십만으로도 회사 문 닫게 할 수 있다며? 그거 내가 한번 해 볼까 하는데."

예지가 새봄의 어깨를 확 잡아끌더니 귓속말로 속삭였다.

"일주일이다. 일주일 안에 다 정리하고 연락해."

예지가 비릿한 웃음을 흘리며 새봄을 밀치고 주차장을 벗어났다. 주먹을 움켜쥔 새봄의 손이 부들부들 떨렸다. 두 눈을 꽉 감은 새봄은 망연자실했다.

어쩐지 서두르고 싶었다. 행복할수록 더 조급하고 마음이 불안했던 이유는, 제 인생엔 늘 불행이 맹렬히 뒤쫓아 오고 있음을 알고 있었기 때문이다.

* * *

정문을 벗어난 예지가 택시를 잡아 올라타려는데 누군가 확 그녀의 팔목을 잡아끌었다. 예지가 화들짝 놀라 뒤를 돌았다.

"어? 당신은……."

해수가 예지에게 눈인사를 건네곤 택시를 먼저 보냈다.

"신새봄 남자 친구?"

"네. 맞아요. 안녕하세요. 아까 보니까 주차장에서 새봄 씨랑 심각한 얘기를 하는 것 같던데."

"근데요?"

적대적인 태도를 보이는 예지를 향해 해수가 의미심장한 미소를 지으며 말했다.

"우리 잠깐 얘기 좀 할래요?"

* * *

수희는 해가 질 무렵 자신의 집필실을 급습한 석경을 확 신고해 버릴까? 진짜 진지하게 고민했다.

"왜 남의 책상을 뒤지고 난리야. 이 도둑놈아!"

그동안 자신이 집필한 대본이 꽂혀 있는 책장과 서랍을 뒤지고 있는 석경을 향해 수희는 참았던 화를 터뜨렸다.

"정신 사납다고! 그냥 말을 해. 뭐 찾는데?"

"'마이 마더' 대본 없어?"

석경이 서랍을 닫으며 숙였던 허리를 펴고 물었다. 그는 지금 굉장히 다급해 보였다. 수희는 무슨 큰일이라도 났나 싶어 얼른 대답했다.

"그 대본은 왜? 그건 나도 딱 한 권만 갖고 있는데."

"나한테 팔아."

"미쳤나? 한 권밖에 없다니까."

"진짜 한 권이야?"

"7회만 특별히 두 권. 왜?"

"그럼 7회 팔아."

"내가 얼마에 판다고 할 줄 알고?"

"얼마에 팔 수 있는데?"

"음…… 1억?"

안 판다는 의미의 액수였다. 하지만 석경이 바로 핸드폰을 꺼내는 순간 수희는 잊고 잊었던 사실이 떠올랐다.

아, 얘 재벌이었지.

"계좌로 보낼게."

석경이 은행 어플에 접속하자 수희가 농담이었다며 얼른 그를 만류했다.

"야야, 알았어. 줄게. 주면 되잖아. 대신 왜 그러는지 얘기해 줘."

"일단 줘 봐."

수희가 넌덜머리가 난다는 듯 고개를 저으며 침실로 뛰어 들어갔다. 곧 그녀는 7회 대본을 애지중지 품에 안고 거실로 나왔다. 표지엔 그녀의 본명 '김숙희'가 인쇄되어 있었다.

그동안 많은 히트작을 냈지만, 수희가 가장 좋아하고 아끼는 작품은 〈마이 마더〉였다. 글이 잘 안 풀릴 때마다 이 대본을 정독할 정도로 애착이 많이 가는 작품이었다. 근데 이걸 달라니. 수희는 선뜻 대본을 넘기기가 어려웠다.

"자."

그녀가 어렵게 대본을 내밀었다. 하지만 손에서 쉽게 떨어지지 않았다. 대본을 꽉 잡고 놓지 않는 수희를 마뜩잖게 보던 석경이 하는 수 없이 살짝 힘을 줘 대본을 뺏어갔다.

쩝, 입맛을 다시던 수희는 이제 당당히 자신의 권리를 행사했다.

"자, 이제 말해. 내 대본은 왜?"

"여기 사인."

어떻게든 이 녀석 입에서 그 이유를 들어야 했던 수희는 얌전히 그가 시키는 대로 대본 위에 사인을 했다.

"혹시 그거니? 김수희 작가의 애장품 경매. 뭐 그런 거? 그거 맞지?"

"그런 거 아니고."

"그럼? 뭔데?"

수희에게서 받은 대본을 미리 챙겨온 쇼핑백에 고이 넣으며 석경이 대답했다.

"새봄이 줄 거야."

"뭐?"

"그 애가 가장 좋아하는 드라마가 '마이 마더'라고 했던 게 생각나서."

그 애는 이 드라마를 보며 먼저 세상을 떠난 어머니의 삶을 이해할 수 있게 됐다고 했다. 그리고 삶을 포기하고 싶었던 그 순간에도 이 드라마 덕분에 엄마를 떠올리게 됐고, 그래서 다시 살아갈 힘이 얻었다고 어렵게 속내를 털어놨었다.

'김수희 작가님 작품엔 따뜻하고 좋은 어른들이 많이 나오잖아요. 저는요, 좋은 어른들을 작가님 드라마를 통해서만 만났었는데. 처음이에요. 좋은 어른을 이렇게 현실에서 만난 거. 오빠를 만난 후부턴 제 주변에 좋은 사람들만 생겨나요.'

그렇게 말하며 밝게 웃던 그 애의 모습이 떠오르자 석경은 애잔한 마음이 들었다.

반면 수희는 지금 석경의 모습이 매우 낯설었다.

"세상에…… 너 우석경 맞니? 그러니까 내 대본 주면서 뭐 고백이라도 하려고?"

"이걸론 좀 부족한가? 또 뭐 있나? 고백할 때 뭘 주면 돼?"

"부조오옥? 이걸로 부족? 야! 그 대본이 어떤 대본인데. 이리 내놔. 다시 달라고."

"농담이야. 이걸로 충분하겠다. 간다."

대본을 뺏으려고 무섭게 달려드는 수희를 피해 석경은 쇼핑백을 냉큼 챙겨 안고 뒤를 돌았다. 그런데 하필 서랍장 위에 놓인 액자를 정면에서 마주하고 말았다. 사진 속 환하게 웃고 있는 수연과 눈이 마주친 석경의 표정이 경직되었다.

"10년이면 너도 할 만큼 했어. 먼저 도망친 건 수연이잖아."

수희가 진지한 목소리로 그를 위로했다.

석경은 애써 고개를 돌려 사진에서 시선을 뗐다. 그리고 수희를 향해 물었다.

"진짜 그렇게 생각해? 나 할 만큼 한 거야?"

"근데 이왕 여기까지 온 거 마무리는 제대로 했으면 좋겠어."

수희가 친구로서 따끔하게 충고했다.

"수연이한테 전화 왔었다며."

"어. 당장 와 달라고 하더라. 근데 안 간다고 했어."

"왜?"

"그거야 그 애……."

그 애를 혼자 둘 수 없어서, 라고 대답하려던 석경은 말끝을 흐리며 자신에게 물었다.

정말 그 이유 때문일까?

석경이 대답을 미루자 수희가 작게 한숨을 내쉬었다.

"지금 네 표정 보니까 나 좀 생각이 바뀌었어."

"……."

"난 네가 빨리 새로운 사람을 만나서 행복했으면 좋겠다는 쪽이었는데, 넌 아직 준비가 안 됐네. 이 상태론 새봄이랑 시작하면 안 될 것 같아 석경아."

"어째서?"

"이건 그냥 노파심에 하는 말인데, 일단 수연이 만나. 그리고 어떤 이유에서 널 떠났는지 얘길 들어. 그게 너랑 새봄이를 위해서도 좋을 것 같아."

"내가 수연이를 만나면 흔들릴 거라고 생각해?"

"흔들리지 않을 보장은 없다고 생각해."

수희가 명확한 눈빛으로 대답했다.

"너도 알잖아. 수연이가 아무 이유 없이 그랬을 리가 없다는 걸. 그 이유 중에 네가 적지 않게 포함되어 있으리란 걸."

쇼핑백을 들고 있는 석경의 손에 힘이 들어갔다.

"수연이한테 전화해 봐. 그리고 물어봐. 그래도 흔들리지 않으면 시작하라고. 난 그렇게 생각해."

"그래 충고 고맙다. 간다."

아직 할 말이 더 많이 남은 듯한 수희를 버려두고 석경은 서둘러 집필실을 나왔다.

주차장으로 향한 그는 차에 올라타려다 말고 문을 잡고 바깥에 잠시 서 있었다.

석경이 한참 동안 생각에 잠겨 있다가, 핸드폰을 꺼내 통화 목록을 살폈다. 아래로 아래로 내려 겨우 수연의 번호를 찾았다. 하지만 선뜻 통화 버튼을 누를 수가 없었다. 그 순간 깨달았다. 자신이 지금 두려워하고 있다는 걸.

대체 난 뭐가 두려운 걸까? 정말 수희 말대로 그녀에게 다시 흔들릴까 봐?

여러 차례 자신에게 물었지만 끝내 정답을 찾지 못한 채 석경은 차에 올라탔다. 그냥 지금 당장 마음이 끌리는 곳으로 향하기로 했다.

그의 차는 회사가 아닌 집으로 향하고 있었다.

* * *

[새봄 씨, 오늘 못 만날 것 같아요. 집에 급한 일이 생겨서요. 미안해요. 다음에 연락할게요.]

해수가 보낸 문자를 뒤늦게 확인한 새봄은 카페로 향하려던 걸음을 멈춰야만 했다. 버스를 타고 집으로 갈까 하다가 생각도 정리할 겸 걷는 쪽을 택했다. 하지만 아무리 걸어도 정리는커녕 더욱 복잡해지기만 했다.

'지금 웃을 때가 아닐 텐데? 나 그 남자 흠집 낼 거야. 그러기 참 좋은 직업을 가졌더라? 제작사 대표가 채용 대가로 대학생 성폭행……'

예지의 말이 머릿속을 떠나지 않았다.

새봄은 골목 어귀에서 서성거렸다. 도저히 집에 갈 수가 없었다. 이 상태로 집에 어떻게 들어간단 말인가.

어떤 얼굴로 오빠를 봐야 할지도, 무슨 말을 하면 좋을지도, 이 일을 내 선에서 해결할 수 있는지도 아무것도 모르겠다. 결국, 내가 오빠한테 민폐를 끼치고 말겠구나. 내가 괜히 이 집으로 오는 바람에 오빠 인생도 망가지겠구나, 다 나 때문이야.

차라리 남을 미워하라며 절대 자책하지 말라던 그의 말을 떠올리면서도 막상 상황이 닥치니 그게 쉽지 않았다.

예지는 한다면 하는 애였다. 특히 자신을 괴롭히는 일엔 수단과 방법을 가리지 않았다. 학창 시절엔 새봄의 교우 관계를 망치기 일쑤였다. 새봄이 친하게 지내는 친구들을 괴롭히고 따돌리고 심지어 추문에 휘말리게 해서 자퇴를 하게 만들기도 했다.

'너 때문이야. 하필 너 같은 친구를 둬서 내 인생이 망가졌어.'

친구들은 떠나며 항상 새봄을 원망했다. 그 뒤로 새봄은 친구를 만들지 않았다. 자신과 가까이 지내면 불행해지니까. 그렇게 견뎠다. 나만 참으면 된다고 생각하고 버텼다.

그런데 지금은 후회가 된다. 참고 버텼던 지난날이 이렇게 되돌아올 줄은 몰랐다. 진작 예지의 잘못된 행동들을 바로잡았어야 했는데. 진짜 친구였다면 그랬어야 했는데. 자신이 비겁했다. 그러니 이 또한 다 제 탓이다.

힘없이 골목을 올라간 새봄은 집을 올려다봤다.

'잘 안 될 땐 보호자한테 물어보고. 알았나?'

뜻대로 되지 않을 땐 물어보라고 하던 그의 목소리가 귓가에 맴돌았다. 그냥 그런 말을 제게 해준 사람이 있다는 사실만으로도 큰 위안이 됐다.

그래. 그걸로 됐어. 이번에도 그냥 나만 조용히 사라지면, 그러면 아무도 다치지 않아. 그래 나만 참으면……

나만…….

왜 나만 참아야 하는데!

"왜……."

이를 악물고 버티던 새봄이 왈칵 눈물이 쏟아지려고 하자 고개를 푹 숙여 버렸다.

"너 뭐 하나?"

익숙한 목소리에 새봄이 놀라 고개를 번쩍 들었다가 서둘러 눈물을 훔쳤다. 하지만 이미 새봄의 젖은 눈동자를 본 석경이 당황한 얼굴로 물었다.

"너 왜 울어? 소란 피디가 괴롭혔어?"

"아뇨. 안 울었는데요. 피곤해서 하품했더니. 그래서……."

새봄이 손등으로 눈물을 벅벅 닦고 애써 밝은 척 웃었다.

"들어와."

석경은 뭔가 말을 하려다가 말고 안으로 먼저 들어갔다. 그 뒤를 새봄이 따라갔다. 엘리베이터에 탄 석경은 문에 비친 새봄의 상태를 살폈다.

하품은 무슨. 울었으면서. 이거 분명 무슨 일이 있는 게 분명한데. 뭘까? 혹시…….

"아, 맞다. 너 정해수는 정리했지?"

"오늘 만나기로 했는데 못 만나서……."

석경이 고개를 확 돌려 새봄을 황당하게 쳐다봤다. 화를 내려다가 꾹 참았다. 아직 새봄의 눈동자에 물기가 남아 있었기 때문이다.

그래. 괜히 질투심에 눈이 멀어 후회할 짓 하지 말자. 석경은 그렇게 다짐하고, 마침 멈춰 선 엘리베이터에서 내려 집으로 들어갔다.

그런데 그 결심은, 뒤쫓아 거실로 들어오던 그 애가 핸드폰이 울리는데도 받지 않고 서둘러 주머니에 넣으며 무시하는 걸 본 순간. 와장창 깨지고 말았다.

"왜 안 받아? 정해수 전화야?"

"아닌데요."

"그럼 누군데?"

"스, 스팸이요. 모르는 번호."

"그래? 그럼 내가 진짜 혹시나 해서 물어보는데. 아까 정해수 때문에 운 건 아니지?"

"아니라니까요. 저 해수 씨한테 아무 감정도 없어요."

"그럼 왜 울었어?"

"그게……."

주머니에선 계속 진동이 울렸다. 예지였다. 새봄은 난처한 기색을 숨기려 두 눈을 지그시 내리깔고 대답을 머뭇거리고 있었는데.

"정해수가 아니면 은예지 때문인가?"

새봄이 크게 놀라며 고개를 들었다. 그러곤 흔들리는 눈빛으로 석경을 바라봤다. 놀란 새봄과 달리 석경은 대수롭지 않다는 표정으로 말을 이었다.

"방송국에 누가 찾아와서 나갔었다며. 그 뒤로 안색도 안 좋고 우울해 보였다던데? 최 감독이."

석경은 아까 골목에서 새봄을 만나기 바로 전, 업무 관련으로 남기에게 전화를 걸었다가 그 사실을 알게 되었다. 오늘 정해수를 만나 정리한다고 했던 터라 당연히 새봄이 정해수를 만났을 거라고 생각했는데 그게 아니라면 누군지 뻔했다. 낮에 성 비서 아저씨가 건넨 자료만 대충 봐도 그동안 은예지가 새봄을 얼마나 괴롭혔을지 충분히 상상이 갔다.

이제는 그만해야겠다. 그런 저급한 여자의 오빠 행세 따위.

"나 은예지 오빠 아니야. 너도 알고 있었지?"

석경을 의아한 눈으로 쳐다보던 새봄은 그저 고개를 끄덕였다.

"그럼 내가 그동안 널 속인 이유도 알겠네?"

"그건 모르겠는데요."

"몰라?"

어떻게 그걸 모를 수가 있냐는 얼굴로 석경이 되물었다.

"진짜 모른다고? 난 네가 왜 내가 예지 오빠가 아니라는 걸 알면서도 나한테 한마디 따지지도 못하고 가만히 있었는지 알 것 같은데."

"……."

"나도 너랑 같은 이유야."

우리의 동거를 정당화할 수 있는 아주 하찮은 이유라도 붙잡고 싶었을 뿐.

"내가 은예지 오빠가 아니라고 하면, 네가 이 집에서 나가 버린다고 할까 봐 그동안 말 못 했어."

"그럼 지금은 왜 얘기하는 거예요?"

"널 붙잡을 수 있는 진짜 이유가 생겼으니까. 예를 들면 내가 널 좋아한다든가."

당황해하는 새봄의 얼굴에서 시선을 떼지 않은 채 석경은 은근히 제 맘을 드러냈다. 겉은 태연해 보였지만 실은 속도를 조절하느라 굉장히 애를 쓰는 중이었다.

"네가 이 집에 온 이후부터 내 삶이 꽤 즐거워졌거든."

새봄은 어딘가 한 대 맞은 듯한 얼굴로 석경을 바라봤다. 집으로 오는 길 내내 자신의 존재가 누군가를 늘 곤경에 빠트리고 있다는 생각 때문에 괴로웠는데.

그가 또 저를 위로하고 마음을 어루만져 준다.

새봄은 울컥하는 마음을 겨우 삼켜 내고 말을 꺼내려 했지만, 자꾸만 목소리가 떨려왔다.

"나 때문에 오빠가 곤란해질 수도 있어요……."

"상관없어. 네가 없어서 곤란해지는 것보단 낫겠지."

항상 막무가내더니 지금도 그는 미간을 찌푸리며 "너만 날 곤란하게 만들지 않으면 돼"라고 말했다. 방금 제게 좋아한다고 고백한 사람이 맞나 싶을 정도로 무뚝뚝한 말투였다.

정말 한결같은 사람이다. 근데 그게 왜 이렇게 안심이 되는 걸까? 누군가 저를 모함하고 우리 둘 사이를 방해해도 그는 언제나 제 편이 되어 줄 것만 같았다.

"오빠 진짜…… 으흑."

"……!"

석경이 당황해하며 새봄을 쳐다봤다.

"너 또 왜 울어?"

그 애가 갑자기 울음을 터뜨린 것이다. 그 애의 커다란 눈에서 눈물이 왈칵 쏟아졌다.

"왜 우냐니까."

"좋아해요!"

"……!"

아까보다 더 당황해하며 석경이 동공 지진을 일으켰다.

"좋아한다구요! 내가 진짜 많이 오빠 좋아해요, 좋아해!"

"야. 그런 말은 웃으면서 해야지. 왜 울면서 해? 나 좋아하는 게 이렇게 울 일이야?"

석경은 비실비실 새어 나오는 웃음을 억지로 참아가며, 조심스레 손을 뻗어 새봄의 눈물을 닦아주었다.

"나 한 번만 안아 주면 안 돼요?"

"하여튼 조급해. 내가 뭐든 천천히 하랬지."

말투는 절대 안아 주지 않을 것처럼 굴더니 석경이 양팔을 쫙 벌렸다. 먼저 안아 보면 안 되냐고 물은 주제에 갑자기 용기가 없어졌는지 새봄이 머뭇거리고 있자, 석경이 새봄의 팔을 잡아끌어 꽉 안아 주었다.

새봄은 제 등을 토닥여 주기까지 하는 그의 손길이 느껴지자 가슴이 뜨거워졌다.

제 인생에 불행이 맹렬히 뒤쫓아 온다고 해도 전혀 두렵지 않을 만큼 넓고 포근한 석경의 품에서 훌쩍이던 새봄은 점차 안정을 되찾아 갔다.

* * *

씻고 거실로 나온 새봄의 두 눈이 팅팅 부어 있었다. 그게 괜히 부끄러워 쭈뼛거리며 나와 눈으로 석경을 찾고 있었는데.

"이게 무슨 냄새지?"

아주 맛있는 냄새가 났다. 아는 냄새였다. 새봄은 킁킁거리며 냄새의 근원지를 찾아 두리번거리다가 테라스에서 고기를 굽고 있는 석경을 발견했다.

"이게 다 뭐예요?"

밖으로 나가며 새봄이 물었다. 석경이 턱 끝으로 의자를 가리켰다.

"앉아."

얼떨결에 의자에 앉은 새봄은 테이블 위 전기 그릴에서 맛있게 익어 가는 고기를 보곤 저도 모르게 침을 꼴깍 삼켰다.

"너 삼겹살 좋아한다며."

"그걸 기억해요?"

"당연한 거 아니야? 무슨 음식 좋아하냐고 물어보니까 바로 대답했잖아."

"그 뒤에 오빠가 한 얘기는 기억 안 나죠?"

"내가 뭐랬는데?"

"다음에 나 버릴 때 삼겹살 먹이고 버린다고. 이거 혹시……."

"쓸데없는 소리 하지 말고 빨리 먹기나 해. 탄다."

괜히 무안해서 할 말이 없어진 석경은 다 구워진 고기를 새봄의 앞접시에 올려놨다.

"잘 먹겠습니다!"

새봄이 얼른 젓가락으로 고기를 집어 입에 넣었다. 그러자 표정이 순식간에 환해졌다. 참 고기 구울 맛 난다, 속으로 생각하며 석경이 열심히 고기를 뒤집었다.

"진짜 맛있어요. 맛있다. 근데 그건 없어요?"

"뭐?"

"소……."

"야."

"농담이에요."

"이제 농담할 정신이 있나 보네?"

"아깐 갑자기 울어서 미안해요."

석경은 새봄의 부은 눈을 흘끔 보다가 넌지시 물었다.

"은예지가 방송국 찾아와서 돈 뺏어갔나?"

"제가 돈이 어딨어요. 그게 아니라, 사실은…… 예지가 내가 오빠랑 같이 사는 거 알아 버렸어요."

시무룩한 얼굴로 새봄이 예지와 있었던 일들을 털어놓았다. 제 마음은 한결 가벼워졌지만, 그로 인해 석경의 근심이 늘었을까 봐 걱정되는 마음에 미안한 기색으로 그를 바라봤는데.

"그래서?"

그는 너무도 아무렇지 않다는 듯 고기를 구우며 대꾸했다.

"내 집에서 내가 누굴 데리고 있든 말든 걔가 무슨 상관인데?"

"아는 기자한테 폭로하겠대요."

"하라 그래. 내가 무슨 연예인도 아니고 그런 게 기삿거리가 되나?"

"오빠가 저 취업시켜줬잖아요. 그거 채용 비리라고……."

"증거 있대?"

"사실 맞긴 하잖아요. 제가 오빠한테 부탁해서 이 작품 합류할 수 있게 된 거니까."

"아닌데?"

"네?"

"나 아니었어도 너 이 작품 합류했다고. 남기가 꾸린 스태프

명단에 너 있었어. 그건 내가 관여한 거 아니야. 그리고 설사 내가 널 작품에 꽂아 줬다고 해도 문제가 안 돼. 왜? 난 너한테 받은 게 없거든. 내가 취업시켜 주는 대신 뭐 너한테 돈을 내라 그랬냐. 같이 자자고 했냐."

잔다고? 자? 그거? 새봄의 눈동자가 바삐 움직였다. 마치 부모님과 TV를 보다 야한 장면이 나왔을 때 소녀의 반응처럼, 그 애의 얼굴이 발그레해졌다. 갑자기 공기가 무거워짐을 느낀 석경은 헛기침을 하며 자리에서 일어났다.

"긴장 풀어. 안 잡아먹어."

"제, 제가 뭘요?"

"잡아먹는다 그럼?"

"저는 상관없는데요? 오빠가 저한테 무슨 짓을 해도 상관없어요."

"얘가 또 사람 미치게 만드네. 그런 말 함부로 하는 거 아니야. 소주는 없고 와인 있는데 마실래?"

"진짜 상관없는데……."

"뭐래."

그가 안으로 휙 들어가 버렸다.

"뭐지? 나 지금 거절당한 거야?"

새봄은 두 번이나 상관없다고 말했는데 그가 들은 척도 안 하고 가 버린 게 은근 기분이 나빴다. 혹시 내가 여자로 안 보이나? 그다지 성적인 매력이 없는 걸까? 여전히 동생 친구 같고 그런 건가?

나는 아닌데…….

안기고 싶고, 키스하고 싶고, 그 이상 무슨 짓을 해도 오빠랑 하면 다 좋을 것 같은데…….

"넌 딱 한 잔만 마셔."

무슨 일인지 한참이 지난 후에야 와인과 잔을 들고 온 석경이 자리에 앉아 새봄의 잔에 와인을 따라 줬다.

"오빠는 저랑 안 자고 싶어요?"

진심으로 궁금한 얼굴로 새봄이 물었다. 석경은 하마터면 와인을 뿜을 뻔했다. 그의 얼굴이 붉으락푸르락했다.

"너 지금 네가 무슨 말을 내뱉는지 모르는 거지?"

"아는데요?"

"야. 서두르지 말라니까."

"준비가 안 되셨구나."

"뭔 준비? 난 항상 준비되어 있거든? 지금도 나가서 빼고 왔다고 너 때문에."

"……."

석경은 그 애가 다시 순진한 눈으로 저를 보자 미치고 팔짝 뛸 노릇이었다.

"너 왜 또 지금은 못 알아들은 척해? 무슨 말인지 몰라? 다시 얘기해 줘?"

그가 정욕에 젖은 눈빛으로 말했다.

"나 아까 섰다고."

"딸꾹. 끅. 끅."

"이거 봐. 감당도 못 할 거. 물 마셔 물."

석경이 물을 건넸다. 그 애는 딸꾹질 때문에 말도 제대로 못 할 정도로 끅끅 괴로워하고 있었다. 새봄이 물을 마시며 딸꾹질을 멈추기 위해 노력하는 사이 석경은 구시렁거렸다.

"너 진짜 내가, 내가 진짜 아껴 주고 있는 거야. 그것도 모르고 말이야. 어디서 자고 싶네 마네 그러고 있어. 하아……."

석경이 답답하다는 듯 한숨을 크게 내쉬며 와인을 들이켰다.

* * *

딸꾹질이 멈추지 않아 결국 화장실까지 뛰어오게 된 새봄은 찬물로 세수를 하고 고개를 들었다. 그러곤 거울 속 자신을 가만히 들여다보며 히죽 웃었다.

"끅. 끅."

계속되는 딸꾹질에도 개의치 않고 새봄은 실실거렸다.

"날 아껴 주고 있다고?"

그가 했던 말을 떠올리자 두 뺨이 발그레해졌다.

새봄은 그렇게 설레는 맘을 안고 화장실을 나왔다. 그러다 문득, 고기 먹는데 정신이 팔려 두고 온 핸드폰이 생각나 방으로 갔다. 핸드폰을 확인하니 문자가 한 통 도착해 있었다. 발신인은 모르는 번호였지만 내용을 보니 누군지 알 것 같았다.

예지였다.

[신새봄, 아까 방송국 앞에서 했던 말은 취소할게. 전화 안 받아서 문자로 남긴다. 앞으론 네 앞에 다신 나타나지도 않을 거야. 그럼 잘 지내라.]

예지가 보낸 문자가 맞나 싶을 정도로 친절했다. 누가 대신 써 주기라도 한 것처럼. 새봄은 의아해하며 문자가 전송된 번호로 전화를 걸었다. 확실히 하고 싶었다. 정말 아까 했던 협박을 철회하는 게 맞는지.

—너 뭐야! 왜 전화했어? 내 문자 못 봤어? 너랑 두 번 다신 엮이고 싶지 않다고. 그러니까 오늘 이후로 나한테 절대 연락하지 마. 제발 부탁이다. 그리고 너도 조심해. 그 남자 완전 미친 사이코야. 악마라고!

예지가 겁에 질린 목소리로 자기 할 말만 하고 전화를 황급히 끊어 버렸다.

'이게 어떻게 된 일이지?'

새봄은 어리둥절한 눈으로 거실로 나와 테라스 쪽을 바라봤다.

"악마?"

다리를 꼬고 앉은 그가 여유롭게 와인을 마시고 있었다. 테라스로 나간 새봄은 자리에 앉으며 석경을 의문스럽게 쳐다봤다.

"오빠 혹시 오늘 예지 만났어요?"

"은예지? 내가 걜 왜 만나?"

정말 아닌 건지, 아닌 척하는 건지 표정만 봐선 알 수 없었다. 새봄은 여전히 의구심을 품은 채 물었다.

"근데 제가 예지 만난 건 어떻게 알았어요? 난 오빠한테 예지 외국에 있다고 했던 것 같은데."

"……."

석경은 차마 비서를 시켜 뒷조사했다고 말할 수가 없었다. 그저 와인을 마시며 대답을 미룰 수밖에.

한편 새봄은 그가 미적지근한 태도로 확실한 대답을 하지 않자 확신했다. 방금 전화로 예지가 말한 악마는 아무래도 이 남자인 것 같다고. 그는 종종 다른 사람들에게 무자비하니까.

새봄은 그가 저번 날 변태를 주택 옥상에서 떨어뜨리려고 한 사건과 또 그 변태를 패서 경찰서까지 갔다 온 것을 떠올리곤 더더욱 걱정이 되었다.

혹시 예지도 그렇게 한 건 아닐까? 그랬다간 사모님이 가만히 있지 않을 텐데.

"오빠."

"안 만났다니까."

"저는요. 나 때문에 괜히 오빠가 예지랑 엮이지 않았으면 좋 겠어요."

"왜? 내가 무슨 짓이라도 할까 봐?"

"이미 한 건 아니고요?"

"했으면 뭐 어쩔 건데? 신경 쓰지 마. 내가 알아서 할 테니까. 근데 대체 넌 그런 애랑 어떻게 친구가 된 거야?"

석경은 정말 궁금했다. 새봄이 은예지한테 왜 그렇게 당하고 만 사는지.

"사모님이 먼저 저한테 연락을 주셨어요. 엄마 돌아가시고 굉장히 힘들 때 그때 찾아오셔서 절 데려갔어요. 그 집으로."

"사모님? 아…… 그 은예지 엄마 장민숙?"

"사모님 성함도 알아요? 혹시 뒷조사하셨어요? 그러다 큰일 나요. 사모님 남편분이 시의원에 문화시에서 모르는 사람이 없을 정도로 부자라구요."

새봄이 걱정 어린 눈빛으로 석경을 타일렀다. 그러자 석경은 짐짓 당황한 표정을 지으며 겸연쩍어했다.

"너 지금 나 걱정해 주는 거야? 와, 살면서 또 누가 이렇게까지 내 걱정해 주는 건 처음이네."

석경이 피식 웃었다.

"지금 웃으실 때가 아닌데……."

철없이 웃는 석경을 보는 새봄의 마음은 굉장히 심란했다. 그가 괜히 저 때문에 예지를 건드린 건 아닌지, 그 사실을 사모님이 알기라도 하는 날엔…… 정말 상상만으로도 끔찍했다.

"오빠, 진짜 조심해야 돼요. 사모님 되게 무서운 분이라구요."

"무서워 봤자. 우리 할아버지가 더 무서울걸?"

"아…… 오빠네 할아버지가 무서우시구나. 그럼 부모님은 ……."

자연스럽게 부모님 얘기를 꺼내려던 새봄은 뒤늦게 말실수를 깨닫곤 서둘러 입을 닫아 버렸다. 그런데 그게 더 티가 났다. 새봄이 경직된 얼굴로 석경을 흘끔 쳐다봤다.

"남기가 말했나 보네."

"뭐, 뭘요? 감독님 저한테 아무 말씀도 안 했는데요."

"근데 말은 왜 더듬지? 남기가 우리 부모님 얘기 안 했어?"

"죄송해요. 했어요."

"죄송은 무슨. 남기 이 새끼 입을 아주 그냥."

석경이 일부러 더 아무렇지 않은 척 너스레를 떨자 새봄은 그게 더 미안하게 느껴졌다.

"감독님 얘기 듣고 오빠 앞에선 부모님 얘기 절대 안 해야지 생각하고 있었는데, 저도 모르게 그만."

"괜찮아. 넌 그래도 괜찮다고."

석경이 피식 웃으며 말했다.

"그럼 남기가 그 얘기도 했나?"

"무슨 얘기요?"

"나 돈 엄청 많은 거. 장민숙보다 많은 건 확실해. 그러니까 쫄지 말라고."

그는 정말 무서울 게 전혀 없는 사람처럼 굴었다. 새봄은 그의 그런 여유로움이 참 부러웠다. 하긴 나라도 내가 세계적으로 유명한 OTT 서비스 '트리'의 대표였다면 저렇게 자신감 넘칠 수 있겠지.

생각해 보니 정말 대단한 사람이 내 앞에 있네. 그 성공은 거저 얻은 게 아니었을 텐데. 새봄은 문득 궁금해졌다. 이 사람의 20대는 어땠을까?

"오빠, 전부터 궁금했는데 미국에서 어떻게 하면 성공할 수 있어요?"

"왜? 너도 성공하고 싶어?"

새봄이 격하게 고개를 끄덕였다. 그 눈빛이 꽤 진지해서 석경이 웃음을 터뜨렸다.

"왜 웃어요? 난 성공 못 할 것 같아요?"

새봄이 실망한 기색으로 묻자 석경이 정말 미치겠다는 듯 겨우 웃음을 참고 말했다.

"평범하게 사는 게 꿈이라며. 근데 갑자기 웬 성공? 너 진짜 성공하고 싶어?"

"네. 제가 생각해 봤는데요. 목표는 높이 잡아야 그 중간이라도 가는 것 같아요. 그래서 제가 이 모양이었던 것 같아요. 평범한 게 목표니까 항상 평범의 반의반 푼어치도 못 이룬 거죠."

"너 취했냐? 갑자기 웬 자기 비하? 너 내가 그런 식으로 너 자신을 깎지 말라고 아침에도 말했던 것 같은데? 넌 성공하긴 글렀어."

"왜요?"

"싫다는 소리도 못 하고, 소란 피디 빵 셔틀이나 하고, 뭔 협박 같지도 않은 거에 질질 짜기나 하고."

석경은 맨날 밖에서 당하고 다니는 새봄 때문에 내심 속상했던 마음을 드러냈다.

"근데 왜……."

"근데 뭐? 뭐."

머뭇거리는 새봄을 향해 석경은 얼른 말하라며 재촉했다. 그러자 새봄이 두 눈을 동그랗게 뜨고 물었다.

"근데 내가 왜 좋아요? 빵 셔틀이나 하고 질질 짜는 내가 왜 좋은데요?"

"너 그런 걸 되게 부끄러워하지도 않고 막 물어본다?"

"궁금하니까요. 정말 궁금하단 말이에요. 말이 안 되잖아요. 전 예쁘지도 않고 돈도 없고 직업도 없고, 좋아할 만한 구석이 하나도 없는데……."

"없긴 왜 없어. 너도 남들보다 특출난 거 하나 있잖아."

"뭔데요?"

"많이 먹는 거. 빨리 먹는 거."

"놀리는 거죠?"

"아니. 나 진지한데?"

석경은 진심을 담은 눈빛으로 새봄을 응시했다. 그러곤 그날 아침을 떠올렸다.

전날 옥탑에서 험한 꼴을 당하고도 그 애는 다음 날 밥 한 공기를 뚝딱했다. 심지어 엄청 맛있게 먹었다. 얼마나 배가 고팠으면, 그게 안쓰럽기도 하고 태어나 처음으로 누군가에게 도움을 주고 싶다는 생각이 들었다.

"네가 왜 좋냐면……."

석경이 팔짱을 낀 채 고뇌에 찬 표정으로 생각에 잠겨 있다가 말을 이었다.

"너랑 같이 있으면 내가 꽤 괜찮은 어른이 된 것 같아. 우리 부모님이 항상 내게 말했거든. 네가 누군가에게 진심으로 선의를 베풀 수 있을 때 그때 진정한 어른이 되는 거라고."

"……."

"사실 그동안은 나 살기 바빴어. 누굴 진심으로 도와주고 싶다는 생각 따위 가져 본 적도 없었고. 근데 널 만나고부턴 자꾸만 내 마음이 물렁해져."

"물렁? 홍시처럼 물렁할 때 그 물렁이요?"

"너 진짜 혼난다?"

지금은 전혀 안 물렁해 보이는 석경의 삐딱한 시선을 피하며 새봄은 입을 꾹 다물었다.

"아무튼 나 원래 그렇게 착한 놈 아니거든? 그러니까 지금이라도 진지하게 다시 생각해 봐. 아직 도망갈 기회가 남아 있다는 거야. 마지막으로 기회 줄게."

"어디로 도망가면 되는데요?"

새봄이 자리에서 벌떡 일어나자 석경이 화들짝 놀라며 얼른 새봄의 팔을 잡았다.

"야, 진짜 가려고?"

"화장실이요."

"어른 놀리냐?"

더 놀렸다간 엄청 딱딱해질 것 같은 석경의 반응에 새봄이 얼른 자리에 앉았다.

"농담이에요. 그럼 우리……."

"우리 뭐?"

"사귀는…… 거예요?"

"그건 양다리지."

"왜요?"

새봄이 불만스레 쳐다보자 석경이 미간을 확 구겼다.

"애 진짜 양심도 없네. 너 지금 정해수랑 사귀고 있잖아. 헤어지자고 했어?"

"할 건데요."

"하아……. 내가 진짜 말을 안 해서 그렇지. 너 핸드폰 줘봐."

새봄이 순순히 핸드폰을 건네며 물었다.

"핸드폰은 왜요?"

"정해수한테 문자로 하자. 헤어지자고."

"잠깐만요!"

새봄이 얼른 손을 뻗어 핸드폰을 도로 뺏으려고 하자, 석경이 살짝 피하며 째려봤다.

"왜? 양다리 계속하게?"

"그건 아니고요. 오늘 해수 씨 집에 일이 있대요. 무슨 일인지는 모르겠지만, 갑자기 약속까지 취소할 정도면 좋은 일은 아닌 것 같은데. 그런 사람한테 괜히 헤어지자고 하기가 좀……."

석경이 복장 터져 죽을 것 같은 얼굴로 따져 물었다.

"넌 그걸 믿어? 다 핑계지. 걔 이미 네가 헤어지자고 할 거 다 알고 미리 선수 친 거라고."

"에이. 그런 사람은 아닌 것 같은데……."

"넌 정해수를 몰라. 그 새끼 양아치라고. 어울려서 좋을 거 하나 없어. 내가 문자 보낸다?"

석경이 막무가내로 밀어붙였다. 이렇게까지 하지 않으면 새봄이 정해수에게 계속 끌려다닐 것을 알기 때문이었다. 서둘러 문자를 작성한 석경은 새봄에게 문자 내용을 보여 줬다. 그가 내민 핸드폰 문자창을 새봄이 유심히 쳐다봤다.

[헤어지자. 앞으로 만나도 아는 척하지 마.]

그가 이렇게 보내도 되겠냐며 눈빛으로 묻자 새봄이 고개를 좌우로 흔들었다. 석경의 미간이 구겨졌다.

"보내지 말라고?"

"보내도 되는데요. 살짝 수정 좀 할게요."

새봄은 석경이 들고 있는 핸드폰을 뺏어 문자를 수정한 후 다시 핸드폰 넘겼다.

"그걸로 보내 주세요."

대체 뭐라고 고쳤길래. 아무튼 이상하게 고쳤기만 해 봐. 석경이 잔뜩 벼르며 문자를 확인했는데.

[해수 씨를 알기 전부터 좋아하는 사람이 있었어요. 미안해요. 우리 헤어져요. 좋은 사람 만나세요.]

문자를 본 석경은 자꾸만 입꼬리가 올라가는 걸 억지로 내렸다.

"다 좋은데 '미안해요'는 왜 붙이냐?"

"내가 잘못한 건 맞잖아요. 다른 사람 좋아하면서 해수 씨가 사귀자는 거 받아 준 거니까."

"아, 그래? 정해수 만나기 전부터 좋아했구나?"

"몰랐네" 하고 중얼거리며 석경이 억지로 웃음을 참았다.

"그럼 이렇게 보낸다?"

새봄은 에라 모르겠다 고개를 끄덕였다. 석경은 그와 동시에 문자를 전송했다. 이렇게 쉬운데 그동안 왜 그렇게 답답하게 군 건지 새봄이 이해가 되지 않았다.

"너 진짜 정해수한테 아무 감정 없었어?"

"있었어요."

"이거 봐. 내가 이럴 줄 알았……."

"요즘 정해수 씨를 보면 진짜 뭘 해도 다 잘 안 되잖아요. 그 모습이 나를 보는 것 같았어요. 저도 오빠 만나기 전엔 그랬거든요. 내 뜻대로 되는 게 하나도 없었어요."

얜 또 뭐가 이렇게 진지해? 석경은 괜히 민망한 마음에 하릴 없이 새봄의 핸드폰을 이리저리 살펴보며 건성으로 대답했다.

"너랑 정해수는 달라. 넌 어떻게든 노력해서 해낼 사람이고, 정해수는 반칙하다 뒤로 고꾸라질 놈이야."

"무슨 그런 악담을 해요? 정해수 씨가 오빠한테 무슨 잘못이 라도 했어요? 왜 이렇게 싫어해요? 알려줘요. 둘이 뭐 있었죠?"

"안 알려 줘. 너랑 그 새끼 얘기하기 싫어. 끝."

입을 꾹 다문 석경이 들고 있던 새봄의 핸드폰을 테이블 위에 내려놓았다. 그런데 그때.

지이잉 지이잉.

핸드폰이 불안하게 몸을 떨며 진동했다. 먼저 액정을 확인한 사람은 석경이었다.

"……!"

액정에 뜬 발신 번호를 확인한 석경의 표정이 굳어졌다. 그를 보지 못한 새봄은 핸드폰 액정에 뜬 '국제 전화입니다' 문구를 보더니 고개를 갸웃했다.

"또 이 번호네?"

새봄이 자주 있었던 일인 듯 습관처럼 버튼을 터치해 통화를 거절했다. 그 모습을 본 석경이 심각한 얼굴로 물었다.

"이 번호로 전화 온 게 처음이 아니야?"

"네. 제가 전에 말한 적 있을 거예요. 예지한테 전화가 왔는데 받지 않았다고. 기억나죠?"

"어. 기억나. 그래서 그 뒤로도 계속 전화가 왔는데 안 받은 거야?"

"아뇨. 예지가 맞나 확인하려고 콜 백을 했었는데, 안 받더라구요. 아무래도 스팸 전화인 것 같아요. 예지는 한국에 있고, 외국에서 저한테 전화할 사람은 없거든요. 오빠 혹시 아는 번호예요?"

"어? 아니. 왜?"

"표정이 안 좋아 보여서요."

석경은 전혀 아무렇지도 않다는 듯 어깨를 으쓱이더니 와인을 마셨다. 하지만 그늘진 얼굴은 숨길 수가 없었다. 그를 흘끔 보던 새봄은 핸드폰만 만지작거렸다.

"그 번호로 또 전화 오면 받지 마. 정해수 전화도 마찬가지야. 알았지?"

새봄은 고개를 끄덕였다. 그러곤 멀리 한강을 응시하는 석경의 쓸쓸한 옆얼굴을 보며 어딘지 불안한 마음이 들었다. 하지만 그건 그저 자신의 오래된 나쁜 습관일 뿐이라고 치부하며, 애써 불안한 감정을 묻어 두려 노력했다.

* * *

도저히 잠을 잘 수가 없었다.

결국, 상체를 일으킨 석경은 스탠드를 켜고 생각에 잠겼다.

'수연이가 왜 그 애한테 전화한 걸까?'

그 애 사진을 수연이가 지니고 있었던 걸로 봐선 아는 사이임은 확실했다. 그 애도 수연이를 아는지는 모르겠지만, 몰랐으면 좋겠다. 되도록 그 애와 자신 사이에 그 어떤 작은 걸림돌도 없었으면 좋겠다.

만약 그런 게 있다면, 내가 다 치워 줘야지. 그 애가 내게 편히 올 수 있도록.

생각과 동시에 침대에서 내려온 석경은 핸드폰을 손에 쥐었다. 그러곤 통화 목록에서 수연의 해외 번호를 찾아 통화 버튼을 눌렀다. 망설임 따위 없었다.

곧 전화는 연결되었고, 스피커 너머로 수연이 "여보세요" 하는 목소리가 들렸다.

"네가 신새봄을 어떻게 알아?"

석경은 바로 용건부터 말했다.

"그 애랑 무슨 사이냐고."

―그건 내가 묻고 싶은 말이야. 네가 새봄이를 어떻게 알아?

가느다랗게 떨리는 수연의 숨소리가 스피커 너머로 전해졌다. 하지만 이제 더 이상 그녀의 목소리를 들어도 제 마음엔 아주 조금의 파동도 없었다.

지금 중요한 건 그녀가 알고 있는 그 애에 대한 정보뿐이었다.

―혹시…… 다 안 거야?

"내가 뭘 알아야 되는데?"

―아직 모르는구나. 석경아…… 나 네 얼굴 보면서 다 털어 놓을 수 있게 해 줘. 마지막 부탁이야.

잠시 생각에 잠겨 있던 석경이 결심한 듯 굳게 다물었던 입을 열었다.

"그래. 만나자."

Chapter 8

요란한 가을 장맛비가 쏟아졌다. 벌써 사흘째였다.

비 때문에 현장답사 일정도 다 취소가 되고, 새봄은 연일 재택근무 중이었다. 느긋한 새봄과 달리 그는 요즘 들어 부쩍 바빠져서 얼굴을 보기 힘들 정도였다. 아까 출근하기 전에 물어보니 다음 주에 있을 해외 출장 때문에 계속 바쁠 예정이라고 했다.

덕분에 새봄은 오늘도 혼자 아침을 먹고 있었다. 그런데.

삑삑삑삑.

그가 출근한 지 10분쯤 지났을까? 도어 록 소리와 함께 문이 열리고 석경이 들어왔다. 새봄이 밥을 먹다 말고 거실로 달려갔다.

"어? 왜 다시 왔어요?"

"이거."

석경이 쇼핑백 하나를 불쑥 내밀었다.

"너 주려고 산 건데 요즘 계속 바빠서 깜빡했어."

"이게 뭔데요?"

새봄이 쇼핑백 안을 들여다봤다. 가방이었다.

"어? 저 가방 있는데……."

"알아. 밑창 다 뜯어진 가방 있는 거. 어깨끈도 너덜너덜하고."

새봄은 괜히 민망해져서 웃음을 흘렸다.

"아무튼 고마워요. 잘 쓸게요. 이것도 제가 내일 월급 타면 갚을게요."

"내가 저번에도 말했지만 너 월급 얼만지는 아는 거지? 월급 타면 다 나 주게 생겼어."

"저 이번에 월급 2개월 치 나와요. 그리고 리딩 때 하루 먼저 나온 것도 야간 수당까지 쳐서 받기로 했으니까 꽤 많을걸요?"

"그래서? 그 월급 다 나 준다고?"

"네! 다 줄게요. 다!"

"됐고. 정 그러면 밥이나 사."

"나랑 밥 먹을 시간 있어요?"

새봄의 두 눈이 커다래졌다. 석경이 짐짓 놀란 얼굴을 하더니 대답했다.

"당연하지. 너 뭐 먹고 싶은 거 있어?"

"오빠 뭐 먹고 싶은데요? 제가 다 사 줄게요."

"내가 뭘 먹는다고 할 줄 알고?"

"뭐든. 뭐든 다요. 우리 그리고 내일 그거 해요."

"흠흠. 뭐? 뭘 해?"

"데이트요."

"아…….."

"싫어요?"

"아니. 좋지."

아주 짧은 순간이었지만 엄청난 것들을 상상했던 석경은 멋쩍어서 괜히 눈썹을 매만졌다. 그러곤 티끌 하나 없이 밝게 웃는 그 애의 얼굴을 보며 아주 잠깐이었지만 음란한 생각을 했던 것을 반성했다.

새봄은 벌써 내일은 어떤 옷을 입어야 하는지 고민되기 시작했다. 마땅한 옷이 없으니 소란 피디님한테 빌려야 하나? 아니야. 피디님 스타일은 나랑 어울리지 않아.

"무슨 생각을 그렇게 해?"

"네? 뭐라고요?"

"내일 출근하냐고."

새봄이 뒤늦게 대답했다.

"네! 그럼 퇴근하고 데이트하는 거예요?"

자꾸만 데이트 데이트, 하며 재잘대는 새봄이 귀여웠던 석경이 저도 모르게 웃음을 터뜨리고 말았다.

"왜 웃어요?"

"너 데이트 한 번도 안 해 봤나?"

"……."

"그래. 미안하다. 괜한 걸 물었네."

"오빠 많이 해 보셨나 봐요?"

"내일 너 하고 싶은 거 다 하자. 말만 해. 내가 다 데려가 줄 게."

석경이 자연스레 말을 돌렸다. 그러자 밉지 않게 눈을 흘기던 새봄은 가고 싶은 곳이 떠올랐는지 표정을 풀고 배시시 웃었다.

"하고 싶은 게 하나 있긴 해요."

"뭔데?"

"한강에서 유람선 타는 거요."

"아…… 그래? 유람선……."

새봄은 유람선을 탈 생각에 들떠 석경의 뜨뜻미지근한 반응을 보지 못했다. 그도 그럴 것이 새봄은 어릴 적 기억을 떠올리고 있었다.

무슨 이유인지는 모르겠지만 엄마와 서울을 왔었는데, 그때 유람선을 탔었다. 어린 나이에 어찌나 신나고 재밌던지. 다음에 커서 서울에 가게 되면 꼭 다시 한번 타 봐야지 소원했었는데. 막상 서울살이를 시작하니 그런 사치를 부릴 여유가 전혀 없었다.

비록 엄마는 제 옆에 없지만, 엄마와 함께 탔던 유람선을 현재 자신이 좋아하는 사람과 타게 된다면 정말 행복할 것 같았다. 그 생각만으로도 가슴이 너무 벅찰 정도로 설레었다.

"어렸을 때 엄마랑은 낮에 타 봤거든요. 근데 이번엔 저녁에 타 보고 싶어요. 배 위에서 불꽃놀이도 하고 그런다던데. 진짜예요?"

"어?"

"오빠도 안 타 봤어요?"

"난 배를 별로 안 좋아해서."

“왜요? 멀미해요?”

“어. 그런 것 같아.”

“아…….”

새봄이 말끝을 흐렸다. 석경의 표정이 미묘하게 굳어져 있었기 때문이다.

“미안한데 유람선은 다음에 타고 저녁이나 먹자.”

“네. 그것도 좋아요.”

새봄은 애써 웃으며 석경의 표정을 살폈다. 그는 유독 유람선, 이라는 단어를 말할 때 묘하게 얼굴이 일그러졌다.

단어를 말하는 것조차 괴로운 건가? 대체 멀미가 얼마나 심하길래 저러지? 말만 들어도 멀미하는 듯한 표정이었다. 새봄은 괜히 유람선 얘기를 꺼낸 게 무척이나 미안해졌다.

“맞다. 너 정해수한텐 연락 없지?”

그가 여전히 딱딱해진 표정으로 물었다. 새봄은 그를 안심시키려 일부러 더 밝게 웃었다.

“네. 그 뒤로 아무 연락 없었어요.”

“연락 오면 그냥 무시해. 알았지?”

“그럼요. 그렇게 할게요. 근데 오빠 괜찮아요? 안색이 안 좋은데…….”

“괜찮아. 그럼 나 출근한다.”

석경이 서둘러 거실을 벗어났다. 곧 그가 현관을 나가고 문이 닫히자 새봄은 고개를 갸웃했다. 처음 보는 그의 약한 모습에 새봄은 마음이 싱숭생숭했다.

* * *

    지하 주차장으로 내려온 석경의 안색이 창백했다.

    차에 올라탄 그는 마른세수를 하며 정신을 차리려 애썼다. 하지만 머릿속에선 자꾸 그날의 악몽이 되풀이되었다.

    '조카님, 생일 축하한다. 생일 선물로 너한테 선택할 권리를 주마. 엄마와 아빠 둘 중 누구부터 죽여 줄까?'

    약에 취해 벌게진 눈, 역한 냄새, 머리에 닿은 둔탁한 쇠의 느낌.

    '셋 셀 동안 대답 안 하면 너부터 죽일 거야.'

    그날 죽었어야 하는 건 나였다.

    내가 죽었어야 했다.

    '하나.'

    나 때문에.

    '둘.'

    내가 죽인 거야. 내가 부모님을······.

    '셋.'

    탕! 석경이 두 눈을 질끈 감고 귀를 막았다.

    정신을 차리려 무던히도 노력해 봤지만, 총성 그리고 사람들의 비명과 폭죽 터지는 소리가 엉망으로 뒤섞여 고막이 터질 것처럼 울렸다.

    삐— 하고 울리는 이명을 견디지 못하고 석경이 핸들 위에 힘없이 엎어졌다.

    "오빠!"

어디선가 그 애의 목소리가 아스라이 들려왔다.

석경이 겨우 눈을 뜨고 고개를 돌렸다. 흐릿한 시야로 창문을 두드리는 그 애의 모습이 보였다.

철컥. 그 애가 문을 열고 조수석에 올라타더니 무언가를 내민다.

"멀미약이에요. 혹시 몰라서 가져왔는데…… 오빠?"

석경이 정신을 못 차리고 멍하게 쳐다보자, 새봄은 금방이라도 울 것 같은 얼굴로 그를 보더니 꽉 안아 주었다.

무슨 일이냐고, 왜 그러냐고 한마디 묻지도 않고 새봄은 그저 석경을 품에 안고서 등을 어루만져 주었다.

"오빠, 괜찮아질 거예요. 내가 옆에 있잖아요……."

* * *

"……!"

석경의 두 눈이 번쩍 떠졌다.

상체를 일으켜 앉은 그는 제일 먼저 이곳이 어디인지 주변을 살폈다. 다행히도 이곳은 자신의 방, 침대 위였다.

어떻게 된 일인지 생각에 잠겨 있던 석경은 파편적으로 떠올려지는 기억 속에서 새봄을 발견했다. 차 안에서 괴로워하고 있는 자신을 그 애는 꽉 안아 주었다. 그리고 그 뒤로 무슨 정신으로 집까지 왔는지는 잘 기억이 나지 않았다.

아, 하나 기억났다. 저를 부축해서 집에 오느라 그 애가 굉장히 힘들어하며 낑낑거렸다는 사실.

새봄에게 잔뜩 미안해진 석경은 머리카락을 쓸어 넘기며 침대에서 내려왔다. 그러곤 거실로 나갔는데.

안 그래도 미안해 죽겠는데 그 애가 소파에서 몸을 움츠린 채 잠들어 있었다. 제가 언제 깨어나나 기다리다가 잠이 든 모양이다. 그런 새봄을 석경이 가만히 서서 내려다보고 있었는데, 어느 순간 새근새근 그 애의 숨소리가 크게 들리기 시작했다.

"미치겠네."

새봄의 가슴이 들숨 날숨에 따라 작게 들썩이는 모양을 보던 그는 황급히 시선을 돌렸다. 쿵쿵, 심장이 미친 듯이 뛰기 시작했다. 방금까지 정신 못 차리고 쓰러져 누워 있던 주제에 지금은 힘이 넘쳐 난다.

요즘 들어 왜 자꾸 애만 보면 사춘기 소년처럼 그 생각만 드는지 모르겠다. 할 일이 태산인데. 심지어 오늘 무단결근까지 해서 빨리 회사에 연락을 줘야 하는데, 제가 여기 왜 이러고 서서 이 애 얼굴만 들여다보고 있는 건지 모를 일이었다.

"후우……."

석경이 크게 심호흡을 했다.

그 소리가 어찌나 컸던지 자던 새봄이 뒤척이며 스르륵 눈을 떴다.

"어? 오빠 괜찮아요?"

새봄이 벌떡 일어나 그의 안색을 살폈다.

"어떡해. 안 괜찮은 것 같아요. 얼굴이 빨개요. 병원 가야 하는 거 아니에요?"

"아니야. 괜찮아. 너만 좀 나랑 떨어지면 될 것 같아."

"네? 아…… 알겠어요. 그럼 저는 들어갈게요."

떨어지라는 석경의 말에 새봄이 상처받은 얼굴로 그를 지나쳐 방으로 들어가고 있었는데.

"잠깐."

석경이 새봄을 돌려세웠다. 그러곤 허리를 낮춰 새봄을 바라봤다.

"왜요?"

태연한 척 물었지만 이렇게 가까이에서 그와 눈을 맞춘 건 처음 있는 일이라 새봄의 얼굴이 금세 붉게 달아올랐다. 부끄러워서 더는 견딜 수 없었던 새봄은 먼저 그의 시선을 피하려고 했지만, 석경이 더 빨랐다.

석경은 새봄의 턱을 잡고 조금의 망설임도 없이 그녀의 입술로 향했다. 입술에 짧게 입을 맞춘 후 얼굴을 떼어 냈다.

"키스해도 돼?"

"이미 한 거 아니에요?"

"응. 아니야."

고민하던 새봄이 작게 고개를 끄덕이려는 순간. 이미 그의 입술이 새봄의 입술에 닿아 있었다. 깊게 맞붙은 입술을 빨아올리며 석경은 새봄을 소파 위에 눕혔다.

제 셔츠를 꽉 잡은 새봄의 작은 손을 어루만지며 석경은 키스를 멈추지 않았다. 그리고 천천히 그녀의 입술 안으로 혀를 밀어 넣었다. 아직은 이성이 남아 있었다. 그는 속도를 조절하며 부드럽게 입 안을 헤집었다.

혀가 얽히고, 타액이 섞이고, 질척한 소리가 거실을 가득 메웠다.

"숨 쉬어도 돼."

다정한 말투에 새봄이 살며시 두 눈을 뜨고 그를 올려다봤다. 석경은 제 말에 따라 그 애가 어깨를 들썩이며 숨을 쉬는 모습이 너무 귀여워 정말 미쳐 버릴 것만 같았다.

"새봄아."

"하아. 네? 하아……."

"키스 다음으로 넘어가도 돼?"

그의 눈빛이 정욕으로 번들거렸다.

새봄의 시선이 조심스럽게 그의 하체로 향했다. 앞섶이 팽팽해져 있었다. 키스 다음으로 넘어가면 무슨 일이 일어날지 모르지 않았다. 경험은 없지만 그게 무엇을 뜻하는지는 충분히 알고 있었다. 새봄의 호흡도 점점 가빠지기 시작했다.

당장 그에게 안기고 싶었지만, 이 와중에 한 가지 궁금한 게 있었다.

"대신 다음으로 넘어간 후에 아까 왜 아팠는지 말해 줄 수 있어요?"

"그건 당장이라도 말해 줄 수 있어."

"다음으로 안 가도?"

"안 가도."

"갈래요. 다음으로."

그가 제게 모든 걸 다 얘기해 줄 수 있다는 말에 새봄은 세상을 다 얻은 듯 기뻤다. 그래서 용기를 내 손을 뻗어 석경의 단추를 풀었다.

석경은 셔츠 자락에 닿은 새봄의 떨리는 손길을 느끼곤 그녀의 이마에 키스를 했다. 그 애의 마음을 달래주기 위한 입맞춤이었는데. 그게 도화선이 되어 버렸다. 약간 풀어진 그 애의 눈동자를 마주한 순간 석경의 하체가 묵직해졌다.

"여긴 좁을 것 같은데. 침대로 갈까?"

"어디든 좋아요."

"나도 네가 좋아."

부끄러워하며 발그레해진 새봄의 얼굴을 보자 석경은 더는 참을 수 없었다. 그는 마치 오랜 시간 먹이에 굶주렸던 맹수처럼 새봄의 하얗고 가녀린 목을 입술로 빨아 댔다.

"아흣."

새봄의 입에서 절로 신음이 새어 나왔다. 아까의 부드러웠던 키스와는 차원이 달랐다. 급기야 석경은 새봄을 번쩍 안아 들었다.

두 뺨이 한껏 달아오른 새봄을 안고 석경은 침실로 향하며 가쁜 숨을 몰아쉬고 있었는데.

딩동. 딩동.

쾅쾅. 쾅쾅쾅.

초인종 소리와 함께 밖에서 누군가 현관을 두드리는 소리가 났다.

말도 안 돼. 대체 이 시간에 누가? 무슨 일로?

석경이 황당한 얼굴로 인터폰을 쳐다봤다. 화면 속 가득 들어온 얼굴은 바로.

"김 팀장이 왜?"

"회사 사람이에요? 어떡해요. 저 숨을까요?"

놀란 얼굴로 석경의 품에서 내려온 새봄이 후다닥 방으로 도망쳤다. 그 모습을 환장할 것 같은 눈으로 바라보던 석경은 이를 악물었다. 그러곤 인터폰 속 김 팀장을 노려보며 풀어헤쳐진 단추를 다시 잠글 수밖에 없었다.

* * *

"무슨 일 생긴 줄 알고 얼마나 걱정했다구요. 그러게 왜 무단결근을 하세요."

결국, 김 팀장의 방문으로 강제 출근하게 된 석경은 운전하는 김 팀장을 노려봤다.

김 팀장은 오른쪽 뺨이 타들어 갈 것 같은 느낌에 옆을 흘끔 쳐다봤다. 무단결근한 사람치곤 대표님의 혈색이 참 좋아 보였다. 저 살벌한 눈빛이야 이제 익숙하고.

"근데 진짜 너무하세요. 집 구경 좀 시켜 주시지. 차도 한 잔 안 주시고."

그가 출근 준비를 마칠 때까지 밖에서 기다려야 했던 김 팀장은 서운한 기색을 내비쳤다. 하지만 석경은 김 팀장 따위 안중에도 없었다. 그저 새봄에게 문자를 보내느라 아주 바빴다.

[급하게 나오느라 인사도 못 했네. 나 출근한다.]

[퇴근하고 보자. 밥 잘 챙겨 먹고.]

[이제 안 숨어 있어도 돼. 편하게 있어.]

[아, 퇴근하고 아까 하던 거 마저 해도 돼?]

석경은 급한 마음에 연달아서 톡을 네 개씩이나 보냈다. 하지만 새봄의 답장은 심플했다. 부끄러워하는 복숭아 이모티콘.

"하."

고작 이모티콘 하나에 석경이 웃음을 터뜨렸다.

"아이고 깜짝이야. 갑자기 왜 웃으세요?"

김 팀장이 화들짝 놀랐다. 그와 알고 지낸 지 꽤 됐건만 저렇게 실없이 웃는 건 처음이었다. 진짜 어디 아픈가?

"병원으로 갈까요?"

"됐거든? 근데 넌 우리 집은 어떻게 알았냐?"

"경영지원팀 송 과장한테 물어봤죠. 대표님 연락도 안 되고 무슨 일 난 거 같으니 주소 좀 달라고."

"송 과장 안 되겠네. 내가 그렇게 신신당부를 했건만, 왜 남의 개인 정보를 멋대로…… 아이씨."

"왜 욕을 하세요? 우리가 남입니까. 근데 이렇게 멀쩡하시면서 회사는 왜 말도 없이 안 나오신 거예요? 오늘 할 일이 얼마나 많은데요."

김 팀장이 잔소리를 늘어놓았지만, 석경은 지금 이런 거 저런 거 다 들리지도 않고 보이지도 않았다. 그저 아까 그 애와 하다가 만……

"하아……."

한숨이 절로 나왔다. 갑자기 왜 이렇게 허기가 지고 마음이 허한 건지 모를 일이었다.

* * *

"소란, 주말에 엠티 준비는 잘하고 있는 거지?"

남기가 소란에게 물었고, 소란은 새봄을 쳐다봤다. 하지만 새봄은 어제 소파 위에서 그와 벌인 야한 행위들이 떠올라 정신이 없었다.

제 몸에 닿았던 그의 부드럽고 촉촉한 입술. 욕정으로 물든 눈빛. 늘 침착하고 어른스럽던 그가 "키스해도 돼?" "다음으로 넘어가도 돼?"라며 저에게 매달리듯이 묻는 말투가 너무 좋았다.

"새봄아?"

입까지 벌린 채 헤벌쭉 웃고 있는 새봄을 남기가 재차 불렀다.

"신새봄!"

"네?"

새봄이 뒤늦게 대답했다.

"아, 죄송합니다."

"무슨 생각을 그렇게 해? 쉬는 동안 무슨 일 있었어?"

"아뇨. 아무 일도 없었는데요! 근데 절 왜 부르셨어요?"

"너 정신 안 차릴래?"

소란이 팔꿈치로 새봄의 옆구리를 툭 하고 건드리며 째려봤다.

새봄이 멋쩍게 웃으며 사과했다.

"죄송합니다."

소란이 한 번만 봐준다는 눈빛으로 말을 이었다.

"엠티 갈 숙소는 다 예약했지?"

"네. 카페에도 공지했습니다."

"그럼 그거는?"

"아. 사전 답사 말씀이시죠? 그것도 사전에 공문 보내서 협조 구해 놨습니다."

"근데 거기 모터사이클 해도 되는 산이래?"

"네. 제가 알아보니까 모터사이클 경주를 위한 산악 코스가 따로 있더라구요. 주말엔 동호회 사람들도 많이 오고 하니까 아마 감독님께서도 직접 경주하는 것도 볼 수 있으실 거예요. 그리고 작가님도 취재 루트 원하시는 것 같아서 동호회분 중 한 분 섭외해 놨습니다."

"선배, 들었죠?"

소란이 엠티 진행 사항을 새봄의 입을 통해 남기에게 들려주곤 씨익 웃었다. 남기는 기가 찼다. 어떻게 본인이 해야 할 일을 저렇게 뻔뻔하게 새봄이한테 다 시켜 놓고 웃을 수가 있는 건지. 제 후배지만 정말 부끄러웠다. 그걸 이해해 달라는 듯 남기가 눈빛을 보내자 새봄이 괜찮다며 웃어 보였다.

남기는 이제 아예 엠티 관련해선 새봄에게 직접 물었다.

"그럼 산악 코스는 초보도 탈 수 있나? 박보윤이 한번 타 보고 싶다고 해서."

"초보 코스는 따로 없다고 들었어요. 초보자가 타기에는 좀 위험할 것 같아요."

"박보윤이 완전 초보는 아니래. 산악은 경험 없지만 원래 바이크 탔었대. 괜찮겠지? 우 대표가 같이 타면서 가르쳐 주면 되니까."

우 대표? 새봄의 두 눈이 번쩍 떠졌다. 그리고 그 어느 때보다도 더 빨리 심지어 소란 피디보다 더 빨리 질문을 했다.

"대표님도 모터사이클 탈 줄 아세요?"

"어. 대학 때 대회 나가서 우승도 했었어. 걔 못하는 운동 없어. 다 잘해 다."

"우와. 어쩐지 몸이 되게 좋더라구요. 저는 그런 복근 실제로 처음 봤……."

새봄이 입을 틀어막았다. 어제 소파에서 봤던 복근이 꽤 인상적이었나 보다. 조심성 없이 저도 모르게 그만…….

새봄은 제발 이대로 그냥 넘어가 주기를, 아무도 못 들었기를 바라고 또 바랐지만.

"네가 우 대표님 복근을 언제 봤는데?"

소란 피디의 날카로운 눈빛이 정면을 향해 날아왔다.

"너 방금 그러지 않았어? 우 대표님 몸 좋다고. 복근이 어쩌고저쩌고."

"제가요?"

몰라. 나는 몰라. 새봄이 모른 척 시치미를 뗐다. 그러곤 남기를 향해 도움을 요청하는 눈빛을 보냈다. 눈치 빠른 남기가 알았다며 은밀한 사인을 보낸 후 소란을 향해 외쳤다.

"소란아! 우리 잠깐 쉬었다가……."

"잠깐만요. 선배. 나 분명 들었다고요. 신새봄!"

"네……."

새봄이 거의 울기 직전인 얼굴로 고개를 푹 숙여 버렸다. 끝났다. 다 들켰어. 난 이제 소란 피디한테 완전 찍혔을 거야.

"너 혹시 우 대표님이랑……."

꿀꺽. 새봄이 마른침을 삼켰다. 입술이 바짝바짝 말랐다.

"우 대표님이랑 같이 운동하니? 수영 같은 거? 어디 센터야?"

석경과 새봄의 사이를 전혀 연결 짓지 못한 소란이 헛다리를 제대로 짚었다. 다행이긴 한데 새봄은 살짝 기분이 나빠지려고 했다.

"아…… 센터요?"

어디냐고 하지? 그런 델 다녀 봤어야 거짓말도 딱딱 나오지. 새봄이 눈동자를 데구르르 굴리며 생각에 잠겨 있었는데.

"여의도. 김 작가 다니는 데 있어."

구원 투수 최남기가 등판했다.

"여의도? 거기 비싼 데 아니에요? 근데 새봄이 넌 어떻게 갔는데?"

"내가 한번 데려갔었어."

"선배!"

소란이 눈을 흘기며 소리를 버럭 질렀다.

"아이고 깜짝이야. 왜 소릴 질러?"

"선배 진짜 너무한 거 아니에요? 나는 그런 데 한 번도 안 데려갔으면서."

"넌 헬스 다니는 데 있잖아. 그리고 소란아. 우 대표는 그만 포기하는 게 어떻겠니?"

"왜요? 왜 포기하래요? 설마…… 선배 나 좋아해요?"

"닥치고."

"헐. 이 강한 부정은 뭐지? 선배, 나 좋아하지 마요. 난 완벽한 남자가 좋다구요. 선배처럼 헐렁이는 내 타입 전혀 아니라구요. 흥."

잔뜩 토라진 소란이 자리에서 벌떡 일어나 콧방귀를 끼더니 밖으로 나가 버렸다.

"아오. 진짜 나랑 안 맞아. <u>으으으으.</u>"

남기가 두 주먹을 불끈 쥐고 괴상한 소리를 내며 괴로워했다. 그 모습을 지켜보던 새봄이 작게 웃음을 터뜨렸다.

"새봄, 넌 소란이랑 일하는 거 괜찮은 거지? 힘들면 꼭 얘기해라."

"네. 근데 제가 소란 피디님한테 들었는데요. 오빠가 추천하셨다면서요? 소란 피디님."

"그건 사실이야."

"왜요? 왤까요? 오빠가 왜?"

궁금해 죽겠다는 눈빛으로 새봄이 묻자 남기가 장난기 가득한 얼굴로 대답했다.

"이거 뭐지? 우리 새봄이 지금 질투하는 거야?"

"그런 건 아니고요. 그냥 궁금해서요."

"궁금하면 그 녀석이랑 어떻게 되고 있는지 얘기 좀 해 봐.

사귀기로 한 거야?"

"그건 모르겠어요."

"몰라? 왜?"

남기의 물음에 새봄이 생각에 잠겼다. 그리고 며칠 전에 있었던 일을 떠올렸다. 그와 함께 테라스에서 와인을 마셨던 그날.

새봄은 서로 마음을 확인했다고 생각했고, 해서 그에게 물었다. 그럼 이제 우린 사귀는 거냐고. 그런데 그는 난데없이 정해수를 들먹이며 양다리 어쩌고 하면서 대답을 미뤘었다.

"감독님, 제가 사귀자는 얘긴 못 들었거든요?"

"복근 보여 줬음 사귀는 거지 뭐."

"그건 오빠랑 수영을…… 죄송합니다."

대충 둘러대려던 새봄이 거짓말을 못 하고 고개를 푹 숙여 버렸다. 새봄의 새빨개진 얼굴을 보며 남기가 껄껄 웃다가 돌연 진지해졌다.

"근데 너 엠티 가도 괜찮겠어?"

"왜요?"

"정해수도 오잖아. 어떻게 잘 헤어졌어?"

"오빠가 만나지 말고 문자로 하라고 해서 일단 헤어지자고 문자를 보내긴 했는데, 그 뒤로 연락이 없어요."

"그래? 이거 불안한데. 정해수 걔 문자 확인한 건 맞겠지? 그냥 만나서 하지."

"오빠가 너무 싫어하셔서요. 근데 해수 씨를 왜 그렇게 싫어하는 거예요?"

말을 할까 말까 망설이던 남기가 가까이 오라며 손가락을 까닥였다. 새봄이 주변을 살피며 조심스레 허리를 숙였다. 곧 남기가 속삭이듯 말했다.

"원래 우석경은 자기보다 잘생긴 놈 싫어해."

"네?"

새봄이 허리를 똑바로 펴고 남기의 말에 항의했다.

"그건 말도 안 돼요. 해수 씨보다 오빠가 훨씬 더 잘생겼는데."

"새봄, 그 발언은 우리 둘 사이를 굉장히 멀어지게 하고 있단다."

"감독님도 잘생기셨어요."

"아부는 대환영."

남기의 너스레에 새봄이 못 말리겠다는 듯 웃음을 터뜨렸다.

"아무튼 새봄, 정해수는 엠티 가기 전에 꼭 만나서 잘 끝내. 그래야 너도 편하고 우리도 편하지. 내가 요즘 꿈자리가 뒤숭숭해서 기분이 영 별로야. 아무래도 엠티 가서 뭔 일이 일어날 것 같단 말이지. 엠티를 취소해야 하나?"

남기가 걱정 가득한 얼굴로 한숨을 길게 내쉬었다. 그러자 새봄이 위로의 말을 건넸다.

"감독님, 너무 걱정하지 마세요. 말씀하신 대로 저도 엠티 전에 해수 씨 잘 정리할게요. 그럼 저는 이만 나가 보겠습니다."

회의실을 나와 자리로 돌아온 새봄은 책상에 놓고 갔던 핸드폰을 확인했다. 문자가 한 통 도착해 있었다.

[일하는 중일 것 같아서 문자 남겨요. 방송국 앞 카페에서

퇴근 후에 만나요.]

해수에게서 온 문자였다. 만나서 잘 정리하라는 남기의 조언
도 있었고, 더는 해수 문제로 석경과 다투기 싫었던 새봄은 다부
진 얼굴로 이따 보자며 답장을 보냈다.

오늘은 결단코 무슨 일이 있어도 해수에게 제 마음을 있는
그대로 다 전달하고 끝낼 생각이었다.

"새봄이 너 가방 샀니?"

책상 위에 놓인 새봄의 가방에 소란이 관심을 가지며 다가왔다.
노트북으로 업무를 보던 새봄이 고개를 돌렸다. 소란이 가방을 들
더니 이리저리 살펴보고 있었다.

"이거 명품 아니야?"

"명품이요?"

"그래. 이거 한 사백 할걸?"

"사, 사, 사백이요? 사백만 원?"

새봄이 전혀 몰랐다는 듯 화들짝 놀라 두 눈을 크게 떴다.

세상에. 이렇게 비싼 건 줄도 모르고 월급 받으면 다 갚는다
고 했네. 그나저나 오빠는 무슨 이런 비싼 걸 편의점에서 아이스
크림 사 주듯 던져 주냐고.

"이거 짝퉁이구나?"

소란이 새봄의 옷차림과 가방을 번갈아 가며 보더니, 확신했다.

"짝퉁 맞네. 근데 이거 되게 진짜 같다."

긴가민가한 표정으로 소란이 이번엔 가방 안쪽을 들여다봤다.

"어? 이거 무슨 대본이야?"

소란은 새봄도 몰랐던 수납공간을 열어 안에서 대본 하나를 꺼내 들었다. 그 대본을 보자마자 새봄이 아까보다 더 놀란 눈으로 물었다.

"그게 뭐예요?"

"그걸 왜 나한테 물어? 네 가방에서 나왔는데."

"아…… 그렇구나."

새봄은 얼떨떨한 얼굴로 대본에서 눈을 떼지 못했다.

"마이 마더? 이런 드라마도 있었어?"

소란이 별 관심 없다는 듯 대본을 가방에 도로 넣었다. 그러곤 새봄에게 가방을 돌려줬다. 새봄이 가방을 받자마자 품에 꽉 안았다. 그런 새봄을 소란이 안타깝게 쳐다봤다.

"새봄아 너 이번에 공채 응시할 거지?"

"네."

"꼭 붙어서 성공해. 그리고 그땐 짝퉁 말고 명품 꼭 사고. 파이팅."

소란이 여유롭게 미소를 지으며 자리로 돌아갔다. 새봄은 소란의 책상 위에 제 가방에 찍힌 로고와 똑같은 로고가 박힌 가방을 보고선 뒤늦게 깨달았다. 소란의 미소는 승자의 미소였다는 것을. 그녀는 아마 새봄의 가방이 짝퉁이길 바랐는지도.

자신을 은근히 아래로 보고 무시하는 소란의 태도에도 새봄은 전혀 개의치 않았다. 지금 가장 궁금한 건 대본의 출처였다. 아니. 출처는 너무도 명확했다.

이 가방을 제게 선물한 사람은 복근이 끝내주게 멋있는 그 남자가 분명했다.

소란이 화장실을 간 사이 새봄은 얼른 가방에서 대본을 꺼냈다. 그리고 그것을 조심스레 펼쳤다.

"세상에, 진짜 '마이 마더' 대본이네? ……어?"

대본을 넘기던 새봄의 두 눈이 커다래졌다. 맨 뒷장에 붙여진 포스트잇을 발견한 것이다.

「앞으로 만들어질 네 인생에도 드라마에도 좋은 사람이 많았으면 좋겠어. 그리고 넌 분명 좋은 감독이 될 거야. 언제나 항상 응원한다.

— 보호자」

새봄의 입가에 미소가 번졌다. 콩닥콩닥. 가슴이 떨려 주체할 수가 없었다.

진짜 이상한 사람이야. 이런 걸 주면 준다 말을 하지. 말도 안 하고 이게 뭐야. 너무 좋잖아.

새봄은 콩닥거리는 가슴을 겨우 진정시킨 후 핸드폰을 꺼내 문자 창을 열었다. 뭐라고 보내면 좋을까 한참을 망설이다가 한 글자 한 글자 진심을 담아 키패드를 두드리기 시작했다.

글자 수가 늘어갈수록 새봄의 얼굴은 더욱더 붉게 달아올랐다.

마침내 문자를 전송한 새봄은 전보다 훨씬 더 일에 대한 열정이 불타올랐다. 그리고 그가 제게 전한 메시지처럼 꼭 좋은 감독이 되겠다는 각오를 다졌다.

언젠가는 대외적으로도 그와 어울리는 멋진 여자가 되겠다는 꿈을 꾸며 새봄은 업무에 집중하려 노력했다.

* * *

"김 팀장, 다음 주 일정 좀 다 미뤄 줘."

결재판을 내밀며 석경이 말했다. 김 팀장은 태블릿으로 스케줄을 살피더니 고개를 갸웃했다.

"다음 주에 미팅도 많이 잡혀 있으시고. 촬영 앞두고 만나야 하는 사람들도 많은데. 무슨 일 때문에 그러세요?"

"개인적으로 다녀올 데가 있어."

"퇴근하고 가시면 되잖아요."

"외국이야. 한 3일만 빼 줘."

"혹시 트리 본사로 돌아가시는 겁니까?"

"거기 가는 거 아니야. 그 출장은 화상 회의로 대체하기로 했어. 아무튼 다음 주 3일 스케줄 조정하고 알려 줘. 나가 봐."

김 팀장이 나가고 석경은 피곤한 듯 관자놀이를 문질렀다.

사실 어제 퇴근하고 집으로 돌아가면 새봄에게 그 얘기를 하려고 했다. 수연이에 대해. 자신이 그녀를 만나야 하는 이유도 같이.

하지만 어제 야근을 했고, 집으로 돌아가서도 그 애의 자는 얼굴만 보고 아침 일찍 또 출근을 해야 했다.

수연을 만나기로 이미 다 결심을 했는데도 석경은 마음속 어딘가 자꾸만 불안이 샘솟았다. 이 불안이 어디에서 오는 것인지 알 수 없어 더욱 답답했다.

'수연이한테 전화해 봐. 그리고 물어 봐. 그래도 흔들리지 않으면 시작하라고.'

석경은 순간 수희가 했던 말이 떠올라 헛웃음을 지었다. 생각해 보니 그 애한테만 정해수를 제대로 정리하라고 닦달했지. 정작 자신은 수연이를 정리하지 못하고 있었다. 그 사실을 깨달은 순간 더는 미룰 수가 없었다.

그래. 수희 말대로 제대로 정리하고 시작하자.

아니, 이미 시작은 했지만, 그 애한테 정식으로 고백하는 건 일단 보류하고 다녀와서 하자.

그런데 그때 문자가 한 통 도착했다.

[대본 잘 볼게요♥]

문자를 확인한 석경이 웃음을 터뜨렸다.

"이 하트는 뭔데."

갈수록 더 귀여워지는 그 애 때문에 석경은 얼굴에서 미소가 떠나질 않았다.

그래. 난 흔들리지 않아. 수연이가 떠난 이유가 무엇이든, 그것과 새봄이 무슨 관계가 있든. 그 어떤 얘길 들어도 내 마음은 지금과 똑같을 거야.

석경은 스스로에게 다짐하듯 되뇌었다. 그녀를 만나도 흔들리지 않을 자신 있다고.

똑똑.

그런데 그때 김 팀장이 노크를 하고 다시 들어왔다.

"또 왜?"

"주말에 엠티는 가시는 거죠?"

"왜? 안 갔으면 좋겠냐?"

뜨끔한 표정의 김 팀장이 "나가 보겠습니다" 하고 뒤를 돌았는데. 석경이 서둘러 "김 팀!" 외치며 그를 붙잡았다. 김 팀장이 의아한 얼굴로 석경을 쳐다봤다. 그러자 석경이 심각한 표정으로 물었다.

"유람선 타 봤어?"

"유람선이요? 당연하죠. 보통 연애할 때 많이 타잖아요. 저는 한 스무 번쯤 타 본 것 같습니다만."

김 팀장이 허세를 부리자 석경이 어이가 없어 실소를 터뜨렸다. 저를 무시하는 석경의 태도에 김 팀장은 민망해하며 얼른 말을 돌렸다.

"근데 갑자기 유람선은 왜요? 설마 연애하세요?"

"……."

석경이 부정도 긍정도 하지 않자 김 팀장은 더욱 헷갈렸다.

"에이. 아니죠? 대표님이 여자 만나는 걸 본 적이 없는데. 혹시 대본에 유람선 나와요? 맞네. 그거네."

김 팀장은 당연히 드라마 관련 질문일 거라고 백 퍼센트 확신했다. 그래서 경험에 비추어 최대한 상세히 유람선에 관해 설명했다.

"낮엔 별로고, 밤에 그림이 더 예쁠 것 같아요. 거기 야경 끝내주거든요. 근데 밤에 촬영 허가받기 힘들 텐데. 제가 한번 알아볼까요?"

"됐어. 내가 이따 갈 거니까, 내가 알아볼게."

"그거 알아보러 거길 가신다고요? 전화하면 되는데."

"그러니까 내가 한다고. 나가 봐."

김 팀장은 대표가 오늘따라 진짜 이상하다고 생각하며 고개를 갸웃했다.

"안 나가?"

"갑니다요."

한소리 더 듣기 전에 김 팀장이 얼른 밖으로 나갔다.

김 팀장이 나가자마자 석경은 노트북을 열어 유람선을 검색했다. 홈페이지에 접속하자 배너 속 동영상이 재생되었다. 한강 위에 떠 있는 유람선이 움직이자 석경은 다급히 노트북을 닫아 버렸다.

"하아……."

의자를 뒤로 젖힌 석경은 천장을 바라보며 약간 가빠진 호흡을 가다듬었다. 그리고 숨을 크게 내뱉으며 마인드 컨트롤을 위해 노력했다. 이런 주제에 유람선 근처에나 갈 수 있을지 의문이었다.

'어렸을 때 엄마랑은 낮에 타 봤거든요. 근데 이번엔 저녁에 타 보고 싶어요. 배 위에서 불꽃놀이도 하고 그런다던데. 진짜예요?'

하지만 신나서 재잘거리던 그 애의 얼굴을 떠올린 석경은 다시 용기를 내어 노트북을 열었다. 그러곤 서둘러 유람선을 예약했다.

　　　　　　　　　　＊　＊　＊

퇴근 무렵 그가 문자를 보내왔다.

[데이트 하자. 7시에 여의도 선착장에서 만나.]

　새봄은 맘껏 좋아할 수가 없었다. 그는 어제 자신이 유람선 얘기를 꺼내자마자 얼굴이 하얗게 질려 버린 것도 모자라 차에서 쓰러지기까지 했다. 확실히 유람선을 싫어하는 건 단순히 멀미 때문은 아닌 것 같았다.

　혹시 남기가 저번에 말했던 그 사람의 상처와 관련이 있는 것은 아닐까? 그런 합리적인 의심이 들자, 새봄은 괜히 그에게 미안했다.

　난 왜 하필 유람선을 타고 싶다고 한 걸까. 아무래도 안 되겠어. 새봄은 석경에게 전화를 걸었다.

　ー어. 왜? 지금 회의 중인데.

　"네? 회의 중에 전화를 왜 받아요? 아아. 미안해요. 끊을게요."

　새봄이 얼른 전화를 끊었다. 미리 문자부터 하고 전화를 할 걸 후회하고 있었는데, 그에게서 문자가 도착했다.

[난 괜찮으니까 선착장에서 보자. 회의 끝나고 바로 갈게.]

　정말 괜찮은 거 맞나? 그래, 일단 만나서 얘기하자. 정 안 되면 근처에 다른 곳으로 이동하면 되니까. 어쨌든 오늘은 우리의 첫 데이트인 게 중요한 거지.

"어떡해!"

거울 속 자신의 몰골을 뒤늦게 확인한 새봄은 머리를 쥐어뜯었다. 이틀 연속으로 입은 티셔츠에 청바지. 눈썹만 겨우 그린 민낯. 이 꼴을 하고 데이트라니.

새봄은 집에 들렀다 갈까? 심각하게 고민해 봤지만, 사실 집에 갔다 온다고 크게 달라질 건 없었다. 집에 입을 옷이 있는 것도 아니고, 화장품도 없었다. 하필 그 순간 구김 하나 없는 명품 슈트와 단정한 헤어스타일을 한 그의 수려한 외모가 떠올랐다.

"후우……."

"그래서 땅 꺼지겠니?"

새봄의 한숨 소리를 들은 소란 피디가 한마디 했다. 그녀는 화장을 고치는 중이었다. 새봄이 미어캣처럼 얼굴을 빼꼼 내밀어 맞은편 소란의 책상을 바라봤다. 파우치에 화장품이 가득했다.

"왜? 너도 발라 볼래? 이거 신상인데."

"네! 한 번만 발라 볼게요."

새봄이 쪼르르 소란에게로 달려갔다. 소란은 들고 있던 립스틱을 새봄에게 건넸다.

"근데 너 무슨 데이트라도 가? 갑자기 안 하던 화장에 관심을 보여?"

새봄이 부끄러워하며 립스틱을 입술에 살짝 찍어 발랐다.

"야야. 그렇게 발라선 티도 안 나. 팍팍 좀 발라. 이리 줘 봐."

소란은 아예 립스틱을 직접 들고 새봄의 입술에 진하게 덧칠해 줬다.

"혹시 저번에 말했던 그 짝남 만나러 가는 거야?"

"짝남이요?"

"네가 짝사랑하는 남자."

"아! 네. 그분 맞아요."

새봄의 얼굴이 발그레해졌다.

"자, 이제 거울 봐 봐. 얼굴빛이 확 달라졌지?"

소란이 거울을 내밀었다. 새봄은 거울 속 자신의 모습을 보더니 고개를 갸웃했다.

"너무 진한 거 아닐까요?"

"너 안 바르다가 발라서 그래. 잘 어울리는구만. 그래서 짝남이랑 어디 가기로 했어?"

"유람선 타기로 했는데 걱정인 게 그분이 뱃멀미가 심하세요."

"어머. 근데 유람선을 탄대? 왜?"

"제가 타고 싶다고 했거든요."

"뭐야. 짝사랑 아니네. 그 남자도 너 좋아하는 거 아니야?"

사실은 그렇다고 말하려고 했으나. 그 상대가 누구인지 나중에라도 소란이 알았을 때의 그 파장이 두려웠던 새봄은 여기까지만 하자며 말을 돌렸다.

"그건 뭐예요?"

"이거? 이건 마스카라. 할래?"

남의 화장품을 빌려 쓰는 게 너무 염치가 없었지만, 지금 뭘 가릴

처지가 아니었다. 새봄이 소란에게 도와달라는 눈빛을 보냈다.

"오케이. 여기 앉아 봐."

그렇게 새봄은 소란에게 얼굴을 맡겼다.

* * *

"누구세요?"

사무실에 들어선 남기가 뒷걸음을 쳤다. 화장한 새봄을 보고 놀란 것이다. 새봄은 이마를 긁적이며 부끄러워했다. 아무래도 화장한 얼굴이 마음에 든 모양이다.

"새봄, 대체 누가 이렇게 만든 거야? 소란이지?"

남기가 소란이 없는 틈을 타 새봄에게 속삭였다.

"그 립스틱 색깔 얼굴 까만 소란이한테나 어울리지."

"전 안 어울려요?"

남기가 단박에 고개를 끄덕였다. 그러자 새봄이 상심한 얼굴로 티슈를 한 장 꺼내 입술을 닦았다.

"갑자기 웬 화장?"

"사실 저 감독님한테 여쭤볼 게 있는데요."

"어. 뭔데?"

"오늘 오빠랑 유람선 타기로 했거든요."

"뭐? 뭘 타?"

"유람선이요."

"아…… 그, 그래? 그래서?"

남기가 말까지 더듬으며 당황해했다. 그러자 새봄은 뭔지 대충 알 것 같다는 표정으로 물었다.

"혹시 그 사고 말이에요. 오빠네 부모님 사고. 그거 유람선에서 벌어진 일이에요?"

잠시 망설이던 남기가 고개를 끄덕였다. 대충 예상은 했지만 직접 확인하고 나니 새봄은 그에게 한층 더 미안한 감정이 올라왔다.

"새봄, 그 녀석 너 진짜 많이 좋아하나 보다. 유람선까지 탄다고 한 걸 보니. 그 녀석 입장에선 거의 너한테 목숨을 건 거나 마찬가지야."

그런데 왠지 남기는 그 사실이 반갑기보단 걱정이 앞섰다. 석경이 이렇게까지 누굴 좋아하는 건 처음 봤기 때문이다. 수연과 만날 때조차 극복하지 못했던 트라우마를 이렇게 단시간에 깨부수다니. 그 녀석이 새봄을 보통 좋아하는 게 아닌 모양이다.

* * *

새봄이 서둘러 카페로 향했다.

해수를 만나서 정리하고 선착장에 가려면 시간이 빠듯했던 새봄은 걸음을 바삐 움직였다.

"새봄 씨!"

구석진 테이블에 앉아 있던 해수가 밝게 웃으며 손을 흔들었다. 그 미소를 마주한 새봄은 느낌이 이상했다.

헤어지자고 한 문자를 못 본 걸까? 왜 저렇게 밝지?

새봄이 의아해하며 테이블로 다가갔다. 그런데 그는 혼자가 아니었다. 해수 맞은편에는 날카로운 인상의 여자가 앉아 있었다.

"해수 씨, 이분은 누구세요?"

"일단 앉아요."

해수가 새봄을 억지로 의자에 앉혔다. 그러곤 어리둥절한 얼굴로 저를 바라보는 새봄을 향해 작게 속삭였다.

"은예지 씨한테 다 들었어요."

이건 또 무슨 소린가. 새봄이 당황한 얼굴로 해수를 쳐다봤다. 그사이 앞에 앉은 여자가 명함을 내밀었다.

"신새봄 씨죠? 해수 씨한테 얘기 많이 들었어요. 저는 명성일보 신유진 기자입니다."

"기자라뇨."

새봄이 놀란 얼굴로 되묻자 해수가 새봄의 손을 덥석 잡았다.

"새봄 씨, 괜찮아요. 우리 기자님한테 솔직하게 다 얘기해요. 기자님, 여기 새봄 씨가 아까 제가 말한 또 다른 피해자예요."

"정해수 씨!"

새봄이 해수의 손을 뿌리치고 자리에서 벌떡 일어났다.

"지금 뭐 하는 거예요? 피해자라뇨!"

"신새봄 씨, 일단 진정하시고 앉으세요. 제가 해수 씨한테 든기론 신새봄 씨가 '나무'의 우석경 대표한테 방송국 취업을 빌미로 감금 및 추행을 당했다던데 그게 사실인가요?"

"네? 그게 무슨 말이에요?"

새봄은 너무 기가 차서 웃음밖에 안 나왔다.

"해수 씨랑 애인 사이시라면서요? 여자 친구가 추행당하는 걸 목격한 해수 씨가 우 대표한테 항의했고, 그 결과 우 대표는 일방적으로 해수 씨를 드라마에서 하차시켰다던데."

기자의 말이 끝나기가 무섭게 해수가 하늘이 무너진 것 같은 표정으로 토로했다.

"기자님, 제발 힘없는 저희 좀 도와주세요. 너무 억울해요."

눈물까지 글썽이는 해수를 보며 새봄은 순간 며칠 전 예지가 했던 말이 떠올랐다.

'그리고 너도 조심해. 그 남자 완전 미친 사이코야. 악마라고!'

그 악마가 정해수였다는 걸 너무 늦게 깨닫고 말았다.

"신새봄 씨, 추행 장소는 어딥니까?"

기자의 황당한 질문에 새봄은 정말 참을 수 없는 분노가 느껴졌다.

"정해수 씨, 나가서 얘기 좀 해요."

새봄이 먼저 자리를 박차고 나가 버렸다. 해수가 민망해하며 기자에게 양해를 구하고 황급히 새봄의 뒤를 따라 나갔다.

그가 인기척이 없는 건물 뒤로 오자 기다리고 있던 새봄이 해수를 날카롭게 쏘아봤다.

"정해수 씨 미쳤어요? 왜 그런 말도 안 되는 소릴 기자 앞에서 해요? 추행이라뇨! 당신이 봤다고? 뭘 봤는데! 우 대표님 그런 사람 아니라고!"

전에 없이 화를 내는 새봄을 해수가 무표정한 얼굴로 쳐다봤다.

"새봄 씨 우석경 대표 좋아해요?"

그녀는 입을 다물었다. 하지만 해수는 이미 대답을 들었다는 얼굴로 새봄의 양쪽 어깨를 꽉 잡았다.

"혼동하지 말아요. 새봄 씨가 좋아하는 건 나예요. 우 대표가 아니라. 마지막으로 기회 줄게요. 우 대표랑 같이 사는 이유가 뭐예요? 설명해 줘요."

"내가 그걸 왜 정해수 씨한테 설명해야 하는데요?"

"내가 새봄 씨 남자 친구니까요."

"헤어지자고 했잖아요. 내 문자 못 봤어요?"

"봤어요. 근데 그거 진심 아니잖아. 내가 도와줄 테니까 사실대로 말해 봐요. 우 대표한테 무슨 빌미라도 잡혔어요? 그래서 같이 사는 거죠?"

"아니라고요!"

새봄은 정해수가 본인이 듣고 싶은 말만 듣고, 자신의 말은 전혀 듣지 않고 있다는 게 여실히 느껴졌다.

"기자한텐 들어가서 내가 사실대로 다 얘기할 거예요. 이거봐요."

새봄이 제 어깨를 잡은 해수의 손을 뿌리치고 안으로 들어가려고 하자.

"윽!"

해수가 새봄의 머리채를 꽉 움켜쥐더니 벽에 가뒀다. 새봄은 비명을 내지르려고 했지만, 그마저도 그가 커다란 손으로 입을 막아 버려 소리를 낼 수가 없었다.

해수의 손아귀에서 벗어나려고 새봄이 안간힘을 써 봤지만 소용없었다.

"기사 막고 싶으면 입 다물어."

말투가 명령조로 바뀌는 순간 해수의 눈빛도 같이 돌변했다. 새봄이 겁에 질린 표정으로 해수를 쳐다봤다. 그러자 언제 그랬냐는 듯 해수가 해사하게 웃더니 새봄의 입에서 손을 떼고 얼굴을 어루만지며 말했다.

"무서워할 거 없어. 널 다치게 하진 않을 거니까."

얼굴에 닿는 해수의 손길이 끔찍하게 싫었다. 새봄이 고개를 흔들며 그의 손길을 거부했다.

"대체 왜 이러는 거예요? 원하는 게 뭐냐고."

"너."

"……."

"너만 내 옆에 있어 주면 돼."

해수가 새봄의 턱을 꽉 잡고 옭아맬 듯한 눈동자로 쳐다봤다.

"너까지 그 새끼한테 뺏기면…… 내가 진짜 죽여 버릴지도 모르거든."

정말 무슨 짓을 저지를 것만 같은 눈빛이었다. 순간 새봄은 그동안 정해수를 너무 쉽게 본 것을 후회했다.

"안에 있는 저 기자는 진실이 뭔지 관심 없어. 자극적인 헤드라인 하나가 필요한 거야. 그러니까 네가 들어가서 무슨 말을 지껄여도 소용없다는 거지. 기사 막을 수 있는 건 오직 나 하나야. 내가 할 수 있어. 어떻게 할래?"

해수가 자신에 찬 얼굴로 새봄을 놓아줬다.

"우리 괜히 일 크게 만들지 말자. 너만 희생하면 우석경 커리어에 아무 오점도 없을 거야. 네가 원하는 게 그거 아니야?"

"……."

정해수를 올려다보는 새봄의 눈동자가 크게 흔들렸다.

"그럼 지금부터 내가 시키는 대로 해. 너만 얌전히 굴면 아무 일도 없을 거야."

큰 충격에 휩싸인 새봄은 말문이 막혀 버렸다.

* * *

석경은 회의가 끝나자마자 선착장으로 달려갔다.

도로에 차가 막혀 약속 시각보다 30분 정도 늦은 터라 마음이 조급했다. 오는 길에 새봄에게 전화도 하고 문자도 보냈지만 무슨 일인지 감감무소식이었다.

걱정되는 마음에 차에서 내리자마자 전속력을 다해 선착장으로 달려갔다. 주차장에서부터 선착장까지 쉬지 않고 마침내 도착한 선착장 앞에서 석경은 가쁜 숨을 몰아쉬며 주변을 두리번거렸다. 눈으로 새봄을 찾기 바빴다.

새봄에게 계속 전화를 걸며 그녀를 찾던 석경은 혹시 배에 먼저 탄 건 아닌지 확인하기 위해 고개를 돌렸다. 곧 커다란 유람선의 형체가 보이자 정신이 아찔해졌다.

젠장. 이럴 때가 아닌데.

유람선으로 들어가기 위해 다리를 건너던 석경은 결국 다리 한가운데서 멈춰 서고 말았다.

긴장한 탓에 심장이 빠르게 뛰고 있었다. 행여 저번처럼 쓰러지기라도 할까 봐 마음을 다잡아보려 노력했지만 쉽지 않았다.

급기야 재킷 안쪽에서 약을 꺼냈다. 혹시 몰라 미리 준비해 온 약을 입 안에 털어 넣은 후 난간에 기댄 그는, 심호흡을 크게 몇 번 하다가 다시 새봄에게 전화를 걸었다.

하지만 전원이 꺼져 있다는 멘트만 흘러나올 뿐이었다.

"무슨 일 있는 거 아니야?"

불안해진 석경은 곧장 남기에게 전화를 걸었다.

—데이트 재밌나?

남기가 전화를 받자마자 놀리듯 물었다.

"새봄이 언제 나갔어?"

—퇴근하자마자 나갔지. 뭐야. 둘이 아직 못 만난 거야?

"핸드폰도 꺼져 있고 약속 장소에도 안 나왔어."

—사무실에 핸드폰 놓고 갔나? 잘 찾아봐. 너 혹시 새봄이 못 알아보고 그냥 지나친 거 아니야?

"내가 새봄이를 왜 못 알아봐."

—걔 화장했거든.

"화장? 안 한 게 더 예쁜데 왜."

—예, 예, 예쁘다고? 네 입에서 그런 아름다운 말이 나오다니. 오 마이 갓이다 진짜. 근데 불행히도 예쁘긴커녕 되게 이상하더라. 새봄이 걔가 그런 쪽으론 센스가 영……

뚝. 남기의 말을 끝까지 듣지도 않고 석경이 전화를 끊어 버렸다.

대체 화장을 어떻게 했길래. 석경이 두리번거리며 아까보다 더 유심히 지나가는 여자들의 얼굴을 확인했다. 하지만 그렇게 30분이 지나도, 한 시간이 지나도, 그 애는 보이지 않았다.

후두둑. 후두둑.

오늘 분명 비가 온다는 예보가 없었는데, 그렇게 예고도 없이 굵은 빗줄기가 무섭게 쏟아져 내렸다.

급히 카페 앞 처마 밑으로 걸음을 옮긴 석경의 표정이 새까만 하늘보다 더 어두워졌다.

* * *

선착장에서 비를 맞으며 주차장까지 뛰어가는 바람에 석경은 머리부터 옷까지 홀딱 젖어 있었다. 무슨 정신으로 운전을 해서 집까지 왔는지 모르겠다.

제발 집에 있어라. 마음속으로 빌며 현관을 열었는데.

불행히도 그 애의 신발이 없었다. 집에도 안 들어온 모양이다. 대체 어디 간 거지? 경찰에 신고라도 해야 하나. 석경의 얼굴이 심각해졌다.

혹시나 하는 마음에 방문을 열었는데 역시나 그 애는 없었다. 깜깜한 방에 불을 켜고 들어간 석경은 어떻게 하면 좋을지 생각에 잠겼다. 이내 그의 눈동자가 불안하게 흔들렸다. 책상 위에 자신이 선물한 가방과 노트북이 가지런히 놓여 있는 것을 발견했기 때문이다.

"설마 왔다 간 거야?"

대체 이게 어떻게 된 일인가 싶어서 가방을 들여다보고 있었는데. 책상 위에 붙여진 포스트잇을 발견했다.

「그동안 감사했습니다.」

이건 드라마 최종회 엔딩 크레디트에서나 보던 문구였다. 재밌게 시청 중이던 드라마가 사건도 해결 안 하고 갑자기 중단되면 이런 느낌일까?

그 애의 정갈한 글씨를 보자마자 석경은 황당한 웃음을 터뜨리며 젖은 머리카락을 쓸어 넘겼다. 이게 지금 무슨 상황인지 전혀 모르겠다는 얼굴이었다.

설마 이렇게 간 거야? 왜?

낮에만 해도 문자로 사랑을 속삭이던 그 애가 갑자기 왜?

그저 '왜?'라는 질문만 수없이 떠올랐다.

그러다 문득 '은예지'라는 이름이 머릿속을 스쳤고, 석경은 다른 생각을 할 겨를도 없이 밖으로 뛰쳐나갔다.

* * *

성 비서에게 전화를 걸어 은예지의 주소를 받은 석경은 급히 차를 몰아 마포구에 있는 한 오피스텔로 향했다.

주차장으로 진입한 석경의 차는 속도를 줄이지 않고 그대로 정면에 주차된 외제 차를 들이박았다.

끼이이익. 쾅.

삐이— 삐— 삐—

적막이 흐르던 지하주차장에 요란한 경보음이 울려 퍼졌다. 곧 경비가 달려왔고 차에서 내린 석경은 차주에게 연락해 달라고 말했다.

"대체 이 밤에 누가 차를 박았다는 거예요!"

10분쯤 지난 후 차 주인이 잠옷 차림으로 내려왔다. 은예지였다. 단단히 벼르고 내려온 은예지는 화를 내려다가 석경의 수려한 얼굴을 보더니, 황급히 머리카락을 매만졌다. 이럴 줄 알았으면 옷도 제대로 입고 립스틱이라도 바르고 나올 걸 후회하는 표정이 역력했다.

그런데 그때 석경이 불쑥 명함부터 내밀었다.

"보상은 원하는 대로 해 줄게. 대신 지금부터 내가 묻는 말에 똑바로 대답해."

초면에 웬 반말? 은예지가 짐짓 겁먹은 얼굴로 명함을 들여다보곤 화들짝 놀랐다.

[(주)나무 대표 우석경]

뭐야. 이 사람이 우석경이야? 저번에 몰래 사진 찍을 때도 잘

생겼다고 생각하긴 했지만, 그땐 멀어서 그러려니 했는데 가까이에서 보니 이 정도일 줄은 몰랐다.

은예지는 놀란 눈으로 석경을 위아래로 훑어봤다. 심지어 슈트와 시계, 구두, 넥타이까지 죄다 명품이었다. 부자는 확실했다.

"나 알지?"

"네? 아뇨!"

"난 너 알아. 새봄이 지금 어딨어?"

"그건 같이 사시는 분이 알죠. 제가 어떻게 알아요."

"나랑 같이 사는 걸로 그 애 협박했다며."

"제가 언제요? 신새봄이 그래요? 오빠도 걔 조심해요. 걔 선수라구요. 얼마나 지저분하게 노는……."

"씨발. 누가 네 오빠야!"

교태 섞인 목소리로 석경에게 엉겨 붙으려던 은예지가 입을 꾹 다물었다. 그도 그럴 것이 이 남자 눈빛이 미쳤다. 얼마 전 매스컴에서도 난리가 난 마약 사건에 제가 연루되어 있다는 증거 사진과 영상을 들이밀며 협박하던 정해수보다 더 무서웠다.

"마지막으로 한 번 더 묻는다. 새봄이 어딨어."

바른대로 말하지 않으면 이번엔 차가 아니라 자신이 박살 날 것만 같았다. 새봄이 지금 어디 있는지 알지 못하는 은예지는 너무 억울했다.

"저 진짜 몰라요."

"네가 협박했다며. 내 집에서 나오라고."

"그거 미안하다고 사과하고 철회했는데요."

"왜?"

"그건…….."

새봄에게 사과를 한 이유는 증거 사진을 가지고 정해수가 협박했기 때문이었지만 그 얘긴 할 수 없었다. 이번에도 사고 치면 호적에서 파낼 거라던 엄마가 더 무서웠기 때문이었다.

"치, 친구니까. 그래도 새봄이랑 저 십년지기 친구니까요."

"친구? 너 그 말에 책임질 수 있어?"

"……네."

한 템포 느리게 대답하는 은예지를 의심쩍게 쳐다보던 석경이 마지막으로 으름장을 놓으며 서둘러 차에 올라탔다.

"내가 너 지켜볼 거야. 앞으로 행동 똑바로 해."

석경의 차가 주차장을 빠져나가자 은예지가 어이가 없다는 듯 찌그러진 차를 바라봤다.

우석경이라는 사람이 새봄을 찾고 다닌다는 사실을 정해수한 테 얘기를 해 줘야 하나 말아야 하나 고민하던 은예지는 아까 살벌하던 석경의 눈빛이 떠올라 그냥 얌전히 있기로 했다.

대체 새봄의 주변엔 왜 저런 남자들만 있는 건지. 한편으론 안쓰러운 마음이 들기도 했다. 그래도 한때 그 애를 친구라고 생각했던 적이 있었으니까.

* * *

"좋은 아침……이 아닌가?"

요란스럽게 인사를 하며 사무실에 들어오던 소란이 멈칫했다. 분위기가 왜 이러냐며 FD에게 눈빛을 건네자 FD가 손가락으로 새봄의 자리를 가리켰다.

그곳엔 새봄이 아닌 석경이 앉아 있었다.

무겁게 내려앉은 사무실 분위기만큼이나 그의 표정은 얼음장처럼 차가웠다. 의자에 다리를 꼬고 앉은 그는 팔짱을 낀 채 입구만 뚫어져라 쳐다보고 있었다.

"대표님, 아침부터 무슨 일로 오셨어요? 감독님 기다리세요?"

"……."

평소에도 말도 못 걸 정도로 무표정했던 양반이 오늘은 더 심각했다. 기껏 용기 내어 아는 척 좀 했건만 그걸 씹냐. 내심 서운해하던 소란은 애써 아무렇지도 않은 척 도도하게 자리로 돌아가 앉았다.

"소란 피디."

"네!"

파티션 뒤에서 급하게 파우더를 찍어 바르던 소란이 자리에서 벌떡 일어났다. 그러곤 한껏 기대감이 찬 얼굴로 의자에서 일어난 석경을 바라봤다.

"저한테 무슨 하실 말씀이라도……."

"신새봄 씨 출근하면 나한테 전화해."

"새봄이는 왜요?"

"중요하게 할 얘기가 있어서 그러니까 전화하라고."

"네…… 그럴게요. 근데 새봄이 출근했는데요?"

용건을 끝내고 나가려던 석경이 소란의 말에 걸음을 멈췄다.

"출근했다고? 언제?"

"새벽에 출근한다고 나갔는데요."

"어디서 나가?"

"우리 집에서요. 아니 애가 어제 당직실에서 자고 있길래 제가 데려가서 재웠죠."

어디에 있었나 했더니 당직실이라. 그래도 방송국 내부에 있었다니 이걸 다행으로 생각해야 하는 건가?

"후우……."

석경이 땅이 꺼져라 한숨을 내쉬었다. 그러곤 피곤한 얼굴로 마른세수를 하고 있었는데. 그때 누군가 다가와 석경의 어깨를 두드렸다.

"우 대표, 나가자."

남기가 할 말이 많은 듯한 얼굴로 석경의 어깨를 끌고 밖으로 나갔다.

* * *

석경과 남기 두 사람이 향한 곳은 옥상 휴게실이었다. 남기가 자판기에서 뽑아 온 음료를 석경에게 내밀었다.

"됐어."

"되긴 뭐가 돼. 일단 마셔."

남기가 음료 뚜껑을 까서 다시 건넸다. 하지만 석경은 받기만

하고 먹지 못했다. 지금은 물 한 모금도 넘어가지 않을 정도로 속이 너무 답답했다.

"너 한숨도 못 잤지?"

"어떻게 자냐. 애가 집을 나갔는데."

"새봄이 어린애 아니잖아. 너도 아까 들었지? 새봄이 소란이 집에서 잤다는 거. 당분간 거기서 지내기로 했대. 그러니까 너무 걱정하지 마."

"새봄이 만났어?"

"아니. 나도 소란이한테 들은 거야. 새봄인 일찍 출근했다니까 이따 보겠지."

"이따 보면 집으로 들어오라고 해. 이렇게 나랑 한마디 상의도 없이 나가 버리는 건 아니잖아."

"그러게. 새봄이가 왜 그랬을까? 짚이는 데는 없고?"

"있었으면 아침부터 내가 미친놈처럼 여기까지 왔겠어? 새벽엔 경찰서까지 갔다 왔어. 근데 신고가 안 된대. 날더러 무슨 관계냐고 가족이냐고 묻더라. 내가 할 수 있는 게 아무것도 없었어. 그때처럼."

일종의 트라우마였다. 누군가 말도 없이 사라지는 거. 찾아 헤매는 거. 기다리는 거.

"우석경, 진정해. 새봄이 출근했고, 사라진 거 아니야. 곧 만날 수 있어. 너 지금 너무 흥분했어. 일단 집에 가서 좀 자는 게 좋겠다. 내가 오늘 새봄이 일찍 집에 보낼게."

"출근해야 돼. 일찍 보낼 거면 회사로 오라 그래."

어지러운 모양인지 석경이 두 눈을 꽉 감았다 뜨며 억지로 정신을 차리려 애썼다.

"인마. 너 이런 몸 상태로 무슨 출근이야."

남기가 석경의 이마를 만져보더니 화들짝 놀랐다.

"열나잖아. 너 병원 가야 되는 거 아니야?"

"그 정도 아니야. 오버하지 마. 그리고 나 다음 주에 출국해. 너만 알고 있어."

"출국?"

"수연이 만나기로 했어."

"안 만난다면서."

"만나야 할 것 같아서. 그래야 제대로 시작할 수 있을 것 같아서. 아무튼 새봄이 보면 나한테 전화 좀 줘. 갈게."

"병원 꼭 갔다가 출근해!"

남기가 신신당부했지만, 석경은 들은 척도 안 하고 옥상을 나가 버렸다.

석경이 나간 쪽을 걱정스러운 얼굴로 응시하던 남기는 한숨이 절로 나왔다.

"도대체 이게 무슨 일이야."

그놈의 사랑이 뭔지. 뭐가 이렇게 어려운 건지.

남기가 머리카락을 마구 헝클어뜨렸다. 그러다 화단 뒤쪽에 새겨진 그림자 하나를 발견하곤 천천히 그곳으로 걸음을 옮겼다. 뒷짐을 지고 화단 주변을 괜히 어슬렁거리며 누가 있는지 확인한 남기는 아랫입술을 꽉 깨물었다.

"새봄."

남기가 엄격한 얼굴로 새봄의 이름을 불렀다. 화단 뒤에 쪼그리고 앉은 새봄이 고개를 숙인 채 눈물만 뚝뚝 흘리고 있었다.

"새봄아, 내가 널 아무리 아껴도 이런 식으로 저 녀석한테 상처 주는 건 못 봐주겠다. 너 대체 왜 이러는 거니? 어제 데이트 한다고 좋아하면서 나갔잖아."

"……."

"무슨 말이라도 해 봐. 그렇게 입 닫고 있지 말고."

남기가 잔뜩 화가 난 얼굴로 새봄을 쳐다봤다.

"내가 저번에 말했잖아. 저 녀석 상처가 많다고. 누가 갑자기 사라지는 거 무서워한다고. 두려워한다고. 그래서 아무도 곁에 두려 하지 않았어. 근데 그거 이겨내고 처음으로 어렵게 용기 낸 건데. 네가 또 그 녀석 마음을 짓밟았어. 실망이다. 진짜."

그저 울기만 하는 새봄을 이해할 수 없다는 듯 쳐다보던 남기가 그대로 옥상을 나가 버렸다.

넓은 옥상에 홀로 남은 새봄은 들고 있는 핸드폰을 손에서 떨어뜨린 채 바닥에 주저앉아 버렸다. 그런데 그때. 시멘트 바닥 위에서 드르륵 핸드폰이 움직이며 진동했다.

액정 위에 뜬 정해수의 이름을 보자 새봄의 얼굴이 경직되어 갔다. 새봄이 덜덜 떨리는 손으로 억지로 전화를 받았다.

—출근했어?

이젠 목소리만 들어도 소름이 끼친다.

"……."

새봄은 이를 악물고 울음을 꾸역꾸역 참았다.

—지금 바로 링크 하나 보낼 테니까 핸드폰에 깔아. 위치 추적 어플이야. 그리고 앞으로 누구 만나는지 나한테 다 보고해. 아, 어제 만났던 그 기자님은 내가 잘 막아 놨어. 앞으로 너만 내 말 잘 들으면 우석경 대표는 안전할 거야.

새봄은 두 눈을 꽉 감아 버렸다.

이 지옥에서 어떻게 벗어나야 하는지 방법을 알지 못했다. 아니, 알아도 벗어날 생각이 없었다. 그가 다치는 것보다 그냥 혼자 지옥에 있는 편이 나으니까.

불행은 그저 자신만의 것이길 바라고 또 바랄 뿐이었다.

* * *

퇴근하고 저도 모르게 집으로 가는 버스에 올라탈 뻔했다. 뒤늦게 정신을 차린 새봄은 걸음을 돌려 방송국 근처 사택으로 향했다.

아침에 옥상에서 봤던 그의 모습이 자꾸만 눈앞에 어른거렸다. 하루아침에 많이 야윈 그의 얼굴.

새봄은 가슴이 찢어질 것만 같았다. 당장이라도 그에게 달려가고만 싶었다. 하지만 그럴 수 없었다. 가뜩이나 첫 촬영을 앞둔 상황에서 괜한 구설수로 그의 커리어에 흠집을 내거나, 드라마 팀 사람들에게 폐를 끼쳐선 안 된다는 생각이 지배적이었다.

새봄은 그냥 이대로 시간이 빨리 흘러갔으면 했다.

"신새봄."

골목 어귀에 들어서자 그리운 목소리가 들렸다. 새봄이 우뚝 걸음을 멈췄다. 하지만 도저히 고개를 들 수가 없었다.

"얼굴 들어."

새봄은 바닥에 길게 만들어진 그림자를 멍하니 보다가, 그가 바란 대로 고개를 들었다.

석경이 가로등 밑에 서 있었다. 언제부터 기다렸던 걸까? 그가 지친 기색으로 다가왔다.

"사무실 쳐들어가서 너 데리고 나오려다 겨우 참았어."

"방에서 내 쪽지 못 봤어요? 마지막 인사 다 했는데."

굳은 결심을 하고 일부러 더 차갑게 말했다. 하지만 그는 들은 척도 하지 않고 들고 있던 가방을 새봄의 품에 안겼다.

"누구 맘대로 마지막이냐."

"오빠 되게 순진하시네요. 저 오빠 이용한 거예요. 갈 데도 없고, 이런 거 명품 가방 받고 싶어서 오빠 좋아하는 척한 거예요."

"하."

"나 사실 해수 씨 좋아해요. 근데 그 집에 계속 있고 싶어서 오빠한테 사실대로 말 못 했어요."

석경이 황당하다는 표정으로 새봄을 쳐다봤다.

"정해수를 좋아한다고? 그럼 내가 저번에 너 대신 정해수한테 헤어지자고 문자 보낼 때 왜 가만히 있었어?"

"해수 씨도 동의한 부분이었어요. 당장 갈 데 없으니까 일단 오빠 좋아하는 척하고 있으라고."

"그래? 그럼 지금은? 계속 좋아하는 척하지 그래. 아예 집을 줬을 텐데. 어디서 말 같지도 않은 소릴 하고 있어. 네가 정해수를 좋아한다고? 내 눈 똑바로 보고 말해 봐. 진짜 정해수 좋아해?"

석경이 허리를 숙여 새봄의 눈을 똑바로 쳐다봤다. 새봄은 아니라고 말하고 싶었다. 내가 좋아하는 건 변함없이 당신이라고. 당장이라도 솔직하게 말하고 싶었다.

"사실……."

그런데 그때였다. 석경의 어깨 너머로 저 끝에 모자를 쓴 정해수가 차 뒤에 숨어 있는 게 보였다. 순간 새봄의 몸이 경직된 채 굳어졌다.

"왜 말을 하다 말아. 정해수 좋아한다는 거 거짓말이지? 무슨 일이야? 너 대체 왜 이러는 건데!"

석경이 답답해 죽을 것 같은 얼굴로 물었다. 하지만 그 애는 초점 없는 눈동자로 말했다.

"그러는 오빠는요? 오빠도 제 눈 보고 똑바로 말해 봐요. 첫사랑 아직 못 잊었죠?"

"여기서 그 얘기가 왜 나와?"

억지라는 걸 알지만 달리 방법이 없었다. 그를 돌려보낼 방법이. 새봄은 금방이라도 울 것 같은 얼굴로 석경의 상처를 후벼파듯 건드렸다.

"오빠도 그 여자 아직 못 잊고 있잖아요. 아까 감독님이랑 하는 얘기 다 들었어요. 그 여자 만나러 간다면서요. 미련 남았죠? 그래서 만나러 가는 거잖아요. 그 여자 만나서 마음 바뀌면 나 버릴 거잖아. 그 전에 내가 먼저 내 발로 나가겠다는데 뭐가 문제예요?"

그 애의 눈동자가 제발 그냥 가 달라고 애원하고 있었다. 대체 왜 이러는 걸까? 석경이 눈으로 물었지만, 그 애는 고개를 흔들었다.

"한 가지만 분명하게 알아 둬. 난 무슨 일이 있어도 너 안 버려. 그 사람 만나도 너에 대한 내 마음 바뀌지 않는다고."

"⋯⋯."

"일단 내가 다녀올 동안 소란 피디랑 잘 지내고 있어. 어차피 나 다음 주에 출국하면 너 혼자 있는 거 신경 쓰였는데 잘됐네. 당분간은 여기서 지내. 그게 낫겠다. 그리고 이 얘기는 나 돌아오면 그때 다시 하자."

"아뇨. 이제 오빠 안 만날 거예요. 앞으로 평생 오빠 얼굴 안 봐요."

"알았어. 일단 알았고. 들어가. 가서 너 잠 좀 자라. 얼굴이 많이 안 좋네."

석경이 새봄의 경직된 얼굴을 걱정스레 바라보았다. 쿨하게 들어가라고 한 주제에 발길이 떨어지지 않았다.

"간다. 쉬어."

석경이 억지로 걸음을 떼고 차로 돌아갔다.

새봄은 점점 더 멀어지는 석경의 뒷모습을 우두커니 바라봤다. 곧 석경의 차가 골목을 벗어나자 어둠 속에서 정해수가 서서히 모습을 드러내며 다가왔다.

* * *

불 꺼진 텅 빈 집. 사람의 온기가 전혀 느껴지지 않는 거실.

원래 이게 일상이었는데. 이렇게 적막이 흐르는 집이 자신의 공간이었는데. 왜 이렇게 낯설게 느껴지는 걸까?

집에 들어온 석경은 다리에 힘이 풀려 소파에 주저앉았다.

현관 입구 등이 꺼지자 거실엔 어둠이 짙게 깔렸다.

"하아……."

깊은 한숨 소리만 거실을 가득 채웠다. 억지로 자리에서 일어난 석경은 새봄의 방으로 들어갔다.

사실 처음엔 억지로라도 그 애를 집에 데려오려고 했다. 하지만 뭐에 쫓기듯 불안하게 흔들리는 그 애의 눈동자를 보자 아무것도 할 수가 없었다. 그저 그 애를 편안하게 쉬게 해 주고 싶었다.

그 애한테 말 못 할 사정이 있는 게 분명했다.

천천히 생각해 보자. 그 애가 왜 이러는지. 하지만 생각은 꼬리에 꼬리를 물고 이어지기만 할 뿐 마땅한 답을 도출해 내지 못했다.

석경은 어제부터 머리가 지끈거리며 두통이 심했다. 그는 관자놀이를 문지르며 침대 위에 쓰러지듯 누웠다.

그 애가 사용하던 작은 침대에 움츠리고 누운 석경은 억지로 눈을 감았다. 이불에서 풍기는 그 애의 향기를 맡으며 잠을 청하려 노력했지만 쉽지 않았다.

* * *

엠티는 예정대로 동해에서 진행됐다.

첫 번째 일정은 첫 촬영을 위한 사전답사 겸 힐링의 시간이랄까. 도착 장소는 동해 근처에 있는 오프로드 모터사이클 연습장이었다. 사실 상부에 보고할 명목도 살짝 필요했고 실제로도 꼭 해야 할 답사였기에 이 코스를 뺄 순 없었다.

처음엔 놀러와서까지 꼭 일을 해야 하냐는 사람들의 원성이 자자했지만, 하나둘 도착해 차에서 내린 사람들의 입에선 감탄사가 쏟아졌다.

"와. 여기 끝내준다. 누가 찾은 거예요?"

"누가 찾았겠니? 우리 연출팀에서 찾았지. 촬영팀 너네도 이런 델 찾아오란 말이야. 여태껏 드라마에서 보지 못한 그림."

소란이 의기양양한 표정으로 촬영팀 동료들을 쏘아보며 지나쳤다.

원래 촬영장에서 연출팀과 촬영팀은 많이 싸우기로 유명하다. 소란은 미리 기선 제압도 할 겸 평소보다 몇 배쯤 오버하며 잘난 척을 했다. 그것도 잠시, 산기슭에 자리한 숲에 시선을 빼앗기고 말았지만.

뒤에는 울창한 숲, 앞에는 바다가 정면에 펼쳐져 있다. 절경이었다. 아직 그 어떤 드라마에서도 나오지 않은 장소라고 새봄이 어필했던 곳이었다. 그 애가 왜 그렇게까지 핏대를 세우며 이곳을 추천했는지 알 것 같았다.

찰칵. 찰칵.

사람들이 너도나도 핸드폰을 꺼내 풍경을 담기 시작했다.

근처엔 감독이 원하는 오프로드 모터사이클 연습과 경주를 하기 좋은 산악 코스가 있었다. 듣기론 바이크로 산 정상에 도착하면 바다가 내려다보이는데, 그 전망이 끝내주게 멋있어서 산악 바이크 동호인들의 떠오르는 성지가 됐다고 한다.

대체 얼마나 열심히 조사했으면 이런 곳을 찾았을까? 소란은 새봄을 인정할 수밖에 없었다.

끼이이익.

그런데 그때 차 한 대가 요란한 소리를 내며 도착했다. 황급히 차에서 내린 사람은 다름 아닌 우 대표, 석경이었다.

"신새봄은?"

그가 소란을 향해 달려와 다짜고짜 새봄부터 찾았다. 소란이 뭐라 대답하기도 전에 석경이 찬바람을 쌩, 일으키며 남기가 있는 쪽으로 가 버렸다.

"대체 저번부터 새봄이를 왜 저렇게 찾아 싸? 설마……. 에이, 아니야. 아니겠지."

하지만 아닌 게 아닌 것 같았다. 소란이 곰곰 생각에 잠겼다. 그동안 알게 모르게 저와 함께 남기에게 우 대표의 정보를 캐던 그 애가 떠올랐다. 그 애는 심지어 메모까지 하며 엄청난 관심을 보였었지. 그땐 왜 몰랐을까? 소란의 입이 떡 벌어졌다.

"둘이 그렇고 그런 거였어?"

＊ ＊ ＊

"새봄이는 오늘 몸이 안 좋아 보여서 내근시켰어."

묻지도 않았는데 석경이 다가오자마자 남기가 벤치에서 일어나며 술술 대답했다. 하지만 여전히 석경이 누군가를 찾는지 두리번거리자 남기가 물었다.

"누구 찾아? 새봄이 없다니까."

"정해수는?"

"호랑이도 제 말 하면 온다더니. 저기 오네."

바이크 복장을 갖춘 정해수가 다가왔다.

"대표님 안녕하세요."

정해수가 허리를 90도로 숙여 깍듯이 인사했다.

미소 지으며 서 있는 정해수를 빤히 쳐다보던 석경이 정해수의 입꼬리가 살짝 비틀리는 순간, 바로 멱살을 잡아끌었다.

분명 비웃음이었다.

"우석경! 또 왜 이래. 빨리 이거 놔."

남기가 화들짝 놀라며 석경을 급하게 뜯어말렸다.

"인마, 보는 눈이 많아. 제발 진정 좀 해."

석경을 억지로 구석으로 끌고 가며 남기가 애원하듯 작게 속삭였지만, 석경의 귀엔 아무것도 들리지 않았다. 아까부터 계속 저를 깔보는 태도로 서 있는 정해수를 보며 석경은 확신했다.

새봄이가 이상해진 이유는 정해수한테 있는 게 분명하다고.

"너 이리 와."

석경의 싸늘해진 눈빛을 바로 옆에서 목격한 남기의 등골이 오싹해졌다. 그저 할 수 있는 건 녀석의 팔을 더 단단히 붙드는 것밖에.

미치겠다. 이러다 진짜 큰일 나겠네.

"해수 씨! 절대 오지 마. 저리 가! 김수희! 여기 좀 도와줘! 빨리!"

냉혈한 얼굴을 한 석경이 제 몸을 붙들고 있던 남기의 팔을 하나씩 떼어 냈다. 남기는 수희를 애타게 불렀고, 이미 일찌감치 위기 상황을 알아차린 수희는 사람들을 다른 곳으로 보낸 후 뒤늦게 달려왔다.

그녀가 석경의 앞을 가로막았다.

"우석경! 정해수 씨 우리 배우야. 공과 사 구분하라고. 너답지 않게 대체 왜 이래! 촬영 전부터 이러면 내가 불안해서 어디 글 쓰겠니? 우리 다 같이 망할까?"

속상해하는 수희를 보니 석경은 괜히 미안해져서 해수에게로 향하던 걸음을 멈춰 세웠다. 수희가 이번엔 해수를 향해 말했다.

"정해수 씨, 자꾸 이렇게 개인적인 문제로 현장에 분란 일으킬래? 내가 한 번은 봐줬잖아. 그럼 더 잘해야 하는 거 아니야? 경고하는데, 나 두 번은 못 봐줘. 알았어? 가 봐."

"죄송합니다. 다신 이런 일 없게 하겠습니다."

정해수가 영혼 없는 얼굴로 인사를 하더니 석경을 지나쳐 벤치를 벗어났다.

"대체 이게 무슨 일이야."

수희가 멀리 바이크가 있는 곳으로 걸어가는 해수의 뒷모습을 보며 남기에게 물었다. 그러자 남기가 어깨를 으쓱이며 고개를 흔들었다.

"나도 몰라. 우석경한테 물어 봐."

수희와 남기의 시선이 석경에게로 향했지만, 대답할 생각이 없는지 석경이 담배를 찾느라 주머니를 만지고 있었는데.

"대표님, 담배 여깄습니다! 언제 오셨어요?"

마찬가지로 바이크 복장을 한 박보윤이 청량한 분위기를 뿜내며 달려와 담배와 라이터를 내밀었다.

세 사람 사이에 머쓱하게 껴 있던 박보윤이 멋쩍게 웃었다.

"근데 분위기가…… 전 이만 빠지는 게 좋겠죠?"

"아니야. 가지 말고 있어."

남기가 서둘러 보윤을 붙잡았다. 그나마 보윤이라도 있어야 석경이 자제를 하고 어른답게 행동할 것 같았다.

보윤은 세 사람을 차례대로 흘끔거렸다. 석경은 심각한 얼굴로 담배를 피우고 있었고, 만나면 늘 티격태격 싸우던 수희와 남기도 오늘따라 조용했다.

"무슨 일 있으세요? 모처럼 엠티 왔는데 다들 표정도 안 좋으시고……."

"괜찮아. 우린 신경 쓰지 마. 그나저나 바이크 연습은 좀 해 봤어?"

"네. 일찍 와서 해수 씨한테 좀 배웠어요. 해수 씨가 잘 타더라고요."

해수 이름이 언급되자 석경이 담배를 껐다. 남기가 석경의 눈치를 보며 얼른 말을 돌렸다.

"이야. 근데 보윤 씨 바이크 복장 너무 잘 어울린다. 그치 김 작가?"

"어. 그러네. 비율이 좋아서 그런지 뭘 입어도 멋있어."

수희가 애써 웃으며 엄지를 추켜세웠다. 그렇게 두 사람은 조금씩 텐션이 올라오고 있었지만, 석경은 혼자만 여전히 다운되어 있었다. 그게 신경 쓰였는지 보윤이 너스레를 떨었다.

"대표님, 대학 때 실력 좀 보여 주시죠. 저랑 경주 한판 해요. 해수 씨도 같이."

"보윤 씨, 우 대표는 선수였어. 무슨 경주야. 그냥 오늘은 해수 씨랑 둘이 타."

"왜? 재밌겠는데. 경주 좋다. 셋이 해 봐."

수희가 대화에 끼어들었다. 남기가 미쳤냐는 눈빛으로 다가와 수희의 귀에 속삭였다.

"이 상황에 무슨 경주야. 정해수랑 둘이 떼어 놔도 모자랄 판에."

"스포츠로 푸는 게 낫지. 주먹보단."

"아…… 그런가?"

"그래. 그리고 어차피 우승은 뻔하잖아."

팔은 안으로 굽는다고 당연히 석경이 우승할 거라 믿어 의심치 않았던 수희는 경주를 부추겼다.

"우 대표, 나 오래간만에 너 라이딩하는 그림 좀 보자. 그럼 영감이 마구 샘솟을 것 같아. 그리고 애들끼리 산악 라이딩은 위험하잖아. 네가 같이 가면서 코치 좀 해 줘."

"탈의실 어디야?"

"저랑 같이 가시죠!"

보윤이 기다렸다는 듯 석경을 탈의실 쪽으로 안내했고, 그렇게 경주는 성사되었다.

* * *

부릉. 부아아앙.

가을이 내려앉은 단풍나무들 사이로 바이크의 굉음이 울려 퍼졌다. 울창한 숲길을 질주하던 바이크는 곧 울퉁불퉁한 돌밭을 멋지게 점프해 다음 코스로 넘어갔다. 점프 후에도 바이크는 흔들림이 없었다. 이는 분명 하루 이틀 타 본 솜씨가 아니었다.

끼익.

그런데 웬일인지 선두로 달리던 바이크가 멈춰 섰다. 곧 바이크의 주인이 헬멧을 벗었고, 땀에 젖은 석경의 얼굴이 드러났다.

그는 잠시 숨을 고르며 지나온 길을 돌아봤다. 너무 빨리 달렸는지 보윤과 정해수는 보이지 않았다.

여유가 생긴 석경은 이제야 주변을 둘러봤다. 빨갛고 노랗게 잘 익은 단풍나무. 바람이 불자 낙엽이 우수수 쏟아졌다. 그 풍경이 너무나도 아름다웠다.

'그 애와 함께 봤으면 더 좋았을 텐데.'

석경은 아쉬운 마음을 애써 달래며 흩날리는 낙엽을 눈에 담았다. 이 장소를 그 애가 섭외했다고 하니 더 특별하게 느껴졌다.

'그나저나 그 애는 지금 뭘 하고 있을까? 아픈 건 괜찮으려나?'

그렇게 잔뜩 새봄의 걱정에 지쳐 갈 무렵. 사방에서 불어오는 청량한 바람에 석경의 답답했던 속이 제법 시원해졌다.

그가 라이딩을 좋아하는 이유는 이 때문이었다.

특히 산악 라이딩을 즐기는 이유도 마찬가지. 자신이 중심만 잘 잡고 핸들링을 할 줄만 알면 그 어떤 장애물이라도 넘을 수 있고, 그걸 이뤄 냈을 때 오는 짜릿함과 성취감 때문이었다. 이는 일반 라이딩을 할 땐 전혀 느낄 수 없는 감각이었다.

그리고 때론 그 성취감과 오감을 자극하는 역동성이 현실에서의 고통도 잊게 해 주는 역할을 했다. 그래서 더욱 매료됐고, 그 시절에 그토록 이 운동에 매달렸던 것이다.

부우웅.

상념에 잠겨 있던 석경을 깨운 건 멀리서 들려온 굉음이었다. 곧 정해수의 바이크가 모습을 드러냈다. 하지만 정해수는 속도를 줄이기는커녕 석경을 보고도 못 본 척 그냥 지나쳐 갔다. 그러곤 가속력을 더욱 높여 거친 지형을 누비며 질주했다. 마치 누구 보란 듯이 말이다.

"미친 새끼."

석경이 욕을 읊조리며 헬멧을 다시 썼다. 원래도 누구한테 지는 거 싫어했지만 오늘만큼은 반드시 이겨야 했다. 그가 정해수를 따라잡기 위해 출발하려던 그때.

부웅!

이번엔 박보윤의 바이크가 모습을 드러냈다. 석경이 잠시 멈춰 서서 보윤의 라이딩을 지켜봤다.

산악 라이딩이 처음인 것치곤 폼이 꽤 자연스러웠다. 몇 번만 더 타면 실력이 금방 늘겠다고 속으로 칭찬하고 있었는데.

"박보윤! 그쪽은 위험하니까 이쪽으로!"

석경이 손가락으로 방금 정해수가 간 쪽을 가리키며 소리쳤다. 하지만 그는 듣지 못한 건지 아니면 핸들링에 실패한 건지 오르막길로 향하고 있었다.

출발하기 전 지도를 외워 뒀던 석경의 표정이 굳어졌다. 저곳은 매우 험준한 곳이었다.

석경이 황급히 바이크에 속력을 높여 보윤을 따라가며 외쳤다.

"스톱! 브레이크 잡으라고! 박보윤!"

"브레이크가 이상해요!"

부앙!

다급한 보윤의 목소리가 멀어지고 말았다. 바이크가 급발진하며 앞으로 멀리 나가 버린 것이다. 석경은 당황한 보윤을 자신이 리드해야겠다는 생각에 최대한 속도를 내서 보윤의 바이크를 추월했다.

"나 따라와!"

뛰어내리기 적당한 곳으로 가서 바이크를 버릴 생각이었다. 하지만 석경을 따라가는 것도 버거운 모양인지 울퉁불퉁 자갈밭에 보윤의 핸들이 마구 꺾이고 있었다.

제멋대로 속도가 붙었다 떨어졌다 하던 바이크는 급기야…….

콰앙!

석경의 바이크를 박아 버리고 말았다. 왼쪽 다리가 바이크 사이에 낀 석경은 비명조차 낼 수가 없었다.

끼이이익.

보윤의 바이크는 여전히 브레이크가 말을 듣지 않았고, 그렇게 석경의 바이크를 낭떠러지로 떠밀었다.

정말 순식간이었다.

풍덩!

두 사람은 바이크와 함께 낭떠러지 아래 바다로 추락하고 말았다.

* * *

새봄은 도어 록 비밀번호를 누르려다 멈칫했다.

그가 현재 동해에 있다는 걸 알지만 선뜻 주인도 없는 집에 몰래 들어가려니 마음에 걸렸다.

참 이상했다. 며칠 전만 해도 스스럼없이 드나들던 집이었는데. 그때가 너무 그리워 괜히 울컥했다.

억지로 마음을 추스른 새봄이 비밀번호를 누르고 안으로 들어갔다. 사실 어색할 줄 알았다. 며칠 떠나 있었으니 예전만큼 내 집처럼 편하지도 않고 불편할 거라고 생각했는데.

아니었다. 거실에 들어오자 희한하게도 안정감이 느껴졌다. 먼 여행을 갔다 집에 돌아온 사람처럼. 이런 감정은 처음이었다. 참 염치도 없게 이곳을 진짜 내 집이라고 생각했었나 보다.

'그는 지금쯤 무얼 하고 있을까?'

핸드폰으로 시간을 확인하려던 새봄은 아차 싶었다. 위치 추적 어플이 깔린 핸드폰을 일부러 방송국에 두고 온 게 뒤늦게 생각난 것이다.

아마 지금쯤 산악 라이딩을 하고 있거나, 라이딩을 다 끝내고 숙소로 돌아가 저녁 먹을 준비를 하고 있겠지. 오빠 술 많이 마시면 안 되는데. 감독님이랑 작가님도 있으니까 알아서 잘 챙겨 주겠지? 괜히 취해서 정해수랑 싸우기라도 하면…….

새봄이 두 눈을 꽉 감아 버렸다.

정해수 이름 석 자를 떠올리기만 해도 온몸에 소름이 돋고 치가 떨렸다. 하지만 며칠 내내 고민을 해 봐도 어떻게 벗어나면 좋을지 대책이 서지 않았다. 일단 그동안은 정해수가 시키는 대로 얌전히 굴며 그를 자극하지 않는 쪽이 석경을 위한 거라고 생각했다.

'알았어. 일단 알았고. 들어가. 가서 너 잠 좀 자라. 얼굴이 많이 안 좋네.'

새봄은 마지막으로 봤던 석경의 모습을 떠올렸다. 그는 금방이라도 쓰러질 것 같은 얼굴을 하고선 도리어 저를 걱정했었다.

오빠 갑자기 집을 떠난 내가 밉지도 않은 걸까?

미안한 마음에 새봄의 고개가 절로 숙여졌다. 그러다 거실 테이블 위에서 뭔가를 발견했다.

"이게 뭐지?"

약 봉투였다. 봉투에 적힌 남기의 이름을 봐선 남기가 챙겨다 준 약인 것 같았다. 그런데 봉투 안을 보니 약은 그대로였다. 한 알도 안 먹었다. 새봄은 너무 속이 상했다.

그렇게 한참을 거실에 서서 그를 걱정하던 새봄은 뒤늦게 이곳에 온 목적을 떠올리곤 방으로 들어갔다.

메고 있던 가방을 책상 위에 내려놓고, 주머니에서 그가 줬던 카드를 꺼내 가방 위에 올려놨다. 그런 후 다시 거실로 나와 그와 함께 지냈던 공간을 천천히 눈에 담았다.

함께 밥을 먹던 주방, 와인을 마셨던 테라스, 독서를 하던 거실, 사랑을 나누었던 소파…….

정말이지 이곳에 있으면 있을수록 가기 싫다는 생각만 머릿속을 지배했다.

새봄은 더 있다간 영영 나가지 못할 것 같아 서둘러 걸음을 옮겨 현관으로 향했다. 그런데 현관문을 열고 밖으로 나가려던 새봄이 멈칫했다.

현관 안쪽에 포스트잇이 붙어 있었다.

「냉장고 열어 봐」

그는 마치 자신이 이곳에 다시 올 거라는 사실을 미리 알고 있기라도 한 듯 메모를 적어 놨다. 그냥 무시하고 나가려던 새봄은 도저히 발길이 떨어지지 않았다.

정말 마지막이라는 심정으로 주방으로 향했다. 냉장고를 열자 덩그러니 든 냄비 하나가 보였다. 그리고 냄비엔 또 다른 포스트잇이 붙어 있었다.

「전자레인지 4분 40초」

혹시 다음 메시지가 또 있을까? 하는 마음에 냄비를 전자레인지에 넣고 돌렸다. 그가 적은 메모대로 4분 40초 후에 띵, 소리와 함께 전자레인지가 멈췄다. 지금 제 상황과는 어울리지 않게 경쾌한 소리였다.

새봄은 뜨거운 냄비를 그가 항상 끼던 장갑으로 들어 냄비 받침에 내려놓고 뚜껑을 열었다. 전복죽이었다.

울컥한 새봄은 티슈를 뽑으려다 티슈 케이스에 붙여진 또 다른 메모를 발견했다.

「울지 말고 빨리 먹어. 식는다. 먹고 설거지 꼭 해 놓고.」

글자에서 그의 음성이 들리는 것만 같았다. 새봄이 쓸쓸한 미소를 지으며 수저를 들었다.

꾸역꾸역 그가 만든 죽을 다 먹고 설거지도 끝냈다. 그리고 행주로 냄비를 닦아 선반에 넣으려고 문을 열었는데.

선반 안쪽에 또 메모가 있었다.

「냉동실」

냄비를 넣은 후 새봄은 자연스럽게 냉동실을 열었는데.

와르르르.

냉동실 안에 가득 차 있던 아이스크림이 바닥으로 쏟아졌다. 저번 날 그와 함께 편의점 파라솔 밑에서 먹었던 아이스크림이었다.

그날은 갑자기 비가 쏟아졌고, 자신이 일부러 그를 향한 마음을 숨기기 위해 좋아하는 사람이 있다고 하자 그는 캔 맥주를 숨도 안 쉬고 마셔 댔었지.

지금 돌이켜 생각해 보니 다 티가 났었네. 그땐 왜 몰랐을까. 좀 더 빨리 알았더라면…….

새봄은 후회로 얼룩진 얼굴로 바닥에 떨어진 아이스크림을 주워 일어났다. 차가운 아이스크림을 가슴에 안은 채 그녀는 냉동실 안쪽에서 그의 마지막 메시지를 발견했다.

「그날 밤 네가 그런 말을 했어. 반하는 건 순간이고, 순간은 사소함으로부터 온다고. 내 순간은 일상으로부터 왔어. 내 일상에 어느 순간 들어온 너와 함께한 모든 시간이 즐거웠어. 그러니 안 좋았던 일은 잊자. 앞으로 우리가 함께할 좋은 추억으로 덮자. 너 좋아하는 아이스크림 먹으면서 머리 좀 식히고 있어. 금방 돌아올 테니까.」

금방 온다고? 혹시 엠티 안 갔나? 아닌데…… 박보윤 씨 바이크 가르쳐 주러 갔을 텐데.

새봄은 의아한 얼굴로 고개를 돌려 현관 쪽을 쳐다봤다.

* * *

"새봄 학생!"

혹시라도 석경이 갑자기 나타날까 봐 서둘러 골목을 떠나려던 새봄은 토스트 아주머니한테 붙잡혔다.

"얼른 이리로 와 봐!"

아주머니가 손까지 흔들며 새봄을 불렀다. 새봄은 연신 주변을 두리번거리며 트럭 앞에 섰다.

"네. 아주머니. 잘 지내셨어요?"

"이사 갔어? 왜 요새 안 보여?"

"아…… 네. 그렇게 됐어요."

"이거 하나 먹어."

아주머니가 토스트를 건넸다.

"괜찮은데. 저 밥 먹었거든요. 그리고 지금 돈 없는데……."

"그냥 먹어도 돼. 그 저번에 같이 왔던 그 총각 있잖아. 그 총각이 미리 계산 해 뒀어. 새봄이 너 볼 때마다 먹고 싶은 거 다 먹게 해 주라고. 오늘 아침에 돈을 이만큼이나 주고 갔어."

아주머니가 수표 몇 장이 든 봉투를 앞에 내려놓았다.

"내가 얼떨결에 받긴 했는데. 돈이 너무 많이 들었더라고. 이건 아니지. 새봄이가 그 총각 만나면 나 대신 돌려 줘."

"저도 이제 못 만나는데……."

"왜?"

새봄의 표정이 시무룩해지자, 아주머니가 음료수 한 병을 건넸다.

"일단 먹어. 천천히, 꼭꼭 씹어서."

더는 말 시키지 않겠다는 듯 아주머니가 몸을 돌려 거치대에 올려놓은 핸드폰으로 TV를 봤다. 마침 김수희 작가의 드라마가 재방송되고 있었다.

즐겁게 드라마를 시청하는 아주머니와 함께 TV를 보던 새봄은 토스트를 먹으려는데.

"……!"

새봄이 들고 있던 토스트를 떨어뜨렸다. 드라마 밑에 떠오른 뉴스 속보 자막 때문이었다.

〈강원도 동해시, 바이크 타던 30대 바다에 추락 1명 사망, 1명 실종…….〉

〈사망자는 배우 박보윤 씨로 밝혀져…… 이송 중 숨져…….〉

새봄은 너무 놀라 한동안 머릿속이 하얘진 채 멍하니 TV만 보고 있었다.

"새봄 학생!"

"……네?"

"왜 그래? 혹시 박보윤 팬이야?"

"……."

대답할 정신도 없었다. 새봄은 금방이라도 울 것 같은 얼굴로 어디로 가야 할지 몰라 골목 한가운데서 정신없이 왔다 갔다 했다. 그러다 무작정 골목을 뛰어 내려갔다.

* * *

방송국은 안이고 밖이고 아수라장이었다. 밖은 취재하러 모여

든 기자들로, 안은 취재를 하러 나가려는 기자들로 득실거렸다.

로비에 들어선 새봄은 하필 카메라를 메고 달려 나오던 뉴스 촬영팀과 부딪혀 바닥으로 넘어지고 말았다. 미안하다는 말도 없이 그들은 바쁘게 사라졌고 새봄은 일어날 힘조차 없었다.

제발 오보이기를 바라고 또 바랐건만.

"촬영도 아니고 놀러 갔다가 그렇게 된 거라며? 이번 드라마 엎어지겠네."

"지금 그게 중요해? 사람이 죽었는데. 현장에 있는 드라마 팀들 쓰러지고 난리 났대."

"실종자는 찾았대? 근데 누가 실종된 거야?"

"제작사 대표. 박보윤이랑 같이 바다에 추락했다잖아. 못 찾을 것 같던데."

지나가는 사람들의 목소리가 웅웅거리며 귀에 들려온다. 곧 로비에 걸린 대형 전광판에 사고 현장이 담긴 뉴스 속보가 방송됐다.

전광판 앞으로 사람들이 경악을 하며 모여들었고, 새봄은 고개를 들어 화면을 응시했다.

산으로 몰려드는 수십 대의 구급차. 헬기까지 동원된 바다 위.

흰 천이 덮인 박보윤의 시신이 옮겨지고, 그 주변에 있던 우리 드라마 팀 사람들이 망연자실한 얼굴로 서로 부둥켜안았다. 바닷가에 주저앉아 오열하는 김수희 작가와 남기의 모습도 보였다.

멍한 얼굴로 굵은 눈물을 뚝뚝 흘리던 새봄은 바닥에 엎드린 채 숨죽여 통곡했다.

Chapter 9

6년 후.

KR그룹의 계열사 KR엔터. KR엔터엔 채널이 다섯 개가 있는데, 그중 대표 채널은 KRV였다. 특히 채널 KRV는 드라마가 강세였다. 오래간만에 KRV 드라마국 회의실이 시끌벅적했다.

"그래서 그 드라마는 어떻게 됐는데?"

"당연히 엎어졌지. 주연 배우가 죽었는데 그걸 어떻게 찍어."

회의 중에 박보윤 닮은 신인 남자 배우 얘기를 하다가 6년 전 이야기까지 나오게 됐다.

"그 드라마 참여했던 작가, 감독, 배우 다 그때 충격으로 이 일 그만두거나 잘렸잖아. 그 잘나가던 김수희 작가도 여태까지 작품 못 하고 있고. 소문엔 절필하고 산으로 들어갔대. 감독도 방송국 잘리고 폐인 됐다더라. 그 덕분에 드라마 왕국 소리 듣던

HBS 방송국 완전 무너지고 우리 회사가 치고 올라온 거잖아."

"근데 그때 박보윤 말고 한 명 더 죽었다 그러지 않았어?"

"맞아. 드라마 관계자도 한 명 죽었잖아. 박보윤이 워낙 세서 묻혔지 뭐."

"감독님! 감독님은 박보윤 사건에 대해 뭐 아는 거 없으세요?"

얘기를 나누던 신입 피디들이 상석에 앉아 있는 여자를 바라봤다.

목을 살짝 가리는 단발머리, 작고 갸름한 얼굴에 오똑한 코, 그윽한 눈매. 예쁜 이목구비지만 무표정한 얼굴이 어딘지 모르게 차가워 보였다.

신새봄, 그녀는 KRV를 드라마 왕국으로 만들어 놓은 감독 중 하나였다.

그녀가 입사하자마자 제출한 기획안은 지금 봐도 파격적인 콘셉트였다. 우려를 업고 시작된 드라마는 방영과 동시에 화제성 1위를 차지했고, 그건 시청률 고공 행진으로 이어졌다.

그다음 해엔 입봉작으로 연말 시상식을 휩쓸며 스타 감독으로 급부상했으며, 그녀가 예능이 강세이던 이 채널의 색깔까지 바꿔 놓았다는 게 업계의 평이었다.

"신 감독님!"

후배들의 부름에도 새봄은 들은 척도 안 하고 대본을 들여다 봤다. 원래도 뭐 하나에 꽂히면 옆에서 사람이 죽어도 모를 정도로 집중력이 엄청나다는 걸 알고 있었지만. 지금은 왠지 일부러 모르는 척, 못 들은 척하는 것 같다는 생각에 후배 피디가 입을 삐죽 내밀었다.

"감독님, 왜 아까부터 계속 대본 같은 장만 보세요?"

"장 피디."

"넵."

새봄이 대본을 내려놓자 장 피디가 기합이 잔뜩 든 얼굴로 대답했다. 새봄이 그녀를 무표정하게 쳐다봤다.

"잡담할 시간 있으면 대본이나 똑바로 검토해. 장 피디가 가져온 것 중에 쓸 만한 게 하나도 없잖아."

"그거 별로세요?"

"앞으론 대본 선별하지 말고 그냥 다 가져와."

"다요? 엄청 많은데. 그거 다 보시려면……."

"상관없으니까 다 가져오라고. 당장."

"네……."

장 피디가 대본을 가지러 서둘러 회의실을 빠져나갔다. 오늘따라 회의 분위기가 살벌했다. 원래도 그녀는 뭐든 살벌하게 만드는 게 특기이긴 했다. 후배 피디들은 그저 그녀의 눈치를 살피며 애꿎은 대본만 들여다볼 뿐이었다.

방송국에서도 현장에서도 잘 웃지 않아 그녀에게 붙여진 별명이 얼음 공주였다. 어떤 이는 모 애니메이션에 나오는 이름으로 그녀를 부르기도 했다.

"너넨 연예인 얘기 하려고 방송국 입사한 거야?"

새봄의 한마디에 이곳은 겨울 왕국처럼 찬 바람이 쌩쌩 불었다. 어디 창문이라도 열려 있나. 후배 피디 중 한 명이 창밖을 바라봤다. 창밖에선 눈이 내리고 있었다.

"어? 첫눈이…… 죄, 죄송합니다."

"나 갈 테니까 앞으로 나한테 같이 디벨롭 하자고 하지 마. 너희가 알아서 해."

후배들을 한심하게 쳐다보던 새봄이 회의실을 나가 버렸다. 복도로 나오자마자 새봄은 후회했다. 사실 이렇게까지 예민하게 굴 이유는 없었다. 아니, 있었다.

누가 죽었다고 그래. 안 죽었어. 안 죽었다고.

수없이 되뇌며 복도를 걷던 새봄은 창밖을 바라봤다. 눈발이 점점 더 거세졌다.

봄, 그와 처음 만났던 계절.

여름과 가을, 그와 보낸 두 계절.

겨울, 그와 함께해 보지 못한 유일한 계절.

겨울이 오면 더더욱 그가 그리워진다. 그 사건 이후로 그는 흔적도 없이 사라졌다. 죽었는지 살았는지 생사조차 알 수 없었다. 김수희 작가와 최남기 감독과도 연락이 끊긴 지 오래였다.

어느 순간부턴 그의 이름을 포털에 검색하면 옛날 기사조차 나오지 않았다. 누군가 일부러 그의 흔적을 모조리 다 지워 버리라고 지시라도 한 듯. 그렇게 우석경이라는 사람은 방송계에서도 이 세상에서도 잊히고 있었다.

그리고 6년이라는 시간이 흘러 새봄은 그때의 그 사람 나이가 됐다.

서른하나.

스물다섯의 새봄이 본 서른하나의 그는 꽤 어른처럼 보였는데.

막상 제가 그 나이가 되니 그 사람도 그때 참 미숙하고 어렸겠구나. 그런 생각이 들 때면 참 씁쓸해진다. 한 번도 그의 맘을 제대로 헤아려 본 적 없었던 철없던 그때의 자신을 반성하며.

"감독님!"

사업부 직원이 달려와 상념에 젖어 있던 새봄을 불렀다. 새봄이 고개를 돌려 남직원의 얼굴을 보자마자 미간을 확 구겼다.

"또 뭐죠?"

"어제 말씀드렸잖아요. 제발 영어 이름 좀 바꿔 주세요. 중복 안 되는 걸로."

"싫은데요."

직원의 애원에도 새봄은 바로 싫다고 했다.

'피디 되겠다는 녀석이 거절을 못 하겠다니. 야, 피디 되면 거절하는 게 일이야. 여기저기서 말도 안 되는 요구 들어오는 게 얼마나 많은 줄 알아? 지금부터 연습한다고 생각하고 문자 보내. 싫다고.'

문득 과거에 그가 했던 말이 떠올라 새봄은 헛웃음을 지었다. 그가 바라던 대로 자신은 싫다는 말을 꽤 잘하는 피디가 되었다. 그가 지금의 내 모습을 보면 뭐라고 말할까? 잘했다고 할까?

"감독님?"

"싫다고요. 안 바꾼다고요."

"사장님 부임하시기 전에 직원들 영어 이름으로 싹 다 바꾸라고 하셨는데…… 지금 감독님만 제출 안 하셨어요."

"했잖아요."

"그거 중복된다니까요."

진짜 말이 안 통한다. 새봄은 답답해 미칠 것 같은 얼굴로 직원을 쳐다봤다.

"박 대리님. 방송국 직원이 수백 명인데 중복은 불가피한 거 아닙니까? 그리고 전요, 솔직히 영어 이름 쓰는 거 반대예요. 수 평적 관계를 위한 영어 이름 쓰기 그거 좋아요. 근데 그딴 거 현 장에선 안 통합니다. 대체 이딴 걸 왜 하는 겁니까?"

"저희도 죽겠어요. 이번에 새로 바뀌는 사장님 KR그룹 손자 라는 소문도 있고. 까라면 까야 되는 입장이라. 그러니까 이름 좀 바……."

"사업부 본부장님 사무실에 계시죠?"

"계시긴 한데……."

말이 끝나기도 전에 본부장실로 직진하는 얼음 공주의 뒷모습을 보며 박 대리가 고개를 절레절레 흔들었다.

"아오. 그거 이름 하나 바꾸는 게 뭐가 어렵다고. 아무튼 저 싸가지!"

박 대리가 얄미워 죽겠다는 듯 그녀의 뒷모습을 노려봤다.

사실 그녀가 방송국에 입사했을 땐 예쁜 얼굴만 보고 대시하는 남자들이 꽤 많았다. 박 대리도 그중 하나였다. 하지만 그녀의 영혼 없는 말투와 뭐만 부탁하면 싫다고 하는 불친절함과 어딘지 모를 서늘함에 질려 다들 나가떨어졌다.

소문엔 그녀는 마치 일에 환장한 사람처럼 일만 한다고 들었 다. 시청률만 잘 나온다면 악마한테 영혼까지 팔 거라는 흉흉한 소문이 있을 정도로 일에 미친 여자였다.

박 대리는 그때 그녀가 자신의 고백을 단박에 거절한 것을 지금에야 비로소 감사하게 생각했다.

* * *

사업부 본부장실.

사업부는 특이하게 본부장실 안에 회의실이 따로 있었다. 새봄은 본부장실 소파에 앉아 회의실에서 본부장이 나오기만을 기다렸다.

"신 감독!"

김평소 본부장이 회의실을 나오며 새봄을 맞이했다. 새봄은 회의실 안쪽을 흘끔 쳐다봤다. 닫히고 있는 문 사이로 언뜻 차를 마시는 남자의 뒷모습이 보였다. 회의실 입구엔 검은색으로 된 기다란 무언가가 세워져 있었는데.

저게 뭐지? 지팡이?

"신 감독, 무슨 일이야?"

"손님 계신 것 같은데. 이따 다시 오겠습니다."

"아니야. 아니야. 양해 구하고 잠깐 나왔으니까 괜찮아."

회의실에 있는 사람이 마음에 걸렸지만, 새봄은 그냥 빨리 말하고 나가야겠다는 생각으로 입을 열었다.

"일단 드릴 말씀이 두 가지인데요. 우선 이번 기자 간담회 열릴 호텔 말이에요. 바꿔 주세요."

새봄은 얼마 전 사전 제작을 마친 드라마의 첫 방송을 앞두고 있었다. 새봄의 당돌한 요구에 김평소가 당황해하며 되물었다.

"왜? 그 호텔 요즘 제일 많이 하는 곳인데……."

"왜 많이 할까요?"

이거 어디서 많이 들어 본 질문인데, 김평소가 이마를 긁적이며 대답했다.

"많이 하는 이유는 그야…… 싸니까?"

"잘 아시네요. 그럼 본부장님은 드라마 1회 시청률을 뭐가 좌우한다고 생각하세요?"

"이것도 어디서 많이 들어 본 질문인데……."

김평소가 고개를 갸웃하며 잠시 생각에 잠겨 있다가 회의실을 보더니 웃음을 터뜨렸다. 이번엔 그가 자신 있게 대답했다.

"아, 생각났다! 전에 내 사수가 그랬거든. 시청률을 좌우하는 건 기사량이라고."

본부장의 대답에 새봄은 너무 황당했다. 그걸 아는 사람이 지금껏 왜 그토록 기자 간담회 예산에 박하게 군 걸까. 게다가 맨날 똑같은 호텔. 방송국이 상암인데 왜 강남에 있는 호텔에서 간담회를 여는지 도통 이해할 수가 없었다.

"박 대리님 말로는 본부장님께서 꼭 그 호텔에서 해야 한다고 하셨다던데. 이유가 뭔지 여쭤봐도 되겠습니까?"

새봄이 약간 못마땅한 어조로 물었다. 그러자 본부장이 금시초문이라는 반응을 보였다.

"내가? 난 그런 적 없는데."

"죄송합니다. 제가 박 대리님 말만 듣고 오해했네요."

박 대리 그 사람 분명 그 호텔에서 커미션 챙긴 게 확실했다. 당장 본부장실을 나가면 감사팀에 고발부터 해야겠다는 생각을 하고 있었는데.

　"신 감독, 한 번만 봐줘."

　"뭘요?"

　"지금 감사팀 뛰어갈라 그러지? 일단 진정하고. 호텔 건은 내가 박 대리한테 잘 말해 둘게."

　"박 대리님이랑 한패세요?"

　"아니! 절대 아니거든? 내가 얼마나 청렴한 사람인데."

　"근데 왜 신고를 말리십니까?"

　"하지 말라는 게 아니라 신고하더라도 우리 성과급 나오고 하면 안 될까나?"

　직급에 걸맞지 않게 애교를 부리는 본부장을 바라보며 새봄은 사업부엔 왜 하나같이 이런 사람들뿐인 건지 모르겠다며 작게 한숨을 내쉬었다.

　"그럼 성과급 나오면 바로 감사팀 가겠습니다."

　"그러시지요, 감독님. 자, 이제 용건 끝?"

　"하나 더요."

　"또 있어?"

　본부장이 잔뜩 겁먹은 얼굴로 새봄의 다음 용건을 기다렸다. 새봄이 여전히 딱딱한 표정으로 말을 이었다.

　"자꾸만 사업부에서 영어 이름으로 바꾸라는데 그게 그렇게 중요한 겁니까?"

새봄은 도저히 이해할 수가 없다는 눈빛으로 본부장을 쳐다봤다. 그 눈빛이 어찌나 차가운지 본부장이 흠칫 놀라며 변명했다.

"에이, 신 감독도 알면서. 우리 다 같이 투표해서 결정한 거잖아. 영어 이름 쓰기."

"지금 영어 이름 쓰는 거 가지고 항의하려고 온 게 아니고요."

"내일부터 명패랑 메신저, 홈페이지 등등 각종 유지 보수해야 하는 게 한두 개가 아니야. 그거 별거 아닌 것처럼 보여도 예산이 꽤 많이 들어갔다구."

"네. 수고가 많으신데요. 근데 이름 중복돼도 상관없는 거 아닙니까? 회사에 중복되는 이름 한둘이 아닐 텐데. 박 대리님은 왜 자꾸 절더러 이름을 바꾸라는 건지 모르겠습니다."

"신 감독 이름이 뭔데?"

"제이든이요."

"아…… 그건 바꿔야지. 꼭 바꿔야 되겠네."

"왜요?"

본부장이 회의실 쪽 눈치를 보며 작게 말했다.

"이번에 새로 부임하는 사장님 성격이 좀 유별나거든. 근데 하필 신 감독이랑 이름이 똑같네? 사장님도 제이든이야. 이건 무조건 바꿔야 돼. 이건 박 대리가 맞아."

"아뇨. 저 안 바꿀래요. 앞으로 사장님이랑 부딪힐 일도 없을 거고, 그럼 상관없잖아요."

"그래도 사장님이랑 같은 이름은 좀 그렇지. 그러지 말고 신 감독은 이름에 봄이 들어가니까 spring이나 april이나 뭐 그런 걸로 바꿔. 그래, 에이프릴 좋네! 그걸로 가면 안 될까? 제이든은 남자 이름 같잖아. 굳이 왜 제이든으로 할라고 해?"

"제 맘인데요. 아무튼 전 이름 안 바꿀 거예요. 정 거슬리시면 메신저에서 제 이름 삭제시켜 주세요. 명패도 없어도 됩니다. 만들지 마세요. 그럼 용건 끝났으니까 나가 보겠습니다."

인사를 하고 나가려던 새봄이 멈칫했다. 그녀는 문고리를 잡은 채 고개를 돌려 회의실 쪽을 바라봤다. 반투명으로 된 회의실 창문 너머로 남자의 실루엣이 보였다. 날렵한 턱선과 높은 콧대. 그림자만 봐도 벌써 잘생겼을 것 같다.

배우인가? 사업부 본부장실에 배우가 왜?

새봄은 자신이 왜 이런 관심을 보이는지 알 수 없다는 듯 고개를 흔들며 본부장실을 나왔다.

* * *

새봄이 나가자마자 회의실로 들어간 본부장이 연신 고개를 조아리며 의자에 앉았다.

"죄송해요. 많이 기다리셨죠? 저 신 감독 아무튼 골칫거리라니까요. 다들 싫어한대요. 지나치게 꼿꼿해서. 하여튼 요즘 젊은 직원들 비위 맞추기가 너무 힘들다니까요."

본부장이 맞은편에 앉아 있는 누군가를 향해 신세 한탄을 했다.

"근데 대표…… 아니, 이제 사장님이시죠."

사장이라는 말이 입에 잘 안 붙는다며 본부장이 촐싹대고 있던 그때. 여유롭게 차를 마시던 남자가 찻잔을 내려놓았다.

"김 팀장."

"팀장 아니고 본부장인데요."

"지금 말대꾸하는 거야?"

"와. 어쩜 하나도 안 변하셨네요."

본부장이 중얼거리며 과거 자신이 다니던 회사 대표였던, 현재는 곧 이 방송국 사장으로 부임하게 될 남자를 바라봤다.

"성격도 그대로시고 외모도……."

길고 진한 눈썹과 곧게 뻗은 콧대. 조금 달라진 게 있다면 피부 색이었다. 과거엔 하도 현장이며 익스트림 스포츠를 즐겨 하던 사람이라 약간 그을려 있었는데. 지금은 밖에 내리는 눈처럼 하얬다. 마치 아이돌 그룹 멤버처럼 말이다.

잡티 하나 없이 하얀 얼굴과 뭔가 사연이 있는 듯 더욱 깊어진 눈동자.

"와…… 냉동 인간인 줄. 6년이 지났는데 어째 더 젊어지신 것 같아요. 20대라고 해도 믿겠어요."

"그건 욕 아니냐? 내가 나이가 몇인데."

"욕이라뇨. 진심인데…… 설마 진짜 냉동 인간 뭐 그런 거 아니죠? 6년 만에 나타난 것도 이상하고."

"죽을래?"

"농담이에요 농담."

이렇게 욕까지 얻어먹으니 정말 6년 전과 똑같았다. 본부장은 과거 나무에서 석경과 같이 일했던 지난날들이 주마등처럼 스쳐 지나갔다. 괜히 눈시울이 붉어졌다.

"울면 뒤진다."

"누가 운다고요. 안 울거든요?"

손등으로 눈물을 훔치는 본부장을 한심하게 쳐다보며 석경이 고개를 저었다.

"대체 김 팀장 네가 왜 본부장씩이나 됐을까?"

"이래 봬도 방송국에서 제 결재 없인 종이컵 한 개도 못 삽니다. 아니, 지금 이게 중요한 게 아니잖아요. 그동안 어디 계셨던 거예요?"

본부장은 바로 어제 이사진 회의에 갑자기 등장한 석경을 보고 까무러치는 줄 알았다. 죽은 줄만 알았던 그가 KR그룹 김성화 회장 외손자가 되어 등장한 것이다.

"대체 언제부터 회장님 손자셨어요? 나무에 있을 때도 재벌이셨던 거예요?"

"그걸 질문이라고 하는 거야?"

"어쩐지…… 이상한 게 한둘이 아니었어요."

"뭐가?"

"6년 전 일 말이에요. 사고 나고 바로 다음 날 검은 양복 입은 사람들이 들이닥쳐서 나무에 있는 자료 다 쓸어 갔다니까요. 그 뒤로 회사 없어지고, 포털에서 대표님 이름도 다 지워지고, 세상에 어떻게 기사 한 줄도 안 남고 다 사라졌을까 했는데…… KR그룹이라니. 회장님 손자라니."

그들이 사는 세계란…… 참 무섭구나. 그리고 이 사람은 그 무서운 세계에서 곧 군림하게 될 사람이고.

본부장의 얼굴이 심각해졌다.

"어디 아프신 데는……."

본부장이 문 앞에 세워둔 지팡이를 흘끔 쳐다보며 말끝을 흐렸다. 괜한 걸 물었다는 표정이었다. 6년 전 그 사고로 사람이 한 명 죽었다. 그가 이렇게 살아 있는 것만으로도 기적이었다.

"후우……. 제가 말이 너무 많았네요. 이제 대표님 얘기 좀 듣고 싶어요. 대체 어떻게 된 건지 속 시원하게 설명 좀 해 주세요."

"나중에. 먼저 설명해 줘야 하는 사람이 있거든. 근데 영어 이름은 누가 제안한 거야?"

"전임 사장님이요."

석경이 턱을 매만지며 심오한 표정을 짓자 본부장은 불안했다. 이제 실행만 앞둔 이 사업을 뒤집자고 할까 봐 겁이 난 것이다.

"사장님! 절대 안 됩니다. 이거 진짜 우여곡절 끝에 어렵게 진행된 프로젝트라구요. 그리고 아시다시피 촬영 현장이 위계질서가 엄격하잖아요. 그거 개선하려면……."

"누가 뭐래? 쫄지 마. 영어 이름 나도 찬성이니까. 현장에 변화가 필요하긴 하지. 그래도 요새 많이 좋아졌더라? 촬영 시간도 줄어들고, 사전 제작도 늘어나는 추세고."

석경은 마지막 현장이 언제였는지 시간을 거슬러 잠시 추억에 젖었다. 그러다 뒤늦게 말을 이었다.

"직원들한테 아직 내 이름 공개 안 했지?"

"네. 홈페이지랑 메신저에 영어 이름으로 일괄 변경할 예정이니까 그때 자연스럽게 공개될 것 같아요."

"그럼 이름 수정 좀 하자. 방금 나간 감독님이 제이든 하라 그러고."

"사장님은요?"

"난 에이프릴 하지 뭐."

"네?"

본부장이 놀란 눈으로 되묻자 석경이 여유롭게 차를 마셨다. 그가 피식 웃으며 찻잔을 내려놓더니 대답했다.

"내가 많이 좋아하거든. 에이프릴……."

* * *

며칠 후.

방송국 로비에서부터 복도, 사무실, 화장실, 회의실, 어딜 가나 온통 새로 부임할 사장에 관한 이야기로 시끄러웠다.

조식을 먹기 위해 구내식당에 도착한 새봄은 일부러 사람이 적은 구석으로 가서 앉았는데.

"사장님 말이야. 김성화 회장 손자가 아니라 손녀인가 봐."

"나도 봤어. 메신저에 뜬 이름 보니까 에이프릴이더라. 되게 예쁘겠지?"

또 사장 얘기다. 옆 테이블에서 시끄럽게 수다를 떠는 사람들을 흘끔 보던 새봄은 이어폰을 귀에 꽂았다.

사장이 왜 갑자기 제이든에서 에이프릴로 이름을 바꿨는지 황당하긴 하지만 별 관심 없었다. 지금 그녀에게 중요한 건 사장님 영어 이름이 아니라 차기작이었다. 하루라도 빨리 차기작으로 들어갈 대본을 찾아야 했다. 그게 그녀의 유일한 도피처였다.

새봄은 태블릿으로 검토 중이던 대본을 읽으며 조식을 먹었다. 메뉴는 영양죽이었다. 아침엔 종종 죽이 나와서 대수롭지 않게 여기며 수저로 한 숟가락 떠서 입에 넣었는데.

전복죽이었다.

맛은 전혀 달랐지만, 그녀에게 전복죽이 주는 의미는 남달랐기에 새봄의 마음이 크게 요동쳤다. 마지막으로 그가 만들어 줬던 그 전복죽이 떠올라 새봄은 가슴이 무너져 내렸다.

결국, 더는 먹지 못하고 식당을 나온 새봄은 착잡한 마음을 안고 옥상으로 향했다.

코끝이 찡하도록 차갑게 부는 겨울바람. 그녀는 자연스럽게 주머니에서 담배를 꺼내 입에 물었다.

'왜요? 왜 줬다 뺏어요?'

'넌 내가 딱 봤을 때 뭐 하나 중독되면 큰일 날 놈이야. 아예 시작도 하지 마.'

문득 그가 했던 말이 떠올랐다. 새봄의 쓸쓸한 얼굴에 옅은 미소가 번져 갔다. 그의 말대로 중독되고 말았다. 처음엔 그가 그리워서 담배를 찾게 됐고, 그 뒤엔 제 의지론 끊을 수가 없게 되었다.

희뿌연 담배 연기를 내뱉으며 새봄은 그와 함께했던 6년 전을 떠올렸다. 마치 어제 일처럼 생생했다. 인간은 망각의 동물이라는데. 왜 이토록 그와 관련된 기억은 선명한 걸까.

끼익, 옥상 문이 열리고 직원들이 우르르 밖으로 나왔다. 새봄은 사람들을 피해 구석에 있는 벤치에 앉았다.

"근데 김성화 회장한테 손녀도 있었어?"

"원래 KR그룹 일가는 포털에 검색해도 안 나오잖아. 경제부 정치부 기자들 심지어 김성화 회장 최측근도 김 회장 자식이 몇 명인지 모른대."

"소문엔 우리 사장님이 KR그룹 후계자라던데? 이사진들 앞에서 회장 직계 가족인 거 공표한 게 이번이 처음이래."

대체 다들 남의 가족사가 왜 그렇게 궁금한 건지. 가만히 듣고만 있던 새봄은 도저히 이해할 수가 없었다.

"감독님! 사업부 김 본부장님 호출이요."

후배 한 명이 새봄이 옥상에 있는 걸 어떻게 알고 달려와 그녀를 불렀다. 새봄은 피우던 담배를 끄고 옥상을 벗어났다.

* * *

본부장실에 들어선 새봄은 회의실 안으로 걸음을 옮겼다. 그곳엔 드라마 국장이 먼저 와서 앉아 있었다. 새봄이 인사를 하며 국장 옆에 앉았다. 곧 본부장이 직접 찻잔을 들고 나타났다.

"선물 받은 차인데 맛이 좋아서 나눠 마시려고 가져왔어요. 두 분 어서 드세요."

본부장이 친절하게 차를 나눠 주었다. 직급은 본부장이 높지만, 국장이 본부장의 학교 선배라더니. 본부장은 국장에게 제법 깍듯하게 굴었다.

두 사람이 근황 토크를 이어 가는 사이 새봄은 조용히 차를 마셨다. 따뜻한 찻잔을 만지며 얼어붙은 손을 녹이다가, 이유는 모르겠지만 저번 날 이곳 회의실에서 본부장을 기다리던 남자의 실루엣이 문득 생각났다.

이 자리였던 것 같다. 그는 이 자리에 앉아 차를 마시고 있었다. 그 자태가 유독 뇌리에 박혀 떠나질 않았다.

그 지팡이는 뭘까? 다리가 불편한 사람이었던 걸까?

"신 감독!"

"……네?"

새봄이 뒤늦게 대답하며 고개를 들자 본부장이 대본 하나를 건넸다.

"이 대본 좀 검토해 줘."

얼떨결에 받아 든 대본을 새봄이 펼쳤다.

첫 장, 첫 씬, 첫 문장을 읽자마자 새봄은 놀란 눈으로 본부장을 쳐다봤다.

"이 대본은……."

"신 감독 알아?"

"네. 김수희 작가님 작품이잖아요."

이번엔 본부장이 놀랐다. 그는 새봄이 이 작품을 알고 있다는 게 신기했다.

"신 감독이 그걸 어떻게 알아? 이거 6년 전에 첫 촬영 들어가 기도 전에 제작 중단된 건데."

"저 그때 이 작품 스태프였어요. 연출팀 막내."

"진짜? 그럼 우리 어디서 한 번은 스쳤겠네. 나는 제작사에 있었거든. 나무."

나무. 그 단어에 새봄의 눈동자가 크게 흔들렸다. 드디어 만났다. 그가 지금 어디에 있는지 알지도 모르는 사람을.

"본부장님 그럼……."

"이거 김수희 작가 작품이야?"

새봄의 말을 끊은 건 국장이었다. 국장이 대본을 테이블 위에 던지듯 내려놓더니 노발대발했다.

"김 작가는 아직 나오면 안 되지."

원래도 국장과 사이가 별로 좋지 않았지만, 오늘따라 유독 마음에 안 든다. 새봄이 국장을 차갑게 쳐다봤다. 뭐라고 한마디 하려던 그때. 본부장이 먼저 나섰다.

"선배님, 왜 안 되는데요? 김 작가님이 뭘 그렇게 잘못했다고."

"너 그때 나무에 있었다며. 그럼 잘 알겠네. 김 작가가 갑자기 모터사이클 장면 수정해 가지고 박보윤이 그거 연습하다 죽은 거잖아. 그때 김 작가가 대역 절대 안 된다고 갑질 겁나게 했다더만. 기억 안 나? 그걸로 엄청 시끄러웠잖아. 박보윤 팬들이 김 작가 죽이겠다고 난리도 아니었지."

그 당시 사회적 분위기가 떠오른 새봄은 착잡했다.

김 작가를 향한 비난 여론이 무섭게 형성되자 감독인 남기가 기자 회견까지 열어 해명했다. 대본 수정부터 엠티 진행까지 다 자신이 주관한 거고, 모든 책임은 자신에게 있다고.

하지만 그가 사태를 책임지고 감독직을 내려놓았는데도 김 작가를 향한 팬들의 테러는 멈추지 않았다. 결국, 버티고 버티던 김 작가도 어느 날 홀연히 자취를 감추고 말았다.

"김 본! 요새 잘나가는 작가 많잖아. 왜 굳이 문제 있는 작가 작품을 가져오고 난리야."

"이거 사장님이 가져온 거예요. 선배님, 진짜 안 돼요?"

"누가 가져와? 사장님?"

절대 안 된다던 국장이 다시 대본을 펼쳤다. 반대로 이번엔 새봄이 대본을 덮었다.

"신 감독도 별로야? 아닌 것 같아?"

"아뇨. 제가 할게요."

본부장과 국장이 동시에 놀란 눈으로 새봄을 쳐다봤다. 단 한 번도 방송국에서 하라는 대로 고분고분 따른 적이 없던 그녀가 하겠단다. 첫 씬, 첫 문장만 보고.

"저 이 작품 연출하고 싶어요. 국장님, 당장 편성부터 내주세요."

사장이 직접 들고 온 대본이기도 했고, 시청률 보증 수표 신 감독까지 먼저 나서서 연출을 맡겠다니. 국장도 굳이 사장에게 찍히면서까지 반대할 이유가 없었다.

"그럼 둘이 얘기 끝내고 신 감독이 나중에 원하는 날짜나 가지고 와. 난 회의가 있어서 이만."

반대에서 찬성으로 갑자기 입장을 바꾼 국장은 괜히 민망해져서 부리나케 회의실을 빠져나갔다.

국장이 나가자마자 새봄은 참았던 질문을 쏟아냈다.

"본부장님, 이 대본 저작권이 나무에 있는 걸로 아는데 사장님이 어떻게 가져오신 거예요?"

"아, 그건 말이지…… 절친! 절친이래. 대본이 나무랑 김 작가님이랑 공동 소유였거든. 근데 사장님이 작가님이랑 절친인 거지."

"그럼 사장님은 김 작가님을 만났다는 거예요?"

"그, 그렇겠지?"

"저도 작가님 만나 뵙고 싶은데 가능할까요?"

"연출자가 작가 만나는 건 당연하지. 내가 조만간 자리 마련해 볼게. 근데 진짜 신기하다. 어떻게 이런 우연이. 그럼 그때 6년 전에 신 감독도 동해로 엠티 갔었어?"

"아뇨. 저는 그때 일이 있어서 안 갔는데…… 본부장님은요?"

"나도 못 갔어. 갑자기 대표님이 일 시켜서 못 갔는데…… 갈걸 그랬어. 내가 갔으면 대표님 바이크 못 타게 막았을 텐데. 그양반 전날 컨디션이 많이 안 좋았거든. 열이 40도 가까이 올라서 응급실에 가고 그랬어. 근데도 굳이 거기까지 가서 그 사고를…… 어휴."

본부장이 그때 일만 생각하면 너무 끔찍한지 고개를 저었다. 새봄은 그가 아팠다는 말에 감정이 북받쳐 목소리가 잘 나오지 않았다.

"그때 일 다신 생각하고 싶지 않아. 내가 이런데 거기 같이 있던 작가님이랑 감독님은 얼마나 힘들었겠어. 셋이 절친이었잖아. 그래도 다행이지 뭐."

"다행이요? 뭐가요?"

"어? 아…… 그런 게 있어. 그럼 신 감독이 이 작품 하는 걸로 알고 사장님한테 보고할게. 이만 가 봐도 좋아."

"네……."

새봄은 인사를 하고 나가려다 멈칫했다. 정작 묻고 싶었던 것은 따로 있었는데. 한마디도 꺼내지 못했다.

사실 두려웠다. 듣고 싶지 않은 대답을 듣게 될까 봐.

"왜? 나한테 무슨 할 말 있어?"

새봄이 나가지 않고 문 앞에 서 있자 본부장이 물었다. 새봄은 마른침을 삼켰다. 그리고 짧게 심호흡을 하더니 입을 열었다.

"우석경 대표님…… 소식 없죠?"

"신 감독이 대표님을 어떻게 알아? 친했어? 아니지, 그 양반이 현장 스태프랑 친하게 지낼 사람이 아닌데."

"없군요…… 소식……."

대답을 피하는 듯 보이는 본부장의 반응에 새봄은 망연자실한 얼굴로 중얼거렸다. 본부장이 짐짓 당황한 표정으로 새봄을 쳐다봤다.

"신 감독 무섭게 왜 그래?"

"그럼 나가 보겠습니다."

힘없이 나가는 새봄의 뒷모습을 보며 본부장이 고개를 갸웃했다.

"얼음 공주가 왜 저러지? 사장님한테 물어봐야겠다."

본부장이 얼른 핸드폰을 꺼내 전화를 걸었다. 곧 석경의 목소리가 들렸다.

—왜?

"우선 그 영어 이름 말인데요. 바꾸시는 게 좋을 것 같아요. 다들 사장님 여자인 줄 알아요. 심지어 사장실로 엄청나게 예쁜 여자가 들어갔다는 목격담도 나왔다니까요."

—상관없어.

"출근하시면 에이프릴이라고 불러야 하잖아요. 그거 되게 상상만으로도 소름 끼치는데. 안 어울리시잖아요."

—끊는다.

"잠깐만요! 사장님 혹시 신새봄 감독 아세요?"

—왜?

끊은 줄 알았던 석경의 목소리가 들려오자 본부장이 재빨리 말을 이었다.

"역시 아는 사이였군요."

—그 애가 내 얘길 했어?

"네. 방금 저한테 대표님 소식 묻더라고요. 전 아무 얘기도 안 했어요."

—그 애 지금 사택에서 살지?

"아마 그럴 거예요."

—주소 좀 보내.

그가 짧게 한마디를 남기고 전화를 끊었다.

본부장은 왠지 느낌이 왔다. 저번 날 석경이 자신이 사라진 이유에 대해 먼저 설명해야 할 사람이 따로 있다고 했는데, 그게 왠지 신 감독인 것 같았다.

"근데 그럼 안 되지 않나? 신 감독 애인 있잖아. 혹시 사장님은 모르시나?"

본부장의 표정이 심각해졌다.

* * *

"감독님! 밖에 그분 오셨는데요."

넋을 놓고 노트북을 들여다보고 있던 새봄이 뒤늦게 고개를 들었다. 장 피디가 복도를 가리키며 속삭이듯 말했다.

"정해수 씨 오셨다고요."

"……."

새봄이 무감각한 얼굴로 복도 쪽으로 시선을 돌렸다.

여직원들 사이에 둘러싸여 있던 정해수가 꽃다발을 든 채 손을 흔들었다. 그의 해사한 미소에 여기저기서 감탄이 쏟아졌다.

"어머. 우리 감독님은 정말 좋겠다. 톱스타 애인이라니."

"감독님, 결혼은 언제 하실 거예요?"

새봄은 후배가 하는 말들을 들은 척도 하지 않고 복도로 나갔다. 복도로 나오자마자 정해수가 새봄에게 꽃다발을 안겼다. 하지만 새봄은 화사한 꽃과는 전혀 어울리지 않은 무표정한 얼굴로 그를 쳐다봤다.

"여긴 왜 왔어?"

"해외에서 화보 촬영 마치자마자 너 보고 싶어서 달려왔어."

"들어가서 얘기해."

새봄이 복도 끝 회의실로 먼저 들어갔다. 해수도 그녀의 뒤를 따라 들어가더니 문을 잠갔다.

철컥.

흠칫 놀란 새봄은 애써 태연한 척 그를 노려봤다.

"회사에 찾아오는 건 안 하기로 했잖아."

"이미 알 사람들은 다 아는데 뭐 어때."

"열애설 터지면 곤란해지는 건 그쪽이야."

"내가 왜 곤란해져? 널 평생 내 여자로 만들면 나야 좋지."

"……."

해수가 가깝게 다가와 새봄의 얼굴을 어루만졌다. 새봄이 고개를 돌리며 그의 손길을 거부했다. 그러자 해수가 주머니에서 뭔가를 꺼내 새봄의 손에 쥐여 줬다.

"오늘 밤 9시. 늦지 마."

정해수가 새봄의 귓가에 속삭이듯 말했다. 새봄은 두 눈을 꽉 감았다 뜨며 손에 쥔 호텔 카드 키를 응시했다.

* * *

호텔 12층.

깊은 밤 해수는 잔뜩 굶주린 표정으로 제 옆에 누워 있는 여자의 어깨를 만지며 말했다.

"뒤로 돌아."

곧 도시의 불빛이 가득한 유리창에 여자와 몸을 겹치는 해수의 모습이 비쳤다.

"새봄…… 하아. 봄아……."

해수가 여자의 잘록한 등허리를 매만지며 나지막한 목소리로 그녀의 이름을 불렀다. 하지만 해수의 시선은 육감적인 여자의 뒤태가 아니라 침대 머리맡에 걸린 대형 거울로 향해 있었다. 그 거울 속에 비친 사람은 다름 아닌 새봄이었다.

소파에 앉아 있는 새봄의 무표정한 얼굴을 보자 해수의 표정이 일그러졌다. 그가 성난 얼굴로 방금까지 새봄이라고 상상하며 다정하게 만지던 여자를 밀치고 침대에서 내려왔다. 그러곤 소파에 앉아 있는 새봄에게로 향했다.

단정한 블라우스와 바지 정장을 입은 그녀는 청초한 분위기를 자아내고 있었다. 저 말간 얼굴을 망가뜨리고 싶다는 충동이 일었다. 해수는 저를 경멸하는 눈빛으로 바라보는 새봄의 턱을 꽉 잡고 키스를 시도했다. 하지만 새봄은 해수의 입술이 닿자마자 그를 밀치고 일어났다.

"다 한 것 같은데, 갈게."

항상 여기까지였다. 그녀의 역할은. 새봄이 서둘러 코트를 챙겨 들고 소파를 벗어났다.

"거기 서."

해수가 그녀의 손목을 낚아채더니 그녀를 도로 소파에 앉혔다.

"비켜."

"아직 안 끝났어. 입이나 벌려."

새봄은 그가 뭘 하려는지 알 것 같았다. 그래서 서둘렀다. 하지만 해수가 그녀의 팔을 단단히 붙들고 놓아주지 않았다.

"이거 놔!"

반항해도 소용없었다. 해수는 단숨에 새봄의 얼굴을 잡아 입을 벌리게 했다. 그리고 혀를 밀어 넣었다.

"윽!"

새봄은 뱉으려고 했고 해수는 그럴수록 더 세게 그녀의 입 안 깊숙이 파고들었다.

"으윽! 읍!"

새봄이 고개를 흔들며 반항하자 아예 새봄을 침대에 눕힌 해수는 그 위에 올라탔다. 그는 이미 이성을 잃은 듯 눈빛이 몽롱해져 있었다. 해수가 그녀의 입술과 몸을 게걸스럽게 빨아 대며 행위를 멈추지 않았다.

"꺅!"

일방적으로 새봄이 당하는 것을 구석에서 지켜보던 여자가 비명을 질렀다. 그 소리에 해수가 고개를 들었다.

"아이 씹!"

새봄의 팔목에서 피가 흐르고 있었다. 침대 밑으로 굴러떨어진 만년필을 보니 그것으로 자해를 한 모양이다. 하얀 침대 시트가 이미 붉은 피로 물들어 있었다.

"독한 년!"

해수가 머리카락을 쓸어 넘기며 여자가 건넨 수건으로 새봄의 팔을 지혈했다. 한두 번 해 본 솜씨가 아니었다. 사실 종종 있는 일이었다.

6년이라는 긴 시간 동안 그녀는 늘 이런 식이었다. 너랑 섹스

하느니 혀라도 깨물고 죽어 버리겠다는 식. 그걸 알기에 해수도 이제껏 그녀를 쉽게 건드리지 못했던 거였다.

해수는 새봄이 제 시선을 절대 피하지 않고 독한 눈빛으로 바라보자 피가 거꾸로 솟았다.

"그렇게 죽고 싶어? 그래, 그럼 차라리 죽어. 그 새끼한테 보내 줄게. 죽으라고!"

저를 경멸하는 새봄의 태도에 더는 견디지 못하고 해수가 새봄의 목을 졸랐다. 그래도 새봄은 눈 하나 깜짝하지 않았다. 오히려 편안하게 두 눈을 감았다.

"해수 씨! 그만해요!"

퍽!

해수가 저를 말리는 여자를 거세게 밀쳤다. 그 충격으로 침대 밑으로 굴러떨어진 여자가 그래도 포기하지 않고 해수의 팔에 필사적으로 매달렸다.

"안 돼! 그러다 진짜 죽어요! 제발 그만!"

"이 미친년들!"

새봄의 목을 조르던 해수가 이번엔 대상을 바꿔 여자에게 분풀이를 하기 시작했다.

이곳은 지옥이 따로 없었다.

침대 위에 쓰러져 있던 새봄은 이 지옥이 익숙한 듯 헛웃음을 지으며 천장을 바라봤다.

* * *

새봄은 몇 번이고 이를 닦고 세수를 했다. 하지만 아무리 닦아도 더러운 냄새가 몸에서 떠나지 않았다. 구역질이 올라올 것만 같았다. 새봄은 고개를 들어 거울 속 엉망인 제 얼굴을 들여다봤다.

철컥.

그런데 그때 욕실 문이 열리고 해수가 들어왔다. 그가 욕실 문에 기댄 채 셔츠 단추를 잠그며 말했다.

"결혼 발표는 언제 하는 게 좋을까?"

조금 전까지 괴물 같은 얼굴로 분풀이를 하던 악마는 온데간데없었다. 그는 해사한 미소로 거울 속 새봄을 바라봤다. 새봄은 수건으로 얼굴을 닦으며 그를 무시했다. 해수가 나가려는 새봄의 팔을 붙들었다.

"내 맘대로 해도 돼? 그럼 다음 주. 아니다, 내일모레? 대답하라니까."

"……."

"상의할 때 협조하는 게 좋을 텐데?"

해수가 새봄의 턱을 잡고 돌리더니 똑바로 바라보며 말했다.

"적당한 장소와 시간 알아보고 있으니까 준비하고 기다려. 허튼 생각하지 말고. 너 죽으면 우석경 이름 다시 수면 위로 올릴 거야. 그 새끼 죽어서도 편히 눈 감지 못하게……."

"장소와 시간 정해지면 연락해. 됐지?"

"하. 좆같네."

항상 촬영 핑계로 잘만 빠져나가던 새봄이 석경의 이름 한마디에 바로 꼬리를 내렸다. 해수가 싸늘한 표정으로 눈을 치켜떴다.

"결혼하면 안 봐줄 거야. 너한테 남아 있는 그 새끼 흔적 다 찢어발겨 버릴 거니까."

해수가 잡고 있던 새봄의 얼굴을 거칠게 놓아주며 외투를 걸치고 룸을 나가 버렸다.

해수가 룸을 떠나자마자 새봄도 거실로 가서 외투를 챙겨 입었다. 코트를 여미며 새봄은 엉망이 된 침실을 무표정하게 바라보다가 그대로 밖으로 나가 버렸다.

그런데 웬일인지 다시 문이 열리고 새봄이 들어왔다. 그녀는 옷장에서 샤워 가운을 꺼내 들고 침대 구석으로 향했다. 그곳엔 만신창이가 된 여자가 쓰러져 있었다. 새봄이 그녀의 몸 위에 가운을 던지듯 덮어 주었다.

"입어."

"……."

여자가 움찔거리며 고개를 들었다. 예쁘장한 얼굴이 상처로 얼룩져 있었다.

"다신 여기 오지 마. 이런 식으로 배우 되겠다고 찾아오는 애들 수도 없이 봤어. 그중에 성공한 사람 있을 것 같아? 없어. 그러니까 너도 정신 차려."

새봄이 쓰러져 있는 여자의 팔을 끌어당겨 침대에 앉혔다. 그러곤 가운을 제대로 입혀 주며 타일렀다.

"벗어나고 싶으면 언제든지 말해. 너 정도는 내가 구할 수 있으니까."

"……감독님은요?"

여자가 울먹이며 물었다. 그러자 새봄이 무표정한 얼굴로 대답했다.

"난 상관없어."

"왜요? 감독님은 힘도 있고, 선배님이 그렇게 싫으면 도망칠수 있잖아요. 근데 왜 계속 끌려다니시는 거예요? 혹시 선배님 좋아해요?"

"그래 보여?"

"아뇨. 증오하잖아요. 혹시 빠져나갈 카드가 없어서 그러는 거예요? 그런 거면 제가 도와드릴게요. 전 이제 잃을 것도 없고. 혹시 선배님 약점이 될 만한 자료 필요하시면……."

"난 없을 것 같아?"

"……근데 왜?"

여자는 새봄을 의문스럽게 쳐다봤다. 하긴 저보다 훨씬 똑똑하고 잘난 그녀가 자신도 가지고 있는 정해수의 약점을 모를리가 없었다.

그렇다면 왜 신 감독은 정해수에게 당하고만 있는 걸까?

여자는 그게 너무 궁금했지만, 새봄은 그 궁금증을 충족시켜줄 생각이 전혀 없는지 뒤를 돌았다. 그러곤 목에 매고 있던 목도리로 얼굴의 반을 꽁꽁 싸맨 후 밖으로 나가 버렸다.

로비를 지나 호텔 밖으로 나온 새봄은 어느새 눈이 소복이 쌓인 하얀 도로를 바라봤다. 그러곤 발자국 하나 없는 백지 같은 길 한가운데에서 망설였다.

어디로 가야 하지?

생각해 보면 6년간 늘 이렇게 길을 헤맸던 것 같다. 그래도 언젠간 다시 길을 찾을 수 있을 거라는 아주 자그마한 희망은 있었는데. 이젠 그것조차 사라진 기분이 들었다.

완전히 미아가 되어 버렸다.

* * *

도로가 마비될 정도로 엄청난 양의 눈이 쏟아졌다. 마치 하늘에 구멍이라도 난 듯.

때 아닌 폭설에 당황한 석경은 우산에 쌓인 눈을 털고 아파트 처마 밑으로 들어갔다. 그러곤 우산을 지팡이 삼아 의지한 채 고개를 들어 5층을 올려다봤다. 그녀의 방엔 오늘 하루 종일 불이 켜지지 않았다.

"대체 어딜 간 거야."

시간은 자정을 지났고 석경이 이곳에서 새봄을 기다린 지도 네 시간이 넘어서고 있었다. 그는 답답한 마음에 예전에 끊었던 담배 생각이 절로 났다.

석경은 마른침을 삼키며 좀 더 기다려 보기로 했다. 이미 사내엔 그녀가 일 중독자라고 소문이 파다했다. 그런 그녀가 갈 곳이 회사 아니면 집뿐이라는 확신이 있었다.

사실 이곳에 오기까지 많이 망설였다.

다음 달엔 그 애가 연출한 드라마의 기자 간담회가 있다. 그리고 첫 방송도 앞두고 있었고. 괜히 중요한 일을 앞두고 공연히 저 때문에 혼란스럽게 만들고 싶지 않았다.

아니다. 그건 핑계인가?

사실 좀 더 솔직히 말해서 두려웠다. 그 애는 날 다 잊고 잘살고 있는데, 나 혼자만 과거에 얽매여 질척거리는 건 아닌지. 그래서 또 그 애에게 거절당하면 어쩌나 하고 무섭고 두려웠다. 근거 없는 두려움은 아니었다. 그 애의 입장을 자신이 누구보다도 잘 알고 있었기 때문이다.

과거 자신이 수연이를 잊어 가는 중에 그 애를 만났던 것처럼, 그 애도 다른 누군가를 만나고 있지는 않을까. 그래서 상처를 극복하는 중이었다면, 그런 거라면 자신은 그 애에게 그다지 반가운 존재가 아닐 테니.

하지만 그 애가 제 안부를 물었다는 말에 이성을 잃고 여기까지 달려오고 말았다.

빨리 그 애를 만나서 묻고 싶었다. 혹시 날 기다렸냐고.

"……윽!"

들고 있던 우산을 놓치며 석경의 몸이 휘청거렸다. 그의 입에서 고통스러운 신음이 터져 나왔다.

"……!"

갑자기 왼쪽 다리에서부터 심각한 통증이 올라왔다. 석경은 괴로워하며 서둘러 차로 향했다.

차에 올라타자마자 그는 진통제 몇 알을 꺼내 입 안에 털어 넣었다. 그래도 쉽사리 통증이 가시지 않았다. 핸들을 꽉 잡은 그의 손이 부들부들 떨렸다. 그렇게 한동안 그의 고통스러운 신음만 차 안을 가득 메웠다.

예고 없이 찾아오는 이 지독한 통증은 매번 익숙지가 않았다. 언제나 그랬듯 외로운 싸움은 이제 시작이었다.

창문 위에 쌓인 눈 때문에 차 안은 칠흑같이 어두웠다.

* * *

입김과 함께 희뿌연 담배 연기가 피어올랐다. 폭설이 내리는 이 추운 겨울날 홀로 파라솔 밑에 앉아 담배를 피우는 새봄의 얼굴이 새빨개져 있었다.

"여기서 담배 피우시면 안 돼요!"

편의점 알바생이 달려 나와 뭐라고 나무라자 새봄이 얼른 담배를 끄고 미안한 듯 배시시 웃었다.

"미안."

"이 누나 또 취했네. 누난 왜 맨날 취하면 여기 와서 앉아 있어요?"

"그건 말이지……."

알바생이 잔뜩 궁금한 얼굴로 대답을 기다리고 있었는데.

"……비밀."

"에잇."

오늘도 또 못 들었다. 알바생은 만취 상태인 새봄을 안타깝게 쳐다봤다. 난 커서 저렇게 되지 말아야지.

"받아요."

알바생이 비닐봉지를 불쑥 내밀었다.

"이거 계산하고 안 가져가시면 어떡해요. 얼른 집에 들어가세요."

알바생이 새봄의 손에 봉지를 쥐어 주며 일으켜 세웠다. 그러곤 그녀가 항상 취해서 비틀거리며 올라가던 골목 쪽으로 떠밀었다.

오늘도 역시 그녀는 휘청휘청 눈 쌓인 골목길을 올라갔다. 그 모습을 뒤에서 걱정스레 지켜보던 알바생은 손님이 부르자 얼른 편의점 안으로 뛰어 들어갔다.

* * *

신발장 앞에 아무렇게나 벗어 던져진 구두. 거실에 널브러진 코트와 목도리.

깜깜한 거실에 은은한 빛이 스며들었다. 빛의 근원지는 냉장고였다. 활짝 열린 냉장고 문 앞에서 아이스크림을 우걱우걱 먹던 새봄은 소주를 병째 들고 마셨다. 이미 그녀의 주변엔 아이스크림 껍데기와 막대기 그리고 빈 소주병이 굴러다녔다.

이렇게 매번 만취 상태로 이 집을 드나든 지도 6년째다. 그가 실종된 이후 집을 처분했을 줄 알았는데 그대로였다. 심지어 비밀번호까지.

「……너 좋아하는 아이스크림 먹으면서 머리 좀 식히고 있어. 금방 돌아올 테니까.」

냉장고에 붙여 둔 메모를 멍하니 바라보던 새봄은 술을 들이켰다.

돌아온다더니…… 그는 대체 어디쯤일까? 어딜 갔길래 이리도 오래 걸리는 걸까? 정말 사람들 말처럼 영영 돌아올 수 없는 곳으로 멀리 떠난 걸까?

"아니야. 아닐 거야……."

새봄은 아주 잠깐이라도 그가 이 세상에 없을지도 모른다는 생각을 한 저를 용서할 수가 없었다. 그녀는 자신에게 화풀이라도 하듯 술을 입 안에 들이부었다.

"끅. 끅."

차가운 걸 많이 먹어서 그런지 딸꾹질을 심하게 하던 새봄의 몸이 스르륵 무너졌다. 바닥에 널브러진 새봄이 엉망인 집 안 꼴을 보며 실없이 웃었다.

제가 이렇게 바보 같은 모습으로 자기 집에 드러누워 있는 걸 그가 본다면 뭐라고 했을까?

'너 미쳤냐?'

'인마, 정신 차려. 감독이라는 녀석이 말이야. 하아…… 진짜 답도 없다 넌.'

인상 잔뜩 찡그린 얼굴로 신경질 내면서도 술 깨라며 약도 사다 주고, 업어 주고, 해장국도 끓여 주고, 잘 자나 들여다 봐 주고…….

과거 석경과 함께했던 날들을 떠올리다가 금세 눈시울이 붉어졌다. 새봄의 눈에서 눈물이 하염없이 흘러내렸다.

"보고 싶은데······."

눈물이 멈추지 않았다. 계속 차오르는 눈물 때문에 시야가 흐릿했다. 정신은 몽롱했고 귀가 먹먹했다.

"너 뭐 하나?"

자꾸만 그의 목소리가 귓가에서 윙윙. 그것도 모자라 이젠 환영까지 보인다.

흐릿한 시야를 뚫고 그의 얼굴이 드러났다. 잔뜩 찡그린 얼굴. 하지만 그의 눈동자엔 걱정이 가득 담겨 있었다.

새봄이 피식 웃었다.

"드디어 왔네? 내 꿈에······ 왔어. 참 빨리도 왔다······."

"지금 반말하는 거야?"

"꿈인데 어때. 내가 뭘 하든······ 말든."

"술 마셨냐? 야, 정신 차려. 어디 갔나 했더니 여기 있었······."

와락.

새봄이 갑자기 벌떡 일어나 석경의 목을 끌어안았다. 그 바람에 뒤로 밀려난 석경이 들고 있던 지팡이를 떨어뜨리며 바닥에 주저앉고 말았다.

새봄과 함께 넘어진 석경은 고개를 숙여 제 품에 안겨 있는 새봄을 바라봤다. 그 애의 어깨가 들썩이고 있었다. 그의 셔츠가 축축해졌다.

"너 지금 우는 거야?"

"아니······ 난 울 자격 없잖아······ 안 울어."

그 애의 울먹이는 목소리가 심장을 파고들었다.

"다들 나 때문에…… 내가 거기 고르지만 않았어도, 박보윤 씨도 안 죽고, 작가님도, 감독님도, 오빠도…… 다 나 때문에…… 내가 다 망쳐 버렸어……."

새봄은 석경이 사라진 후 처음으로 통곡했다.

그동안 가슴속 깊이 묻어 둬야만 했던 죄책감을 드러내며 어린아이처럼 엉엉 울어 버렸다.

"하아…… 남 탓 하라니까."

괴로워하는 그 애를 보자, 석경은 그녀가 저를 잊고 잘 지내고 있으면 어쩌나 두려워했던 마음이 죄스러웠다.

이럴 바엔, 이렇게 괴로워할 바엔, 차라리 잊고 지내는 편이 나았으련만.

석경이 새봄의 등을 어루만져 주며 위로했다.

"네 탓이 아니야. 울지 마……."

그의 품에서 안정을 되찾아 가던 새봄의 울음소리가 어느 순간 잦아들었고, 그렇게 그녀는 스르륵 두 눈을 감았다.

석경은 새봄을 안고 방으로 들어갔다. 그녀를 침대 위에 눕힌 후 스탠드를 켰다. 곧 은은한 불빛 아래 그 애의 얼굴이 드러났다. 이제야 새봄의 얼굴을 제대로 마주한 순간, 석경은 깨달았다.

"……!"

방송국 내 섭외 1순위 감독, 드라마 역사상 유일무이한 시청률의 여왕 따위의 대외적인 모습과는 달리 그 애는 망가져 있었다. 피로 얼룩진 그 애의 소매 끝을 발견한 석경의 표정이 굳어졌다.

Chapter 10

새봄은 출근하자마자 의자에 털썩 앉았다. 그녀는 어디 나사가 하나 풀린 듯 멍한 얼굴이었다.

"이상해……."

정말 이상했다. 원래 술에 취해서 그 집에만 가면 냉장고 앞에서 자고 일어났었는데, 어젠 이상하게 침대에서 잠이 들었다. 그뿐만이 아니었다. 집이 따뜻했다. 심지어 너무 더워서 보일러를 확인하니 난방이 켜져 있었다.

"그럴 리가 없는데……."

그 사람도 없는 집에서 팔자 좋게 폭신한 침대에서 보일러 빵빵 틀어 놓고 잤을 리가 없는데.

아무리 생각해 봐도 이상했다. 6년 동안 단 한 번도 그랬던 적이 없었기 때문이다.

그게 다가 아니었다. 집이 깨끗했다. 아침에 깨어나면 항상 발에 차이던 술병도 없었고, 쓰레기는커녕 먼지 한 톨도 없었다.

이게 대체 어떻게 된 일이지? 나 분명 어제 그 집에서 소주를 두 병 정도 마셨던 것 같은데…….

"감독님!"

후배의 부름에 새봄이 뒤늦게 정신을 차리고 고개를 들었다.

"어. 왜?"

"무슨 생각을 그렇게 하세요?"

"아니야. 아무것도. 근데 왜 불렀어?"

"본부장님 호출이요. 요새 유독 사업부 김 본부장님이 감독님 많이 찾으시네요?"

그러게나 말이다. 사업부에서 왜 자꾸 감독을 부르는 건지. 새봄은 속으로 생각하며 본부장실로 향했다. 복도를 걸으며 새봄은 어제 일을 복기하다가 돌연 걸음을 멈춰 세웠다.

어젯밤 꿈속에서 만났던 그의 얼굴이 떠오른 것이다.

새봄은 그를 끌어안았던 제 손을 내려다보았다. 그 따뜻했던 촉감이 되살아나는 듯했다.

"말도 안 돼……."

이거 뭔데 이렇게 생생하지? 새봄은 고개를 저으며 정신을 차리려 노력했다. 그러곤 서둘러 본부장실 안으로 들어갔다.

"신 감독, 어서 앉아."

새봄이 소파에 앉자마자 본부장이 들뜬 얼굴로 대뜸 본론부터 꺼냈다.

"KR호텔 알지? 거기로 확정."

"무슨 확정이요?"

"신 감독 차기작 기자 간담회 말이야."

"거긴 너무 비싸지 않아요? 예약도 꽉 찼을 텐데."

"소문 못 들었어? 우리 사장님 KR그룹 사람이잖아."

"아…… 네. 감사합니다."

마다할 이유가 없었다. KR호텔이면 접근성은 물론 아마 연예부 기자들은 서로 가겠다고 난리가 날 것이고, 그건 기사량과도 밀접한 관계가 있었다.

"근데 그거 때문에 부르신 거예요?"

"아, 하나 더 있어. 신 감독 혹시 오늘 저녁에 시간 있을까? 없어도 있어야 되는데."

"무슨 일이신데요?"

"KR호텔 가서 맘에 드는 홀 좀 골라 봐."

"본부장님이 알아서 고르세요. 그것까지 제가 관여할 문제는 아닌 것 같습니다."

"아마 그건 핑계고. 사장님이 신 감독 저녁 식사 대접하고 싶은 모양이야. 7시까지 그 호텔 17층으로 오면 된대."

"사장님이요? 왜요?"

"모르지. 궁금하면 직접 가서 물어봐. 그럼 내 용건 끝."

본부장이 나가보라는 듯 손으로 제스처를 취하자 새봄이 순순히 인사를 하고 자리에서 일어났다. 그런데 문을 열고 나가려던 새봄이 갑자기 고개를 돌려 회의실 쪽을 쳐다봤다.

저번 날 회의실 문 앞에 세워져 있던 검은색 지팡이와 어젯밤 꿈속에서 자신이 그를 껴안는 바람에 바닥에 떨어지던 지팡이가 오버랩되며 떠올랐다.

섬광처럼 머릿속을 스치고 지나간 기억 때문에 새봄의 두 눈이 커다래졌다.

이건 기억의 오류인 걸까?

왜 그토록 지난번 회의실에서 봤던 남자의 실루엣이 머릿속에서 떠나지 않나 했더니. 그를 닮아서였다. 실루엣이긴 하지만 그와 너무 흡사했다.

과거 그와 눈이 마주치는 게 너무 부끄러워서 고개를 숙일 때면 자연스레 땅 위에 새겨진 그의 그림자를 마주하곤 했었다. 그래서 새봄은 그의 그림자가 익숙했다.

"본부장님……."

새봄이 어안이 벙벙한 얼굴로 마침 소파에서 일어난 본부장에게로 다가갔다. 본부장이 흠칫 놀란 얼굴로 새봄을 쳐다봤다.

"신 감독, 왜 그래? 어디 아파?"

"진짜 모르세요?"

"뭘?"

"우석경 대표님이요. 그분 지금 어딨는지, 살아는 있는지, 진짜 아무것도 몰라요?"

본부장이 난처한 기색으로 눈알을 굴리다가 겨우 핑계 하나를 생각해 냈다.

"우 대표님에 대해선 나보다 우리 사장님이 더 잘 아실 거야."

"사장님이요?"

"어. 둘이 친하다고 했거든. 그러니까 우 대표님에 대해 궁금한 게 있으면, 나한테 말고 이따 저녁에 사장님한테 직접 물어 봐. 그럼 난 회의가 있어서 이만."

거짓말에 영 소질이 없는 본부장이 도망치듯 먼저 밖으로 나가 버렸다. 주인도 없는 사무실에 홀로 남은 새봄은 자꾸만 말도 안 되는 상상을 하게 됐다.

아니야. 사장님은 여자랬어. 게다가 KR그룹 손녀.

근데 사장님 원래 영어 이름이 제이든이라고 하지 않았어? 갑자기 왜 에이프릴로 바꾼 거지? 이것도 우연이라고?

새봄이 영어 이름을 제이든으로 한 이유는 석경 때문이었다. 유학 시절 석경의 이름이 제이든이라는 사실을 새봄은 알고 있던 것이다.

한숨을 길게 내쉬며 새봄은 본부장실을 나왔다.

아무리 생각해 봐도 말이 되지 않았다. 사장님이 오빠일 리가 없었다. 사장은 여자고, 심지어 그녀를 봤다는 목격자도 여럿 있었다.

그를 그리워하더니 내가 드디어 미쳤나 보다.

자리로 돌아온 새봄은 자꾸만 꿈속에서 봤던 그의 얼굴이 떠올라 미칠 것 같았다.

시간이 지나면 지날수록 선명해지는 그의 얼굴.

새봄은 책상 위에 놓인 거울을 들여다봤다. 생기를 잃은 자신의 얼굴을 마주한 새봄은 착잡했다.

그래. 꿈인 게 천만다행이지. 고주망태가 된 모습으로 그와 재회하느니 그냥 꿈인 게 나아.

새봄은 애써 마음을 정리하고 지갑을 꺼냈다. 그리고 안에 고이 넣어 둔 포스트잇 한 장을 꺼냈다.

「앞으로 만들어질 네 인생에도 드라마에도 좋은 사람이 많았으면 좋겠어. 그리고 넌 분명 좋은 감독이 될 거야. 언제나 항상 응원한다. ── 보호자」

자신은 대외적으로 성공한 감독이 되었지만, 그가 바라던 것처럼 좋은 감독이 되진 못했다. 좋은 사람이 많이 나오는 드라마를 만들기보단 시청률에 집착했고, 자극적이고 기사화하기 좋은 소재의 드라마만 찍어 댔다. 그래야 성공할 수 있다고 믿었다.

성공을 해야 힘이 생기고, 힘이 있어야 저 때문에 고통받는 사람들에게 사죄할 수 있으니까.

새봄은 서랍장에 꽂힌 김 작가의 대본을 보며 마음을 다잡았다.

이 드라마 무조건 잘 해낼 거야.

"장 피디!"

"넵!"

갑작스러운 새봄의 부름에도 귀신같이 알아듣고 장 피디가 벌떡 일어났다.

"장 피디 박보윤 씨 팬이라고 했지?"

"네. 완전 완전 짱팬이요."

"내가 이번에 들어가야 하는 프로젝트가 하나가 있는데, 박보윤 씨 부모님이랑 먼저 상의를 해야 할 것 같거든? 어디로 가면 만날 수 있을까?"

이 프로젝트 관련해서 가장 먼저 이해를 구하고 설득해야 할 사람은 박보윤 씨의 유가족이었다. 이 드라마가 다시 촬영을 재개한다는 소식이 알려졌을 때 가장 마음이 아플 사람은 그의 가족일 테니까.

그래야 김 작가님을 만났을 때도, 할 말이 있지 않겠는가.

제가 아는 작가님은 분명 이 작품을 안 하겠다고 했을 것이다. 우리 회사 사장님이 작가님과 얼마나 친분이 두터운지는 몰라도 절대 설득하지 못할 것이다. 작가님을 설득할 수 있는 사람은 오직 박보윤 씨의 유가족뿐이라고 새봄은 생각했다.

"그렇지 않아도 오늘 우리 보윤 오빠 생일이라 팬클럽에서 추모 공원 간다더라고요. 거기 보윤 오빠 아버님이 상주하거든요. 해마다 방문하는 팬들한테 밥도 해 주고 그런다네요. 아버님 너무 안됐어요. 혼자 어렵게 보윤 오빠 키워 주셨는데……. 암튼 추모관에 팬들이 하도 많이 찾아와서 여러 번 옮겼어요. 그러다 작년에 아예 시골에 부지 사서 추모 공원을 설립……."

"거기 위치 좀 알려 줘."

새봄의 지시에 장 피디가 바로 주소를 문자로 찍어 전송했다. 새봄은 다부진 눈빛으로 문자에 적힌 주소를 응시했다.

그녀는 석경을 향한 그리움을 떨쳐내기 위해 일부러 더 열정적으로 일에 몰두했다.

* * *

남양주 추모 공원.

어제 내린 폭설이 무색하게 날씨가 좋았다. 내리쬐는 햇빛에 눈이 사르륵 녹아 가고 있었다.

꽃다발을 들고 공원 입구에 들어선 수희가 얼른 뒤로 돌아 선글라스를 꼈다. 마침 공원에서 박보윤의 팬들이 우르르 나오고 있었기 때문이다. 각종 편지와 꽃들을 잔뜩 안고 등장한 팬들을 피해 수희가 반대편으로 향했다. 그녀의 얼굴이 하얗게 질려 있었다.

쿵.

"으악!"

연신 뒤를 돌아보며 도망치던 수희가 누군가의 가슴에 얼굴을 부딪치고 말았다. 비명을 지르며 수희가 놀라자 남기가 제 가슴을 문지르며 멋쩍게 웃었다.

"죄지었어? 왜 숨어 다녀?"

"죄지었지 그럼. 근데 네가 여긴 왜 왔어?"

"너 보러 왔지."

"차는?"

"안 가져왔어. 네 차 타고 가려고."

"네가 운전해."

수희가 차 키를 위로 던지자 남기가 잽싸게 차 키를 받았다. 그러곤 수희의 뒤를 따라갔다. 그렇게 차에 올라탄 수희와 남기는 한동안 말이 없었다.

남기가 차에 시동을 걸며 넌지시 말을 건넸다.

"밥부터 먹을까?"

"밥은 안 먹힐 것 같고. 차나 마시자."

"오케이."

수희가 까만 선글라스 너머로 창밖을 바라봤다.

추모 공원 입구를 응시하는 수희의 얼굴이 어두웠다. 그녀를 흘끔 보던 남기가 차를 출발시키며 일부러 분위기를 전환할 겸 라디오를 크게 틀었는데.

—*오늘의 마지막 곡은 박보윤 씨가 생전에 좋아하던 노래로……*

라디오에서는 보윤을 추모하는 메시지와 그가 생전에 좋아하던 음악이 흘러나오고 있었다.

노래를 들으며 두 사람은 깊은 슬픔에 잠기고 말았다.

* * *

통유리 너머로 시골 전경이 보이는 한적한 카페. 그곳에 마주 앉은 남기와 수희는 차를 마시며 얘기를 나누었다.

"애들 가르치는 일은 어때?"

"그럭저럭."

남기는 지방에 있는 대학에서 교수로 재직하며 방송 연출을 가르치고 있었다. 그가 일부러 지성인 흉내를 내며 안경을 올려

쓰자 수희가 피식 웃었다.

"너 그거 알 없는 거지?"

"내가 너무 동안이라 애들이 만만하게 보거든. 이거 쓰면 좀 늙어 보이려나 해서 요새 열심히 쓰고 다니는 중."

"하여튼 넌 어째 애가 그대로냐?"

"넌 왜 이렇게 변했어? 몸은 삐쩍 말라 가지고 말수도 적어지고. 너답지 않게 왜 이래?"

남기가 속상한 마음을 내비치며 일부러 더 너스레를 떨었다. 하지만 웬일인지 수희가 또 조용히 차를 마셨다.

"어라? 이쯤 되면 욕이 날아와야 되는데…… 야, 김숙희. 너 보윤 씨 아버님 만나러 매년 왔었다며?"

"너도 왔다며. 매년."

"근데 어떻게 한번을 못 봤지?"

"내가 너 피해서 왔으니까."

"왜?"

"내 맘이야."

"그러지 말고, 내년엔 같이 오자."

남기가 웃음기를 뺀 진지한 얼굴로 수희를 향해 말했다. 갑자기 적응이 안 되는 남기의 모습에 수희가 당황해하며 말까지 더듬었다.

"돼, 됐거든?"

"왜? 우는 모습 보이기 싫어서? 인마. 넌 보윤 씨 아버님 앞에서 울면 어떡하냐. 네가 애인인 줄 알았다잖아."

"너도 울었다며. 아버님이 애인이 둘인 줄 알았다잖아."

"크음. 이 집 차 괜찮네. 그치?"

남기가 헛기침을 하며 잽싸게 말을 돌렸다. 이런. 아버님이 온 거 비밀로 해 주신댔는데. 너무하시네. 남기는 멋쩍게 웃으며 차를 마셨다.

한동안 그렇게 말없이 창밖을 내다보며 차를 마시고 있었는데. 수희가 갑자기 선글라스를 벗더니 눈을 마구 비볐다.

"최남기, 나 지금 헛것 보인다?"

"헛거 뭐?"

"방금 우석경이랑 닮은 남자 봤어."

"아……."

남기가 말끝을 흐리며 이마를 긁적였다. 그러곤 먼 산을 쳐다봤다. 반면 수희는 연신 두 눈을 의심하며 창밖을 응시했다. 아까 고급 세단에서 내린 남자가 카페 안으로 들어오고 있었다. 그가 점점 가까이 다가오자 수희의 입이 떡 벌어졌다.

"우석경?"

"나도 따뜻한 거."

석경이 태연한 얼굴로 말했다. 그리고 의자에 앉더니 수희를 보며 피식 웃었다.

"뭘 봐?"

"이거 미친 새끼네."

드디어 그녀의 입에서 욕이 나왔다. 남기가 신이 난 얼굴로 "저기요!" 하고 직원을 불러 차를 주문했다.

'미친 새끼'를 마지막으로 수희는 차가 나올 때까지 한마디도 하지 않았다. 그저 석경을 위아래로 훑어보다가 남기를 째려봤다.

"왜 날 째려봐? 내가 뭘 잘못했다고."

"너네 연락하고 있었어?"

"3년 됐나?"

"뭐? 3년씩이나? 야! 근데 왜 나한테 얘길 안 했어? 그리고 우석경 넌 왜 최남기한테만 연락한 건데? 이 나쁜 새끼들!"

눈동자에 눈물이 차오르자 수희가 얼른 다시 선글라스를 꼈다. 그사이 차가 나왔다.

정적을 채운 건 수희가 훌쩍거리는 소리였다.

"너네 진짜 너무해. 내가 우석경 너까지 죽은 줄 알고 내가 얼마나…… 그때 내가 그 내기 하라고만 안 했어도…… 보윤 씨도 너도…… 그렇게 되진 않았을 텐데……."

횡설수설하던 수희가 더 이상 말을 잇지 못하자 남기가 그녀의 어깨를 두드리며 위로했다.

"야야 수희야. 그렇게 따지면 애초에 엠티 가자고 제안한 것도 나. 서핑에서 모터사이클 씬으로 수정하자고 제안한 것도 나. 내가 죽일 놈이지. 다 내가 잘못한 거야. 넌 잘못한 거 없어."

"둘 다 그만해."

차를 마시던 석경이 작게 한숨을 내쉬었다.

"이러니까 내가 너희한테 그동안 연락 안 한 거야. 나 보면 서로 자기 탓이라고 괴로워할까 봐."

"그게 무슨 소리야?"

티슈로 눈물을 닦으며 수희가 물었다. 그러자 석경이 고개를 저으며 차를 마셨다. 수희가 남기를 쳐다봤다.

"뭔데. 얘 뭐라는 거야?"

"이 녀석 많이 아팠어."

남기의 말에 수희가 석경을 다시 찬찬히 바라봤다.

그러고 보니 약간 구릿빛이던 녀석의 피부가 하얗다 못해 투명할 정도로 깨끗했다. 게다가 오만하던 눈빛은 온데간데없고 슬픔을 품고 있는 듯한 깊은 눈동자. 그리고 결정적으로 아까 차에서 내려 걸어올 때 걸음걸이가 살짝 불편해 보였다.

"지금은 괜찮은 거야?"

"그러니까 왔겠지?"

그 말은 이제야 괜찮아져서 온 거라는 건가? 오늘 이전엔 괜찮지 않았던 거고?

수희가 눈빛으로 물었다. 하지만 녀석은 대답해 줄 생각이 없는지 차를 마셨다. 이번에도 또 수희는 남기를 쳐다봤다. 그러자 남기가 더는 묻지 말라며 고개를 흔들었다.

"김 작가. 이제 어떻게 할래?"

"뭘?"

"나 일하러 온 거야."

갑자기 이게 뭔 소리야. 수희뿐 아니라 남기도 황당한 얼굴로 석경을 쳐다봤다. 그러자 석경이 자신감에 찬 눈빛으로 말을 이었다.

"6년 전 대본이니까 수정할 게 많을 거야. 수정고는 언제까지 줄래?"

"뭐? 야. 나 절필했거든?"

"김숙희도 절필했나?"

"……."

"너 글 계속 쓰고 있었잖아."

"아니거든?"

"그럼 그 시골에서 글쟁이가 글 안 쓰고 뭐 했는데?"

"……."

수희는 이미 몇 년 전 복귀하려다 박보윤의 팬들 때문에 무산됐던 경험이 있었다. 그 트라우마가 다시 떠올라 수희는 할 말을 잃은 채 불안한 기색을 내비쳤다. 그러자 이번엔 남기가 나섰다.

"우석경, 갑자기 나타나서 이러니까 우리 수희 놀랐잖아. 너 인마 우리가 뭐 일로 만난 사이도 아니고. 다짜고짜……."

"넌 학교 언제 그만둘래?"

"뭐? 내가 왜 그만둬?"

"아쉽게도 감독은 따로 내정되어 있고. 넌 CP 자리로 오면 될 것 같은데. 현장 가고 싶으면 언제든지 가서 감독 도와주고."

"뭐래. 난 학교가 좋거든?"

"진짜?"

"……."

수희에 이어 이번엔 남기가 할 말을 잃었다. 사실 현장이 그리웠다. 현장에서 열정을 다해 촬영하던 그때의 자신으로 돌아가고 싶었다.

남기가 기어들어 갈 듯 작은 목소리로 물었다.

"근데 내정된 감독은 누군데?"

"신새봄."

"어? 둘이 만났어?"

"몰라. 그게 만난 건가?"

석경은 어젯밤 취해서 제게 안기던 새봄이 떠올라 씁쓸한 미소를 지었다.

"그 애매한 대답은 뭐야?"

"너나 똑바로 대답해. 할 거야, 말 거야?"

"감독이 신새봄이라…… 이거 구미가 확 당기긴 하는데…… 그래도 고민을 좀 해 봐야겠어. 그나저나 너 그거 알아? 새봄이가 대한민국에서 제일 잘나가는 감독이 됐다는 거. 것도 A급 감독 중에선 최연소. 걔 조연출도 건너뛰고 입봉했다잖아. 몰랐지?"

"우리 회사 우수 사원 이력 정도는 나도 알아."

"우리 회사? 너 그럼…… KRV로 간 거야? 나무가 아니라?"

"어. 왜? 실망했어?"

"야! 그런 건 진작 얘길 해야지. 대기업으로 간 줄은 몰랐잖아."

"그래서 생각이 좀 바뀌었어?"

"기다려 봐. 좀만 더 고민하면 생각이 바뀔 것 같아."

남기가 진짜 진지하게 고민하는 기색으로 생각에 잠겨 있자 옆에서 듣고만 있던 수희가 불쑥 끼어들었다.

"이게 무슨 소리야? 새봄이가 입봉했다고?"

"아이고. 수희야. 넌 텔레비전 안 나오니? 인터넷 안 해?"

"안 해. 텔레비전은 없앤 지 오래야."

"이런."

수희는 그동안 문명과 단절한 채 책에만 파묻혀 살았다. 덕분에 정보는 6년 전에 멈춰 있었다. 그녀는 그저 어리둥절한 얼굴로 '새 봄이가 감독이 됐구나…….' 하고 있었는데.

"아! 우석경 너 그럼, 너희 회사 우수 사원의 사생활도 알아?"

석경과 수희가 동시에 남기를 쳐다봤다.

또 무슨 헛소리를 하려고 저러나 싶어서 석경은 기대감이 전혀 없는 눈빛으로 쏘아보고 있었는데.

"새봄이 걔 애인 있어."

"누군데?"

수희가 잽싸게 질문을 던지며 석경의 눈치를 살폈다.

남기는 석경의 눈동자가 크게 흔들리는 것을 보더니 괜히 얘길 꺼냈나 싶었다.

"누군데?"

이번엔 석경이 물었다. 머뭇거리던 남기가 대답했다.

"……정해수."

"……."

"사내에선 이미 유명하다던데? 정해수가 촬영 없을 때마다 데리러 온대. 나도 후배들한테 들은 거긴 하지만 아마 확실한 것 같아. 둘이 만나는 거."

석경이 말없이 차를 마시자 하루 종일 기가 죽어 있던 수희가 일부러 더 호탕하게 외쳤다.

"아오, 술 당겨! 마시러 가자! 이럴 땐 술이지."

"선약 있어."

갑자기 석경이 자리에서 일어났다. 무슨 선약이냐며 붙잡으려던 남기가 멈칫했다. 석경의 표정이 너무 안 좋았다.

"암튼 둘 다 이번 주 내로 답변 줘. 기다릴게."

그렇게 석경이 한마디를 남긴 채 카페를 벗어났다.

그가 차에 올라타고 주차장을 완전히 벗어날 때까지 수희는 창밖을 통해 지켜봤다. 그의 차가 시야에서 완전히 사라지자 그녀가 심각한 얼굴로 남기를 쳐다봤다.

"저 녀석 어디가 아팠는데? 혹시 다리야?"

"봤어?"

"어. 약간 불편해 보이더라. 근데 저렇게 운전하고 다녀도 되나?"

수희가 걱정스레 묻자 남기가 작게 한숨을 내쉬며 대답했다.

"재활을 꽤 오래 했어. 그전까진 일어나지도 못했다니까. 처음 사고 나고 1년은 의식 불명이었대."

"……."

"수술만 수십 번."

"넌 어떻게 알았는데?"

"KR그룹에서 찾아왔어. 회장님 모시고."

"회장님이 직접 왔다고?"

남기는 그날의 기억이 생생했다. 하나밖에 없는 손주 살리겠다고 지방의 작은 대학까지 찾아온 회장님은 눈물까지 흘리며 애원했다.

"더는 수술 안 받겠다고 포기한다고 했다잖아. 그래서 날더러 그 녀석 설득 좀 해 달라고 오셨더라."

"그래서 네가 설득한 거야?"

"아니. 내가 그 녀석 만나러 미국에 있는 병원에 도착했을 땐 이미 수술 중이었어. 그 뒤로 재활도 악착같이 하더니 결국 일어나더라. 갑자기 생각이 왜 바뀐 건지 그 이유는 아직도 몰라. 안 물어봤거든."

"그런 엄청난 일이 있었구나……."

"미리 얘기 못 해서 미안. 맨 처음 회장님 만났을 때 너한테 연락했는데. 너도 그때 잠수 탔잖아. 대체 넌 어디 숨었던 거야?"

수희가 작게 한숨을 내쉬었다.

"난 영국에 갔었어. 수연이 만나러."

"뭐?"

"수연이한테 연락 왔었거든. 석경이 소식 들은 거 없냐고. 그래서 만나러 갔지."

"그래서? 수연인 잘 있고?"

"그 얘긴…… 술 한잔해야 나올 것 같은데?"

"가자. 너 백수니까 내가 사 줄게. 이 오빠 오늘 월급 받았거든."

남기가 가슴을 쫙 펼치고 주먹으로 툭툭 치더니 괜히 더 우쭐거렸다. 정말 변한 게 하나 없는 남기의 모습에 수희가 웃음을 터뜨리고 말았다. 그렇게 두 사람은 근처 선술집으로 자리를 옮겼다.

* * *

평소 야근을 밥 먹듯 하던 새봄이 오늘은 무슨 일인지 퇴근을 서둘렀다. 심지어 급히 핸드백을 챙겨 나가느라 책상 위에 쌓인 배우들 프로필까지 바닥에 떨어뜨리며 어수선하게 굴었다. 그를 보며 후배들이 이상하게 여겼다. 특히 국가영 피디가 걱정스러운 눈치로 다가와 그녀를 도와 프로필을 주웠다.

"근데 감독님 오늘 무슨 급한 일 있으세요?"

"어. 그것 좀 올려 놔. 나 먼저 퇴근할게."

프로필을 줍는 국 피디를 버려두고 새봄은 서둘러 복도로 나와 엘리베이터로 향했다. 그녀가 이렇게 서두르는 이유는 확인할 게 있어서였다. 빨리 다시 그의 집으로 가서 어젯밤 그를 만난 게 정말 꿈이었는지 제대로 확인해 볼 생각이었다.

"신 감독!"

그런데 하필 엘리베이터 문이 열리고 본부장이 모습을 드러냈다. 본부장을 보자마자 새봄은 뒤늦게 사장과의 저녁 약속이 떠올랐다.

"본부장님, 진짜 죄송한데요. 제가 개인적으로 매우 중요한 일이 있어서 그런데 저녁 약속 좀 취소해주시면 안 될까요?"

"뭐? 취소? 약속 시간 한 시간 전에 갑자기 취소하는 법이 어딨어. 무슨 일인데? 들어나 보자."

무슨 일인지 얘기하면 미쳤다고 하겠지. 어젯밤 꿈을 꿨는데 아무래도 꿈이 아니고 우석경 대표님을 만난 것 같다고. 그렇게 말하면 본부장의 표정은 어떻게 변할까? 새봄은 가출하려던 이성을 겨우 붙잡고 말했다.

"아닙니다. 시간 늦지 않게 호텔로 가겠습니다. 17층이라고 하셨죠?"

"어. 그러지 말고 서둘러. 아랫사람이 10분 전에는 도착해 있어야지. 사장님이 누구 기다리는 거 되게 싫어하시거든."

"네."

새봄이 영혼 없는 얼굴로 대답을 하곤 먼저 로비에서 내렸다. 방송국을 나온 새봄은 마침 도착한 택시에 올라탔다.

"기사님, KR호텔로 가 주세요."

* * *

17층엔 홀이 하나였다. 층수 하나를 홀 하나가 다 차지할 만큼 크고 웅장했다. 천장엔 압도적인 크기의 크리스털 샹들리에. 사방은 통유리로 눈 쌓인 서울 시내 전경이 한눈에 내려다보였다.

이건 너무 과하지 않나? 결혼식도 아니고 기자 간담회를 무슨 이런 데서 해?

새봄은 사장이 KR그룹 회장 손녀라더니 너무 세상 물정 모르는 거 아닌가 하는 생각을 하며 홀 안으로 걸음을 옮겼다. 대리석 바닥에 닿는 구두 소리만 요란하게 울리던 그때였다.

대체 사장은 어디 있는지 두리번거리던 새봄은 멀리 서 있는 남자의 뒷모습을 발견했다. 발견과 동시에 새봄은 한 걸음도 앞으로 나아가지 못했다. 멈춰 선 새봄은 그저 멍청하게 정면을 쳐다보고 있을 뿐이었다.

"……!"

남자가 인기척에 고개를 돌렸다. 그는 새봄이 어젯밤 꿈속에서 만났던 그 사람이었다. 그는 6년 전 모습 그대로 아니 훨씬 더 근사해진 얼굴을 하고 있었다.

"여기 마음에 들어?"

"네?"

저 사람이 지금 뭐라고 하는 거지? 새봄은 머릿속이 하얘졌다.

"누구세요?"

새봄의 말도 안 되는 질문에 석경이 피식 웃었다. 그러곤 너무나도 태연한 얼굴로 대답했다.

"공식적으론 에이프릴. 비공식적으론 네 보호자."

"보호자……. 하."

새봄은 너무 황당해서 헛웃음을 지었다. 이렇게 멀쩡히 잘 살아 있으면서. 그동안 어디 있었던 건데. 순간 알 수 없는 배신감에 사로잡히고 말았다. 새봄은 그를 외면한 채 이를 악물고 몸을 홱 돌렸다.

그런데.

퍽! 콰당.

하필 뒤에서 음식을 가져오던 서버와 부딪힌 새봄이 바닥에 넘어지고 말았다.

"괜찮아?"

석경이 테이블 위 냅킨을 들고 다가와 새봄의 옷에 묻은 음식물을 닦아 주었다. 그러곤 서버를 향해 지시했다.

"통로 다 막아요. 룸으로 올라갈 거니까."

새봄이 정신이 반쯤 나간 얼굴로 석경을 응시했다. 석경 또한 그녀의 시선을 피하지 않았다. 그렇게 두 사람은 한동안 말없이 서로를 바라봤다.

* * *

쏴아아아.

세면대에 물을 틀어놓은 채 새봄은 멍한 얼굴로 욕조에 기대 앉아 있었다. 그러다 뒤늦게 정신을 차리고, 입고 있던 블라우스를 벗어 옷에 묻은 소스를 닦아 냈다. 하지만 지워지기는커녕 번지기만 했다. 아니. 사실 지금 자신이 뭘 하고 있는지도 모를 정도로 정신이 없었다.

똑똑.

그때 노크 소리와 함께 밖에서 그의 목소리가 들렸다.

"옷 걸어 놓을게. 갈아입어."

설마 이것도 꿈인가? 아니야. 이건 꿈이 아니야.

그럼 어제도 꿈이 아니었어?

새봄은 조심스레 문을 열고 밖을 내다봤다. 혹시라도 그가 신기루처럼 사라졌을까 봐 마음이 조마조마했다. 새봄은 떨리는 마음으로 그의 모습을 눈으로 찾기 바빴다. 곧 창가에 서 있는 그의 뒷모습을 발견했다.

넓은 어깨와 두꺼운 몸통, 긴 다리. 실루엣은 그대로였다. 아니야. 조금 마른 것 같기도 하고. 새봄은 과거 그의 모습과 현재의 모습을 대조하며 비교하기 시작했다.

"……!"

한창 그를 관찰하며 훔쳐보고 있었는데 갑자기 그가 고개를 돌렸다. 새봄은 그와 두 눈이 딱 마주치고 말았다. 그와 눈이 마주치자마자 새봄은 문고리에 걸린 쇼핑백을 낚아채고 문을 닫아 버렸다.

"아으!"

새봄의 입에서 탄식이 터져 나왔다.

재회하자마자 누구냐고 묻지를 않나, 도망가다가 넘어지지를 않나, 지금은 몰래 훔쳐보다가 걸리기까지 했다.

나는 왜 저 사람 앞에서만 늘 이렇게 실수투성이일까.

재회의 순간을 수도 없이 꿈꿨지만, 오늘처럼 이렇게 바보같이 굴 거라곤 전혀 예상하지 못했던 새봄은 너무 당황스러웠다.

힘이 빠져 어깨를 축 늘어뜨린 새봄은 손에 들린 쇼핑백을 보다가 안을 펼쳤다. 안에는 베이지색 니트 원피스가 들어 있었다. 그렇게 한참을 망가진 블라우스와 손에 들고 있는 원피스를 보며 고민하다가 옷을 갈아입기로 했다.

그런데 원피스를 입고 세면대 위 거울을 들여다보자마자 새봄은 난처해졌다. 원피스가 꽤 컸다. 문득 6년 전 그에게 처음으로 받았던 운동화 선물이 떠올라 새봄은 헛웃음을 지었다.

정말 그대로네. 변한 게 하나도 없어.

그렇게 새봄이 마치 엄마 옷 입은 것처럼 헐렁거리는 원피스 차림으로 밖으로 나갔는데.

"악! 깜짝이야."

문 앞에 그가 서 있었다.

벽에 기대고 있던 석경은 새봄이 놀라자 멋쩍은 얼굴로 자세를
바로 했다.

"미안."

"왜, 왜…… 왜 여깄어요?"

말은 왜 더듬는 건데. 새봄은 쪽팔려서 아랫입술을 꽉 깨물었다.
그런 새봄을 보며 석경이 피식 웃더니 대답했다.

"안 나오길래. 없어졌나 해서."

"이 안에서 어떻게 없어져요?"

"나도 안 없어져. 이 안에서. 그러니까 막 몰래 보고 그러지
마. 그냥 대놓고 봐."

뭐야. 지금 나 놀리는 거야? 새봄은 괜히 민망해서 말을 돌렸다.

"이거 옷이 크잖아요. 진짜 여전히 눈썰미가 없으시네요."

"운동화는 크게 신으면서, 옷은 크게 안 입나? 아. 그러고 보
니까 이제 운동화 안 신네?"

석경은 새봄이 신고 있는 구두를 흘끔 보다가 왠지 모르게 쓸
쓸한 마음이 들었다. 그 애의 짧아진 머리카락과 아까부터 계속
저를 원망스레 쳐다보는 눈빛을 보며 문득 세월을 실감했다.

"6년이 이렇게 긴 시간이었나?"

"짧은 시간은 아니죠. 잘 아시잖아요. 누구 기다려 본 경험
있으시니까."

"아…… 너도 나 기다렸구나?"

"그런 게 아니라……."

"아니야?"

"네! 안 기다렸어요! 내가 오빨 왜 기다려요?"

바로 어제 만난 사람처럼 태연하게 구는 석경의 태도에 새봄은 자꾸만 마음이 엇나갔다.

"근데 왜 화를 내는 건데? 안 기다렸다며."

석경이 새봄을 빤히 쳐다보며 물었다.

"진짜 안 기다렸어?"

"……."

"난 너한테 돌아오려고 노력 많이 했는데."

엇나갔던 마음이 한순간에 제자리로 돌아왔다. 새봄은 그간 그에게 무슨 일이 있었던 건 아닌지 걱정이 되었다.

"그동안 무슨 일 있었어요?"

"기다렸다고 말해 주면 얘기해 줄게."

"그래요, 기다렸어요. 기다렸다고. 됐죠?"

"화내면서 말고."

"됐어요. 말하지 마요. 안 궁금해."

이 남자 애초에 얘기해 줄 생각이 없었던 거다. 그걸 너무 늦게 깨달은 새봄은 코트와 가방을 찾다가 발견하곤 침대 쪽으로 걸음을 옮겼다.

그가 뒤따라오며 잔소리를 늘어놓았다. 6년 전처럼.

"다음부턴 취해서 우리 집에 오면 혼난다. 앞으로 술은 내 앞에서만 마시고."

새봄이 코트를 입으며 석경을 흘겨봤다.

"싫은데요? 내가 왜 오빠한테 술 마시는 것까지 허락 받아야 되는데요?"

"몰라서 물어?"

"오빠야말로 진짜 몰라요?"

"뭘?"

"너무 늦었어요."

"……."

"늦게 왔다고요. 저 만나는 사람 있고, 곧 결혼도 해요."

새봄이 일부러 더 차갑게 말했다.

그래. 살아 있으니 그걸로 된 거다. 이제 더 이상 나랑 엮여서 불행하게 만들고 싶진 않아. 여기까지만 하자.

새봄은 굳게 마음을 먹었다. 하지만 재회의 순간부터 한 치의 흔들림도 없던 그의 눈빛이 작게 떨리는 것을 보자 심장이 쿵 내려앉았다.

"결혼?"

그가 믿기지 않는다는 얼굴로 되물었다.

"누구 맘대로 결혼이야."

석경의 일렁이는 눈동자 속에 새봄을 향한 집착이 서려 있었다. 새봄은 저를 원하는 그의 눈빛을 마주한 순간, 심장이 미친 듯이 뛰기 시작했다.

지이잉 지이잉.

다행인지 불행인지 코트 속에서 울리는 핸드폰 진동음이 심장의 울림을 감춰 주었다. 새봄은 핑계 김에 핸드폰을 꺼내 받으려다가 멈칫했다. 발신인은 '정해수'였다.

그냥 무시하고 도로 주머니에 핸드폰을 넣으려는데 석경이 가로챘다.

"지금 뭐 하는 거예요? 핸드폰 주세요."

"왜 안 받아?"

"이런 곳에서, 딴 남자랑 같이 결혼할 남자 전화 받는 건 예의가 아니죠."

석경은 손에 쥔 새봄의 핸드폰을 응시했다. 액정 위에 띄워진 이름을 본 순간 돌아 버릴 것만 같았다.

"너 정해수를 아직도 만나?"

"무슨 상관인데요. 줘요. 달라고!"

새봄이 손을 뻗었지만, 석경은 돌려 줄 생각이 없는지 핸드폰을 뒤로 숨기며 화를 냈다.

"예전이나 지금이나 너 정해수한테 마음 없어. 솔직히 말해. 그때 무슨 일이 있었는지. 지금은 또 무슨 일이 일어나고 있는 지. 너 이 새끼한테 왜 자꾸 끌려다니는 건데?"

"……."

새봄이 입을 다물자 석경은 새봄의 팔을 잡아당겨 소매를 걷었다. 선명한 상처.

"이거 분명 어제 생긴 상처야. 왜 이랬어?"

"……."

"말 안 해? 그럼 내가 정해수한테 직접 물어봐야겠네."

석경이 핸드폰 통화 버튼을 눌러 귀에 가져다 대던 그 순간.

"……!"

새봄이 석경의 입술을 덮쳤다. 그 바람에 핸드폰은 바닥으로 떨어지며 스피커폰으로 전환됐다. 새봄이 입막음을 목적으로 짧게 입술을 맞춘 후 떼려던 그때, 석경이 새봄의 입술을 물고 놓지 않았다.

석경은 새봄의 얼굴을 잡고 물고 있던 입술을 핥아 닫힌 입술을 억지로 열었다. 파고든 혀로 치열을 훑으며 진한 키스를 퍼부었다.

두 사람의 키스는 점점 더 농밀해져 갔다.

야릇한 입술의 움직임 소리 위로 스피커 너머에서 들려오는 해수의 목소리가 덧입혀졌다.

─호텔엔 왜 갔어? 누구랑 간 거야? 여보세요? 새봄아, 내 목소리 안 들려? 신새봄! 나 지금 호텔 근처니까 30분 후 로비로 내려와.

근처라는 해수의 말에 새봄이 놀란 얼굴로 석경을 억지로 밀어냈다. 그러곤 핸드폰을 주워 아예 전원을 꺼 버렸다. 핸드폰을 주머니에 넣으며 그녀가 몸을 돌렸다.

"갈게요."

새봄이 서둘러 달려가 문을 열었다. 하지만 문은 금세 다시 닫히고 말았다. 석경이 뒤에서 문을 닫아 버린 것이다. 문은 아무리 당겨도 열리지 않았다.

"가지 마……."

급기야 그가 뒤에서 새봄을 껴안았다. 가녀린 그녀의 어깨에 입술을 문 채 그가 나지막한 목소리로 읊조렸다.

"난 너 그 새끼한테 못 보내. 안 갈 거지?"

새봄에게서 아무런 대답도 들려오지 않자 석경은 새봄의 양쪽 어깨를 꽉 잡고 돌려세워 저를 보게 했다.

"감시당하고 있는 거야?"

"……그런 거 아니에요."

한 템포 느린 대답, 흔들리는 동공. 석경은 확신했다. 그녀가 지금 위험에 처해 있다고.

"원래 애인 사이끼리 위치 알려 주는 어플 같은 거 많이 깔아요."

"거짓말이 많이 늘었네."

"……"

석경이 불안에 떠는 새봄의 얼굴을 어루만지며 따뜻한 눈빛을 보냈다.

"넌 정해수 안 좋아해. 나 못 잊었잖아."

"아뇨. 진작에 다 잊었고. 나 이제 오빠 안 좋아…… 읍!"

이번엔 석경이 새봄의 입술을 키스로 막아 버렸다.

"그런 눈빛으로 잊었다고 하면 누가 속아."

석경이 타액으로 번들거리는 새봄의 입술을 손가락으로 닦아 주며 바라봤다.

"난 안 속아."

"왜 이러는 거예요? 갑자기 나타나서 어쩌자고……."

새봄의 눈동자에 눈물이 그렁그렁 차올랐다. 그런 그녀를 석경이 애틋하게 바라봤다. 마찬가지로 새봄도 그동안 너무나도 보고 싶었던 그를 올려다봤다.

서로를 바라보는 눈빛에 애정이 가득했다. 그렇게 누가 먼저랄 것도 없이 두 사람의 입술은 깊게 맞붙었다.

석경은 새봄의 입술을 빨아올리며 그녀를 안고 침대로 향했다. 침대 위에 눕힌 그녀의 몸 위에 올라탄 석경은 혀로 그녀의 입술과 귓불, 목덜미를 핥으며 셔츠 단추를 풀었다.

"아흑!"

그의 손길이 원피스 안을 파고들어 허벅지를 타고 올라오자 새봄의 몸이 움찔 떨렸다.

"내가 보고 싶었다고, 날 사랑한다고 할 때까지 안 멈출 거야."

그가 그녀의 다리 사이 예민한 속살을 손가락으로 살살 어루만지며 입술을 핥았다. 새봄은 아래가 뜨거워지는 것을 느끼며 저도 모르게 신음을 내뱉었다. 벌어진 입술 사이로 뜨거운 혀가 들어왔다.

그녀의 신음을 삼키듯 석경은 키스를 퍼부었다. 강렬한 입술의 움직임과는 달리 부드러운 손길로 그녀의 엉덩이를 들어 올려 속옷을 동시에 벗겨 버렸다.

아래에서 갑자기 서늘한 바람이 불자 새봄은 절로 다리를 오므라뜨렸다. 하지만 금세 다시 열리고 말았다. 그의 두꺼운 허벅지가 사이를 파고든 것이다.

"읏!"

석경이 그녀의 얼굴을 어루만지며 달뜬 목소리로 말했다.

"일부러 안 하는 거야? 끝까지 가?"

"……해요. 끝까지."

새봄은 오히려 석경의 위에 올라타며 허리까지 말려 올라간 원피스를 벗어 던졌다. 그의 단단한 상체를 받치고 앉아 숨을 헐떡이던 새봄이 입을 열었다.

"정확히 30분 후에 갈 거예요."

말이 끝남과 동시에 새봄은 엎드려 근육질 상체에 입을 맞췄다. 그리고 어느새 그녀의 입술은 그의 입술에 맞닿았다. 말 그대로 입맞춤이었다.

결혼을 앞두고 있다는 여자의 키스는 매우 서툴렀다. 누워서 가만히 키스를 받기만 하던 석경은 약간 성이 난 표정으로 순식간에 몸을 뒤집어 새봄의 몸 위에 올라탔다.

"30분 후에 어딜 가."

"⋯⋯."

"못 가. 안 보내."

석경은 언제까지 그녀가 거짓말을 할 수 있는지 지켜보겠다는 듯 그녀의 입술에 키스를 했다.

혀와 혀가 엉키고 진한 키스가 계속되었다. 타액이 섞이고, 질척한 소리가 공간을 가득 메웠다.

입술에서 시작한 키스는 볼과 턱 그리고 귓불로 점점 더 농밀해져 갔다. 작고 앙증맞은 그녀의 귀를 깨물며 귓가에 속삭였다.

"난 너 보고 싶었어."

달콤하게 속삭이는 말과는 달리 다리 사이를 파고드는 거칠고 무거운 몸 때문에 새봄은 순식간에 달아올라 신음을 흘리고 말았다.

"아흑!"

그녀가 곤란해하며 고개를 옆으로 돌리자 그가 턱을 잡고 저를 보게 했다.

"보고 싶었다니까."

"……."

새봄이 고집스럽게 입술을 앙다물자 석경이 약간 오기가 서린 눈빛으로 그녀의 가녀린 목덜미를 잘근 씹었다. 목에서부터 쇄골까지 차례로 핥으며 점점 더 커다란 손가락으로 희롱했다.

벌어진 그녀의 입술 사이로 혀가 들어왔다. 뜨거운 신음을 삼키듯 석경은 입술을 빨아 당겼다. 석경은 허기가 진 사람처럼 그녀의 몸을 입술로 핥았다. 두 뺨이 한껏 달아오른 새봄이 석경의 허리에 매달렸다.

"후우……."

석경이 가쁜 숨을 몰아쉬며 인내했다.

"그냥 해요."

새봄이 발그레해진 얼굴로 새초롬하게 말했다. 하지만 석경은 그녀를 즐겁게 하는 데만 열중했다.

"아까 말했잖아. 사랑한다고 말할 때까지 안 멈출 거라고."

이제야 그게 무슨 말인지 알았다. 새봄은 정신없이 제 몸을 만지고 핥고 애무하는 그의 행위에 정신을 차릴 수가 없었다. 행위가 짙어질수록 점점 더 그를 원하게 됐다. 어느새 저도 모르게 손을 뻗어 그의 허리띠를 풀어 바닥에 던지고 있었다.

갑자기 적극적으로 구는 새봄을 석경이 짐짓 놀란 얼굴로 바라봤다. 그녀가 색색, 가쁜 호흡과 함께 입을 열었다.

"오빠가 안 하면 내가 할 거예요."

새봄이 반항으로 물든 눈동자로 석경의 팔을 잡아당겼다. 그러곤 그와 함께 침대를 내려갔다. 손길에 거침이 없었다. 그녀는 그의 바지를 아래로 내려 단단한 허벅지를 잡고 그 앞에 무릎을 꿇었다.

"야, 너 지금 뭐⋯⋯."

야릇한 소리가 밑에서부터 올라왔고 석경은 더 이상 말을 잇지 못했다. 새봄은 고개를 들어 그가 몹시 곤란해하는 얼굴을 올려다봤다. 거기에 용기를 얻어 다시 그의 몸을 잡고 열심히 혀로 핥고 있었는데.

"⋯⋯!"

석경의 왼쪽 무릎을 본 새봄이 옆으로 주저앉고 말았다.

"이게⋯⋯ 뭐예요?"

새봄이 무릎에 새겨진 흉터를 손가락으로 조심스레 만졌다. 석경은 바닥에 주저앉아 있는 새봄의 팔을 잡아당겨 일으켰다. 그러곤 그녀를 침대에 앉힌 후 눈을 마주치며 말했다.

"섹스하는 덴 문제없으니까 그런 표정 짓지 마."

일부러 너스레를 떠는 석경 때문에 새봄은 울지도 웃지도 못했다.

"설마⋯⋯ 6년 전에 다친 거예요?"

"나도 솔직하게 다 얘기할 테니까 너도 솔직하게 얘기해 줄래?"

"⋯⋯."

"나 수술만 수십 번 받았어. 너한테 가려고."

새봄은 자꾸만 그의 상처에 눈길이 갔다. 석경은 그런 그녀의 얼굴을 잡고 제 눈을 보게 했다.

"그만 봐. 동정심 얻자고 보인 거 아니니까. 자, 이제 네 차례.

너 진짜 그 새끼랑 결혼할 거야?"

"……."

"나 또 버릴 거냐고."

"……."

6년 전 그를 버리고 집을 나온 그날 밤을 그동안 새봄이 얼마나 후회했는지 모른다. 그가 자신을 만나러 소란 피디의 사택까지 찾아왔을 때 그때라도 솔직하게 털어 났다면 상황은 달라져 있지 않았을까?

수많은 밤, 수도 없이 헛된 상상도 해 보고, 하지만 이미 늦어 버린 현 상황에 자책도 하고. 그러다 지쳐서 무기력해졌다. 과거에서 벗어나 행복해질 의욕도, 용기도 남아 있지 않았다.

"옷 입어."

새봄이 끝까지 입을 열지 않자 석경은 실망한 기색으로 두 눈을 내리깔았다. 그러곤 시트를 새봄의 몸 위에 덮어 주고 자신도 바닥에 떨어진 옷을 주워 입었다.

그렇게 그 애에게 등을 보인 채 셔츠 단추를 잠그고 있었는데. 쿵, 하고 등에 충격이 가해졌다. 그리고 팔 사이에 그 애의 작고 예쁜 손이 파고들었다.

새봄이 석경을 꽉 껴안은 것이다.

"사랑해요……."

석경이 마른침을 삼킨 후 옅은 미소를 보였다.

"그런 말은 얼굴 보고 해야지."

석경이 뒤를 돌아 새봄을 바라봤다. 그 애의 커다란 눈에서 눈물이 하염없이 흘러내렸다.

석경이 새봄의 눈물을 닦아 주었다. 제 얼굴에 닿은 따뜻한 감촉에 새봄이 무너지고 말았다.

"보고 싶었어요. 내내 기다렸어요."

그동안 참았던, 염치가 없어서 차마 꺼내지 못했던 말이 봇물 터지듯 흘러나왔다.

"매일, 매시간, 매분, 매초마다 기다렸고, 보고 싶었고, 그리웠고, 후회했고, 미안했고……."

새봄이 석경을 와락 끌어안았다. 얼마나 그리웠던 품이었는지 모른다. 새봄은 그의 가슴에 얼굴을 묻고 엉엉 울어 버렸다.

* * *

"안 갔으면 좋겠는데."

샤워 가운을 입고 욕실에서 나온 석경이 나가려는 새봄의 코트 자락을 잡고 놓지 않았다. 그러다 도저히 안 되겠는지 그녀를 꽉 안아 버렸다.

"가지 마."

새봄이 고개를 들어 그를 올려다봤다.

"정해수 만나서 정리할 게 있어요."

"흠……."

석경이 마음에 안 든다는 표정으로 저를 바라보자 새봄이 잠시 고민하더니 까치발을 들어 그의 뺨에 '쪽' 하고 입을 맞췄다.

석경의 팔에 힘이 빠진 사이 품에서 나온 새봄은 부끄러워하며 붉어진 얼굴을 손으로 가렸다.

석경은 겨우 웃음을 참으며 괜히 엄한 말투로 말했다.

"너 이런 건 어디서 배웠어?"

"드라마에서요."

"참 좋은 거 배웠네. 하."

입맞춤 하나에 석경의 얼굴에서 웃음이 떠나질 않았다. 반면 새봄은 저를 바라보는 석경의 시선을 피하기 바빴다. 자꾸만 침대에서 그와 나눴던 사랑이 떠올라 얼굴이 홧홧해진 거다.

"저 갈게요! 아, 그럼 우리 내일 회사에서 만나는 거죠?"

"집에 안 들어올 거야?"

"집이요?"

"어. 준비되는 대로 사택 정리하고 집으로 들어와. 회사에서 만나는 걸론, 나 만족 못 해. 알았지?"

새봄이 작게 고개를 끄덕였다.

"그래. 그럼 조심히 갔다 오고. 연락할게."

석경이 망설이다가 새봄의 입술에 짧게 입을 맞추었다. 입술을 맛보니 또 다른 것도 맛보고 싶어졌다.

"진짜 안 가면 안 될까?"

"갈게요!"

새봄이 또 저를 잡으려는 석경을 피해 얼른 밖으로 나갔다.

석경은 그녀가 나간 문을 걱정스레 보다가 마른세수를 하며 핸드폰을 들었다. 그러곤 어디론가 전화를 걸었다.

"김 팀. 아니, 김 본부장. 좀 알아봐 줄 게 있어."

─네. 말씀만 하십시오. 뭔데요?

"정해수 어떻게 해서 지금 자리까지 올라간 건지 상세하게 알아보고 전화 좀 줘."

평소에게 지시를 하고 전화를 끊자마자 석경은 아까 침대 위에서 새봄이 했던 고백이 마음에 걸렸다.

'오빠를 망가뜨린다고 했어요. 진짜 무슨 일이라도 할 것 같았어요. 그래서 일단 달래고 보자는 마음으로 집을 나간 거였는데⋯⋯ 오빠, 이번엔 내가 진짜 정해수 확실하게 끊어 낼게요. 그러니까 오빠는 그냥 지켜봐 줘요.'

대체 뭘 어떻게 끊겠다는 건지. 일단 그 애 앞에선 알았다고 가만히 있겠다고 말은 했지만. 도저히 가만히 있을 수가 없었다. 게다가 새봄이 그 새끼를 혼자 만나러 갔으니 불안해서 견딜 수가 없었다.

석경은 초조한 기색으로 호텔 안을 빙빙 돌다가 멈칫했다.

끼이이익.

사고 현장과 함께 박보윤이 다급히 외치던 목소리가 불현듯 떠올랐다.

'스톱! 브레이크 잡으라고! 박보윤!'

'브레이크가 이상해요!'

당황하던 보윤의 목소리가 귓가에 울리자 석경은 괴로운 표정으로 관자놀이를 매만지다가 곧장 성 비서에게 전화를 걸었다.

"아저씨, 6년 전 사고 관련해서 담당 형사 좀 만나고 싶은데요. 지금 당장이요."

Chapter 11

주차장에 외제차 한 대가 도착했다. 조수석에서 새봄이 먼저 내렸고 그 뒤를 따라 운전석에서 해수가 내렸다.

"호텔에서 진짜 KRV 사장님 만난 거야? 저녁 먹으면서 무슨 얘기 했는데?"

"기자 간담회 잘하라고 격려해 주셨어. 됐지? 대체 몇 번을 말해야 돼?"

호텔에서 새봄을 픽업해서 오는 길에 해수는 수십 번도 넘게 물었다.

"근데 왜 이렇게 늦게 내려왔어? 나 로비에서 한 시간 넘게 기다렸어. 전화는 왜 안 받는데?"

"사장님이랑 일 얘기하다가 갑자기 나갈 순 없잖아. 그리고 핸드폰은 배터리가 다 돼서 꺼진 거야."

해수는 더 이상 새봄을 몰아붙일 말이 없는지 입을 다물었다. 하지만 자꾸만 아까 로비에 내려오던 새봄의 상기된 얼굴이 마음에 걸렸다. 해수가 새봄의 목도리를 잡아당겨 풀더니 매섭게 쳐다봤다.

"뭐 하는 거야?"

그녀의 하얀 목에 난 흔적. 울긋불긋한 게 생긴 지 얼마 안 된 자국이 분명했다.

"어떤 새끼야?"

해수가 새봄을 노려봤다. 새봄은 같잖다는 듯 대답했다.

"긁은 거야. 사장님이랑 마신 와인이 안 맞아서 알레르기 증상 왔나 봐."

간혹 새봄이 그런 경험이 있기 때문에 해수는 믿을 수밖에 없었다.

"나 약 좀 사다 줘. 간지러워서 미칠 것 같아."

게다가 웬일로 그녀가 저를 필요로 했다. 해수는 금세 기분이 좋아져서 새봄을 건물 안으로 밀었다.

"집에 들어가 있어. 금방 약 사 올게."

그녀가 목을 박박 긁어 피까지 나자 해수가 걱정스러운 눈길로 바라보다가 주차장을 뛰어 나갔다. 그사이 새봄도 서둘러 집으로 올라갔다.

비밀번호를 누르고 안으로 들어가 창고 방으로 달려갔다. 그곳엔 어제 봤던 그 여자가 끙끙 앓는 소리를 내며 누워 있었다. 새봄이 그녀를 흔들어 깨웠다. 비몽사몽으로 일어난 그녀의 눈에 안대가 씌워져 있었다.

"감독님……."

"내가 가지고 있는 증거는 감금과 협박 그리고 정해수한테 폭행당한 진단서랑 녹취 파일이야. 내 거랑 진희 씨 거 합쳐서 같이 경찰에 넘겼으면 하는데. 지금 당장 진희 씨 증거 나한테 줄 수 있어? 정해수 오기 전에 얼른."

새봄이 문 쪽을 연신 살피며 다급히 말했다. 그러자 갑자기 신고를 하겠다니 겁을 먹은 모양인지 진희의 몸이 파르르 떨렸다.

"갑자기 왜 생각이 바뀌신 거예요? 어제까지만 해도 상관없다면서요."

"이제 그만 행복해지고 싶어. 내가 행복해져야 내가 사랑하는 사람도 행복해질 수 있다는 걸 잊고 있었어. 진희 씨, 우리 같이 행복해지자. 더 이상 자신을 괴롭히지 말자."

새봄의 진심이 와닿았는지 진희가 용기를 냈다. 그녀는 핸드폰에서 SD 메모리 카드를 꺼냈다.

"제가 가진 증거는 폭행, 감금…… 그런 게 아니에요."

"그럼?"

"살인이요."

"……!"

철컥.

그때였다. 갑자기 문이 열리는 소리와 함께 해수가 들어왔다. 새봄이 주머니에 얼른 SD 메모리 카드를 숨기며 거실로 나갔다.

"왜 벌써 왔어?"

"그냥 병원을 같이 가는 게 좋을 것 같아서. 근데 거긴 왜 들어갔어?"

새봄이 창고에서 나오는 것을 본 정해수가 경계심 가득한 눈으로 물었다.

"진희 씨 정리 안 할 거야?"

"상관없다며."

"아니. 상관있어. 나랑 결혼하고 싶으면 진희 씨부터 정리해."

"갑자기 왜 이러지? 수상하네."

"뭐가 수상해? 이상하잖아. 이런 관계. 진희 씨 정리 안 하면 나 너랑 결혼 안 해."

"당장 내보낼게."

해수가 보란 듯이 방으로 들어가 진희를 끌고 나왔다. 그가 지갑에서 수표 몇 장을 꺼내 그녀의 바지 주머니에 꽂았다.

"가. 그동안 즐거웠다. 입조심하고."

일부러 새봄을 쳐다보지 않고 해수의 눈치만 살피던 진희가 이를 악물고 그곳을 도망쳐 나가 버렸다.

"나도 갈게."

"같이 가. 병원까지 데려다줄게."

"괜히 사진 찍혀서 기사라도 나면 곤란해. 나 곧 첫 방송 앞두고 있는 감독이야. 스태프들한테 피해 주고 싶지 않아."

"왜? 어차피 조만간 결혼 발표할 건데."

구두를 신고 나가려던 새봄이 고개를 돌렸다.

"이번 주말에 기자 회견 잡았어. 그러니까 내일모레."

"갑자기 왜?"

"갑자기가 아니지. 어제 말했잖아. 장소와 시간 내 맘대로 정하라며. 그래서 정했고. 장소 문자로 보낼 테니까 준비해. 아니다. 준비할 필요 없어. 때 되면 매니저 사택으로 보낼 테니까 넌 몸만 오면 돼."

새봄이 마른침을 삼켰다. 어떤 반응을 보여야 할지 고민하다가 평소처럼 하자고 다짐했다. 그래야 정해수에게 의심을 사지 않고 이곳을 벗어날 수 있으니까.

"기자 회견 미뤄 줘. 드라마 종방하면⋯⋯."

"그건 이제껏 참고 기다려 준 사람한테 예의가 아니지. 더는 못 기다려. 그리고 너도 이제 인정해. 우석경 그 새끼 죽었다니까. 너 그 절벽 높이가 몇 미터인지 모르지? 그냥 떨어져도 죽어. 근데 오토바이랑 같이 떨어졌어. 살아 있을 리가 없⋯⋯."

"알았어. 알았으니까 닥쳐!"

"넌 꼭 내가 그 새끼 얘길 꺼내야 말을 듣더라? 기분 더럽게."

해수가 서늘한 눈빛으로 새봄을 노려봤다. 그건 새봄도 마찬가지였다.

"내가 살면서⋯⋯ 그때 그러지 말걸, 하고 후회하는 순간들이 몇 개 있어. 그중엔 너와 관련된 기억도 있어. 뭔지 알아?"

해수가 어깨를 으쓱하며 모르겠는데? 라고 되묻자 새봄이 그를 노려보며 말했다.

"김 작가님 집필실 앞에서 죽으려던 너를 붙잡았던 날."

"⋯⋯."

"미치도록 후회해."

굳어진 해수의 얼굴을 경멸하는 눈빛으로 쳐다보던 새봄은 서둘러 집을 나왔다. 그리고 곧장 택시를 잡아타고 방송국으로 향했다.

모두가 퇴근한 드라마국은 껌껌했다. 새봄은 자리에 앉아 스탠드를 켰다. 그러곤 주머니에서 SD 메모리 카드를 꺼내 노트북에 꽂았다.

존재하는 파일은 한 개.

녹음 파일이었다.

딸깍, 소리와 함께 파일을 재생한 새봄은 이어폰을 귀에 꽂았다. 곧 이어폰에서 들려오는 소리에 새봄의 두 눈이 크게 흔들렸다.

─왜 왔냐고? 알면서 뭘 물어. 재계약 도장 받으러 왔어.

6년 만에 듣는……. 소란 PD의 목소리였다.

* * *

사장실.

평소가 석경에게 결재판을 들이밀며 브리핑을 시작했다.

"그건 제가 알아본 거 서류로 만든 거고, 일단 이소란이라고 6년 전에 HBS 방송국에서 근무……."

"스톱."

"이제 시작인데요?"

평소는 너무 억울했다. 사업부 본부장인 자신을 비서 부리듯이 저녁에도 막 전화해서 일 시키고. 기껏 밤을 새워서 자료를 만들어 왔더니 보지도 않고 스톱이란다.

"사장님. 대체 비서는 왜 안 뽑습니까?"

"네가 대신 다 할 거니까."

평소가 발끈했다.

"저 바쁘거든요? 사업부 일이 얼마나 많은데."

"그럼 사업부 관두고 내 비서하면 되겠네."

"그건 더 싫죠."

"왜?"

"이런 거 시키잖아요. 이상한 거. 갑자기 정해수 왜 떴냐고 물어보질 않나. 이거 뒷조사 아니에요?"

"검색만 하면 다 나오는데 무슨 뒷조사야. 그러니까 소란 피디가 현재 정해수 소속사 대표라는 거잖아."

"그죠. 정해수 신인 때부터 같이한 모양이에요. 6년 전에 소란 피디가 방송국 그만두고 회사를 차린 직후부터. 정해수가 의리 때문인지 스타가 되고도 소속사 안 옮기고 계속 남아 있더라고요."

석경의 표정이 심각해졌다. 그가 깊은 생각에 잠겨 있었는데.

"어제 신 감독은 만나셨습니까?"

"어. 왜?"

"아오, 진짜 말도 마요. 제가 어제 엘리베이터에서 신 감독 안 만났음 사장님 바람맞을 뻔했어요."

"왜?"

"뭐 중요한 일 있다고 핑계 대고 안 가겠다는 거 제가 뭐라고 해서 억지로 보낸 거예요."

"넌 왜 애한테 뭐라고 하나?"

"네?"

평소가 황당한 얼굴로 석경을 쳐다봤다.

"지금 저 혼내시는 거예요? 바람맞을 뻔한 거 구해 줬더니. 아니, 전부터 궁금했는데 신 감독이랑 어떻게 아는 사이세요?"

"난 아직도 기억해. 네가 6년 전에 우리 집 문 두드리던 날."

그 바람에 새봄과의 첫날밤이 무산됐었지. 그게 벌써 6년 전 일이라니.

"어제 일로 빚 갚았다고 생각하고 나가 봐. 아, 그리고 신 감독 좀 오라 그래."

"어떻게 아는 사이냐니까요."

"잘 아는 사이야. 됐지?"

"혹시 사귀어요?"

"그게 왜 궁금한데?"

"그럼 양다리잖아요. 신 감독 정해수 씨랑 그런 사이인 거 방송국에 알 만한 사람들 다 아는데."

"그럼 앞으로 네가 열심히 해명 좀 하고 다녀. 그거 사실 아니라고. 정해수가 아니라 사장이랑 사귄다고."

"그럼 더 큰일 나는 거 아니에요? 사장이 에이프릴이잖아요. 여자."

"내가 왜 여자야?"

"방송국에 알 만한 사람들은 다 그렇게 알고 있어요. 신 감독 불러 드릴 테니까, 두 분 협의해서 제발 이름 좀 바꾸세요."

어쩌다 보니 비서 노릇을 하게 된 평소는 투덜거리며 밖으로 나갔다.

"저게 옛날엔 내 앞에서 말도 제대로 못 하던 녀석이."

석경이 투덜거리고 있었는데. 쾅 하고 문이 열리고 새봄이 들어왔다. 다급한 문소리와 달리 그 애가 조신하게 들어왔다. 하지만 불규칙한 숨소리. 약간 헝클어진 앞머리. 뛰어온 게 분명했다. 석경이 남몰래 웃음을 참으며 자리에서 일어나 소파로 갔다.

"앉아요. 신 감독."

"아…… 네."

그가 갑자기 존칭을 쓰자 새봄은 샐쭉한 표정으로 소파에 앉았다.

"사장님으로 부르신 거예요?"

"왜요? 안 됩니까?"

"난 또 나 보고 싶어서 부른 줄 알았네……."

"뭐라고요?"

구시렁거리던 새봄이 떨떠름한 표정으로 대답했다.

"무슨 일 때문에 부르신 건데요?"

"보고 싶어서."

석경이 피식 웃었다.

"오늘 조식은 스크램블이었나 봐?"

석경이 턱 끝으로 블라우스 주머니에 매달린 노란색 조각을 가리켰다. 새봄이 당황해하며 얼른 노란색을 떼어 냈다.

"이게 왜…….."

"듣기론 신 감독이 구내식당 밥을 아주 좋아한다던데. 주말에도 밥 먹으러 출근한다고?"

"그런 얘긴 누가 해 주는 거예요? 김 본부장님이죠?"

"아니. 내가 지나가다 봤어. 너 식당에서 혼자 이어폰으로 귀 틀어막고 밥 먹고 있는 거."

"왜 그냥 보기만 하고 갔어요?"

"네가 밥을 너무 잘 먹길래. 나 다 잊은 줄 알았지."

"뭐래."

석경의 농담에 새봄이 입을 삐죽 내밀었다. 그러다 뜨거운 시선으로 저를 바라보는 석경과 눈이 마주쳤다.

새봄은 어제 그와 나눴던 은밀한 행위가 떠올라 얼굴이 화락 달아올랐다. 시선을 어디다 둬야 할지 몰라 방황하고 있었는데. 옷걸이 옆에 세워진 검은색 지팡이를 발견했다.

새봄의 표정이 심각해지자, 그녀가 어딜 보고 있는지 알아챈 석경이 설명을 덧붙였다.

"가끔 필요해. 아주 가끔. 아직 재활이 다 안 끝났거든."

"근데 어제…… 괜찮아요?"

"어제 뭐?"

"너무 무리하신 거 아니에요?"

"절대 무리 아니었거든? 난 몇 번 더 할 수 있었는데 네가 울어 가지고 멈춘 거잖아."

"농담하지 말고 진지하게 얘기 좀 해 봐요. 사고 났을 때 많이 아팠어요? 얼마나?"

"네가 정해수랑 결혼한다고 할 때보단 안 아팠어."

끝까지 얘길 안 하겠다? 새봄이 석경을 밉지 않게 흘겨봤다. 그러자 석경이 조금은 진지한 얼굴로 물었다.

"어제 정해수는 만났어? 정리는 했고?"

"……."

"또 왜?"

"어떻게 해야 하는지 모르겠어요."

석경은 미간을 구기며 탄식했다.

"신새봄. 너 그 얘기 내가 6년 전에도 들었던 것 같은데? 하아……. 그럴 땐 내가 뭐라고 했어? 나한테 물어보라고 했잖아."

"그래서 지금 물어보려고 온 건데요?"

"아, 그래?"

석경의 표정이 금방 풀렸다. 그 애가 또 어물쩍거리다 정해수한테 발목이 잡힐까 봐 걱정했는데, 확실히 6년 전과는 달랐다. 그 애는 아주 단단해져 있었다.

석경의 기대에 부응이라도 하듯 새봄이 다부진 눈빛으로 핸드폰을 테이블 위에 올려놓았다.

"이런 걸 발견했어요."

곧 그 애가 버튼을 눌러 녹음 파일을 재생했다.

—왜 왔냐고? 알면서 뭘 물어. 재계약 도장 받으러 왔어.

—정해수 씨, 나한테 이러면 안 되지. 내가 정해수 씨가 저지른

6년 전 사고도 봐줬는데. 그 사고로 죽은 사람이 몇 명이야. 박보윤 그리고 우석경 대표까지. 다 너 때문에 죽었잖아. 네가 주연 자리 욕심내서……

새봄이 녹음기를 끄며 덧붙였다.

"정해수랑 같이 사는 여자애가 집에서 녹취한 거예요. 어젠 그 애 만나러 간 거였어요."

"그런 거였어?"

"네."

새봄이 고개를 끄덕였다. 그런 새봄의 머리를 쓰다듬어 주며 석경이 나지막한 목소리로 말했다.

"잘했어. 그리고 얘기해 줘서 고마워. 너 또 혼자 이거 들고 막 전전긍긍했으면 실망했을 거야."

"이제 안 그럴 거예요. 뭐든 다 말할 거야 다. 안 숨겨요."

"그걸 이제 알면 어떡하냐?"

"근데 왜 안 놀라요? 6년 전 사고 정해수가 개입한 거…… 혹시 알고 있었어요?"

"어제 그 사고 담당 형사를 만났거든."

새봄이 고개를 끄덕이며 경청했다.

"의심쩍었던 부분, 특히 오토바이 브레이크 관련해서 물으니까 당시 경찰에선 오토바이끼리 충돌 후 추락한 거라고 보고 바다에서 끌어 올린 오토바이를 감정하지 않고 그냥 폐기했다는 거야."

"그럼 어떡해요?"

"심증만 있을 뿐 확실한 물증이 없는 거지. 그래도 혹시 모르니까 이 녹취 파일 나한테 보내 줘."

오토바이 브레이크 조작이라니. 새봄은 정해수가 그런 짓까지 해 놓고 이제껏 가면을 쓰고 배우 활동을 한 게 너무 소름 끼쳤다.

"왜 또 이렇게 쫄았어?"

석경이 새봄의 떨리는 손을 잡아 줬다.

"뭐가 무서운데? 내가 있는데."

"정해수 때문에 또 오빠 다칠까 봐……."

"그런 일은 없어. 이 일은 내가 알아서 할게. 넌 이제 신경 끄고, 집엔 언제 들어올 거야?"

"지금 그게 문제가 아니에요. 정해수가 주말에 기자 회견 하자고 했어요."

"무슨 기자 회견?"

"결혼……."

"미친 새끼."

석경이 싸늘한 눈빛으로 이를 악물자 새봄은 흠칫 놀랐다. 사고 후 성격이 많이 온순해진 줄 알았는데 예전이랑 똑같았다.

"그 표정은 뭐냐?"

"여전히 욕을 잘하시네요. 그대로세요."

"넌 변했어."

"제가 뭘요?"

"너 기억 안 나지? 그저께 술 잔뜩 취해 가지고 우리 집 와서 난장판 만들어 놓은 거. 옷도 아무렇게나 막 벗어 놓고. 담배꽁

초도…… 인마, 너 내가 담배 피우지 말랬지."

"끊었어요. 어제부터."

"그게 하루아침에 끊어지는 줄 알아?"

"끊을 수 있어요. 오빠 생각하면 끊어야죠."

"나 왜?"

"오빠도 끊은 것 같고 나도 안 피우는 게 좋을 것 같아서요. 오빠 이제 나이도 있고, 늙어서 건강 챙겨야 하니까……."

"늙, 늙어?"

석경이 충격받은 얼굴로 되묻자 새봄이 서둘러 말을 돌렸다.

"근데 그날 왜 그냥 갔어요? 꿈인 줄 알았잖아요."

"너 쪽팔릴까 봐 모른 척해 준 건데?"

"그럼 끝까지 모른 척하든가."

"어쭈? 말대꾸가 많이 늘었다?"

"제가 전에 말했잖아요. 저 원래 말 잘한다고."

눈을 동그랗게 뜨고 따박따박 말대꾸하는 새봄의 밝아진 얼굴을 보니 석경은 6년 전으로 돌아간 것 같아 웃음이 절로 났다.

"왜 웃어요?"

"이제야 내가 아는 신새봄 같아서."

"나 많이 변했어요?"

새봄이 시무룩해져서 묻자 석경이 새봄의 짧아진 머리카락을 귀 뒤로 넘겨 주며 웃었다.

"변한 모습도 좋아해 줄게."

"가, 갈게요. 회의가 있어서……."

석경의 눈빛이 또 뜨거워지자 새봄이 서둘러 자리에서 일어났다. 하지만 한 걸음도 못 가서 석경에게 잡히고 말았다. 뒤에서 새봄의 허리를 낚아챈 석경이 그녀를 무릎에 앉혔다.

"그거 알아?"

"뭘요?"

"나 지금 인수인계 기간이야. 사장 취임은 다음 주고."

"그건 알죠. 근데 그게 왜요?"

"너 계속 모른 척할래? 나 다음 스케줄 없다고. 아직 취임도 안 한 사장실에 올 사람도 없고."

석경이 농염한 눈빛으로 새봄을 바라봤다. 새봄은 왠지 앉은 자리가 묘하게 신경 쓰이기 시작했다. 석경은 새봄의 가는 허리를 만지작거리며 그녀의 귓가에 속삭였다.

"여기서 해도 돼?"

정염 가득한 석경의 목소리에 새봄은 부끄러운 듯 시선을 피하며 작게 고개를 끄덕였다.

"꺄악!"

순식간이었다. 새봄의 대답이 끝나기가 무섭게 그가 그녀를 소파에 눕히고 그 위에 올라탔다.

* * *

"아팠던 거 맞아요?"

새봄이 기진맥진한 얼굴로 블라우스 단추를 잠갔다. 소파에서 테이블에서 심지어 책상에서까지 끝장을 볼 기세로 달려들던 그는 연신 싱글벙글이다. 게다가 혈색이 아까보다 훨씬 더 좋아졌다.

새봄은 그가 입술로 내내 희롱하던 가슴을 어루만지며 석경을 예쁘게 흘겨봤다.

"무릎에 그거 분장 아니죠?"

"죽을래? 수십 번 수술 받았다니까. 너 만나려고."

"미안해요. 농담이에요."

"알아."

일부러 엄한 표정을 짓던 석경이 장난이라며 피식 웃었다. 그가 웃자 새봄도 따라 웃었다.

"그렇게 좋아요?"

"어. 너무 좋은데? 퇴근할까?"

"아침 10시도 안 됐는데요? 그리고 저 진짜 회의 들어가야 돼요."

새봄이 마지막으로 옷매무새를 가다듬고는 급히 자리에서 일어났다. 그런 그녀를 애틋하게 바라보던 석경이 진지하게 말을 꺼냈다.

"회의 취소하고 당분간 휴가 내고 어디 좀 가 있을래? 내가 그동안 정해수 좀 정리하려고."

"……."

"나 믿고 일주일만 휴가 좀 내라. 응?"

"오빠 믿죠. 믿는데…… 휴가 내고 제가 가 있을 만한 곳이 없어요."

"있어. 아무도 못 찾는 곳."

석경이 자리에서 일어나 새봄의 블라우스 칼라를 매만져 주고는 웃으며 말했다.

"나 보고 싶어도 조금만 참고. 거기 꼭꼭 숨어 있어. 그 집 주인이랑은 너무 친하게 지내진 말고. 술도 같이 마시지 마. 일 얘기만 하면서 얌전히 있어. 그리고……."

망설이던 그가 마저 말을 이었다.

"거기서 무슨 얘길 들어도 네 옆엔 내가 있다는 거 잊지 말고."

"오빠도 잊지 마세요."

"뭘?"

새봄이 석경의 품에 안기며 속삭이듯 말했다.

"나한텐 오빠가 전부예요."

그녀의 말 한마디에 모든 근심과 걱정이 싹 날아갔다. 석경이 웃으며 제 품에 안긴 그녀를 바라봤다.

"나도 네가 내 전부야."

그렇게 그와 그녀는 서로에게서 떨어질 생각을 하지 않고 계속해서 사랑을 속삭이고 있었는데.

"맞다. 근데 거기가 어딘데요?"

새봄이 의아한 얼굴로 물었다.

* * *

"세상에 이게 누구야?"

시골집 앞마당에서 눈을 쓸던 수희가 빗자루를 내팽개치고 달려왔다. 새봄도 수희를 보고 놀란 표정을 지었다. 새봄은 끌고 오던 캐리어 손잡이를 얼른 놓고 수희를 향해 90도로 인사했다.

"작가님 잘 지내셨어요? 아니 이제 괜찮으실…… 아니, 아, 안녕하세요!"

마치 6년 전 처음 김 작가를 만났을 때처럼 새봄이 떨리는 마음으로 인사했다. 근데 첫인사를 어떻게 어떤 말로 시작해야 하는지 망설이다가 망해 버렸다. 새봄이 멋쩍은 얼굴로 이마를 긁적이고 있었는데.

"일단 들어와."

수희가 새봄의 팔을 끌고 안으로 들어갔다.

편백나무로 지은 아담한 집. 새봄은 소파에 앉아 천천히 주변을 둘러봤다. 온통 책과 종이뿐이었다. 여기저기 널브러진 원고지도 보였다.

"연락 좀 하고 오지."

수희가 대충 발로 책과 종이를 슥슥 치우며 다가왔다. 그러곤 찻잔을 건넸다.

"마셔. 로즈마리 차야."

"감사합니다."

"근데 여긴 어떻게 알고 왔어?"

"작가님네 댁인 줄 몰랐어요. 그냥 기차역에 내려 주더니 주소만 달랑 알려 주고 혼자 가 버려서……."

"누가?"

"……사장님이요."

"어떤 사장인지는 몰라도 싸가지 더럽게 없지?"

"예전만큼은 아니던데요."

"아니라고? 그 녀석 완전 그대로던데. 뭐야. 새봄 씨한테만 잘해 주는 거 아니야?"

수희가 놀리듯 말하자 새봄이 쑥스러워하며 웃었다.

아니라곤 못 하겠다. 왜냐면 확실히 그가 달라지긴 했다. 자신을 대하는 태도 말이다. 예전엔 욕을 하면서 알게 모르게 잘해줬다면, 지금은 완전 대놓고 잘해 주면서 말도 예쁘게 한다.

새봄은 아까 기차역에서 석경과 헤어지기 전 나눈 대화가 떠올라 가슴이 간질간질했다.

'일주일 동안은 핸드폰 절대 켜지 말고.'

'그럼 오빠랑은 어떻게 연락해요?'

'내가 그 집 주인한테 전화…… 아. 걔도 핸드폰 없는데. 그냥 내가 보고 싶으면 알아서 찾아갈게. 그러니까 아무 생각하지 말고 푹 쉬어.'

보고 싶다는 말도 막 시도 때도 없이 하고. 게다가 가려는 나를 붙잡고 따뜻하게 포용해 주고, 이마에 키스까지……. 새봄은 이마에 닿았던 그의 보드라운 입술 감촉이 떠올라 괜히 이마를 만지며 히죽 웃었다.

"새봄 씨, 무슨 생각을 그렇게 해? 그나저나 일 얘기 하러 온 거지?"

"아뇨."

새봄이 당당하게 말했다.

"저 일 안 할 건데요. 사장님이 아무것도 하지 말고 그냥 여기서 푹 쉬라고 하셨어요."

"왜 남의 집에서 쉬래. 그 사장 진짜 별로네."

"방해되면 갈까요?"

"이미 방해했고. 이 집에 온 손님 새봄 씨가 처음이니까 책임져."

"어떻게 책임을?"

"술이나 한잔하자. 내가 직접 담근 막걸리가 있는데 아주 끝내줘. 이거 마시면 서울 올라가기 싫을걸?"

술친구가 생겨서 신이 난 모양인지 수희가 껄껄 크게 웃으며 주방으로 달려갔다. 콧노래를 부르며 안주를 준비하는 수희의 모습을 보며 새봄은 다행이라고 생각했다.

하지만 그 생각은 한 시간 후 막걸리에 취해 수희가 대성통곡을 하는 걸 보면서 바뀌었다.

6년 전 그 사고는 참 여러 사람을 힘들게 하고 있었다. 다들 자신의 잘못이라고, 자기 때문이라고 자책하고 있었다.

새봄은 그동안 저만 괴로움에 허덕이며 살아온 게 아니라는 것을 알았다. 그게 이상하게 위로가 됐다. 그건 수희 역시 마찬가지였다. 술을 마시다 문득 새봄의 팔에 난 상처를 발견한 수희 역시 위로받고 있었다.

인간은 참 나약하고 이상한 존재였다. 남의 상처와 불행이 때론 이토록 큰 위로가 된다니.

* * *

"스튜디오를 제외한 동 전체에 외부인 출입 금지하세요. 연예인, 매니저 등도 포함입니다. 방송국 직원이 아닌 사람은 그 누구도 여기 못 들어옵니다. 아시겠습니까?"

보안팀 과장은 갑자기 사장이라는 사람이 들이닥쳐서 한번 놀랐고, 그가 여자가 아니라 잘생긴 남자라서 두 번 놀랐다.

"왜 대답 안 합니까? 말할 줄 몰라?"

싸가지가 없어서 세 번 놀랐다.

"네! 알겠습니다."

과장은 왠지 앞으로 만만찮은 회사 생활이 될 것 같은 예감이 들었다.

"다시 한번 경고하는데 톱스타니 뭐니 이딴 거 안 통해요."

알았다는데 왜 자꾸 같은 소리를 반복하는 걸까. 과장이 머리를 긁적였다.

"하, 못 알아듣네. 정해수 들여보내지 말라고요. 로비고 주차장이고 그냥 방송국엔 발도 못 들이게 하라고."

"아…… 정해수 씨요? 네. 알겠습니다."

"알긴 뭘 알아요? 내가 어제도 얘기했잖아. 외부인 출입 금지라고. 근데 내가 오늘 아침에 드라마국에서 정해수를 봤어. 어떻게 설명할 겁니까?"

석경은 지금 매우 예민했다. 분명 외부인 차단하라고 했는데, 아침에 정해수가 새봄의 자리에 앉아 있는 것을 목격했다. 새봄과 연락이 안 되어 찾아온 듯했다.

그녀를 수희한테 보내 놨으니 망정이지.

"하아······."

석경이 긴 한숨과 함께 과장을 노려봤다.

"똑바로 합시다. 난 두 번 실수는 안 봐주는 성격이야. 명심하세요."

굳은 얼굴을 하고 밖으로 나온 석경은 주머니에서 핸드폰이 울리자 액정을 확인했다. 모르는 번호였다. 뭐야, 하고 대수롭지 않게 받았는데.

"여보세요."

—나예요.

스피커 너머로 그 애의 목소리가 들리자 방금까지 입에 칼을 물고 버럭 하던 석경의 얼굴에 미소가 번졌다.

"야, 왜 이제 전화하냐? 기다렸잖아. 보고 싶어 미치는 줄 알았네."

그가 투정 부리듯 말하자 그 애의 웃음소리가 들렸다. 그러자 석경이 따라 웃다가 마침 사무실을 나와 화장실로 들어가는 과장과 눈이 딱 마주쳤다.

괜히 민망해진 석경은 얼른 표정을 굳히고 아주 빠른 걸음으로 복도를 걸었다. 그는 사장실에 도착할 때까지 핸드폰을 귀에서 떨어뜨리지 않았다.

—어디예요?

"나 이제 사무실. 근데 너 어디서 전화하는 거야? 그 집에 전화기도 없다던데."

석경이 의자에 앉으며 물었다. 곧 새봄의 목소리가 들렸다.

—작가님 댁 앞에 초등학교가 하나 있는데요. 거기 공중전화가 있더라고요. 산책하다가 발견했어요.

"그렇지 않아도 거기 전화기 한 대 놓을까 생각 중이었는데."

—아…… 안 오시고요? 전화기를 놓는다고…… 아…….

섭섭해하는 새봄의 목소리에 석경은 자신이 무슨 말실수를 했나 싶어 이마를 긁적였다.

"삐졌나?"

—아뇨. 뭐 보고 싶으면 본인이 온다고 자신 있게 말하셔서 난 뭐 맨날 올 줄 알았네. 근데 안 오시길래…… 내가 직접 공중전화도 찾으러 다니고…… 솔직히 말해 봐요. 나 안 보고 싶었죠?

"보고 싶어서 미치는 줄 알았다니까?"

—근데 왜 안 오고 전화를 놓는대. 아니, 사람을 시골에 가둬 놓고 말이야. 너무한 거 아니에요?

"너 모처럼 쉬는데 방해 안 하려고 나도 참고 있는 거야."

—네. 감사합니다. 그럼 쉬어야 하니까 끊을게요.

"잠깐! 신새봄! 야, 봄!"

새봄이 전화를 끊은 줄 알고 석경이 애타게 그녀의 이름을 불렀는데. 곧 스피커 너머로 까르르 웃음소리가 들렸다.

—끊은 줄 알았죠?

"야, 너 지금 어른 놀리냐?"

—심심해서 장난 좀 쳐 봤어요. 뭐 하고 있어요? 점심은 드셨고?

다리는 안 아파요?

"나 이제 일할 거고. 점심은 구내식당에서 김평소랑 같이 먹었고. 다리는 속 썩이는 사람이 없어선지 안 아파."

—내가 언제 속을 썩였다고.

"너라고 안 했는데?"

—그래요. 그렇구나. 나 없이 잘 지내시네. 그럼 나 평생 여기 있어야겠다. 전 여기 너무 좋아요. 시골 체질인가 봐요.

"난 도시 체질인데."

—역시 안 맞아.

"다른 거 다 안 맞아도 하나만 잘 맞으면 돼. 근데 우린 잘 맞았어."

—변태.

"뭐가? 식성이 잘 맞았다고."

—그거 얘기한 거 아니면서.

"맞거든? 나 이제 토스트도 잘 먹고. 중국 음식도 잘 먹어. 삼겹살도 좋아해."

—난 6년 동안 안 먹었는데…….

"왜?"

—오빠 생각나서요. 눈물이 나서요. 근데 갑자기 먹고 싶다. 토스트…….

"서울 올라오면 사 줄게. 배 터지게 사 줄게."

—언제 가면 돼요?

석경이 달력을 빤히 쳐다보며 대답했다.

"곧? 내가 정리되는 대로 연락할게."

―아, 저도 좋은 소식 하나 전해 줄 거 있어요.

"뭔데?"

―만나면 얘기해 줄게요.

"그냥 해 주지?"

―다음에요. 그럼 끊어요. 이 번호로 종종 전화할게요.

전화를 끊자마자 그 애의 목소리가 벌써 그리워졌다. 안 되겠다. 당장 수희네 집에 전화기부터 놔야겠다.

석경은 내선 번호를 아주 빠르게 눌렀다. 이 번호로 하도 전화를 했더니 이젠 아주 외워 버렸다. 그런데 웬일인지 통화 연결음만 들릴 뿐 상대방은 전화를 받지 않았다. 항상 3초 컷이었는데.

"사장님!"

"오. 너 잘 왔다. 안 그래도 너한테 전화하고 있었는데."

평소가 문을 열고 들어오자 석경이 반갑게 맞이했다. 평소가 떨떠름한 표정으로 입을 열었다.

"제발 비서 좀 뽑아요. 나한테 왜 자꾸 전화해서 일 시키세요?"

"네가 잘하니까 시키지."

"아, 그래요? 그럼 진작 그렇게 얘길 하시든가."

석경에게서 처음 듣는 칭찬에 평소의 얼굴이 환해졌다.

"아, 맞다. 지금 내빈실에 손님 와 계세요. 얼른 가 보세요."

"누군데?"

"그렇게 물으시면 '비밀'이라고 하라던데요. 사장님 깜짝 놀라게 한다고."

"놀라긴 개뿔. 누군지 대충 알겠다."

석경이 피식 웃으며 자리에서 일어났다.

* * *

"에이프릴!"

석경이 내빈실 문을 열자마자 남기가 손까지 흔들며 큰소리로 외쳤다. 석경은 미간을 찌푸리며 소파에 앉았다.

"초딩이냐? 왜 남의 이름 가지고 놀려."

"놀릴 만하니까 놀리지. 내가 진짜 김 팀장한테 그 얘기 듣고 얼마나 웃었는데. 그니까 새봄이가 제이든이고, 네가 에이프릴? 푸하하하."

남기가 배꼽을 잡고 웃었다.

"인마, 그러지 말고 이름 바꿔. 회사에 너 여잔 줄 아는 사람이 대부분이래."

"상관없어. 그만 좀 웃어. 그게 뭐가 웃기다고."

"웃기지 그럼. 김 팀장도 아니 이제 본부장이더라. 암튼 김 본부장도 웃겨 죽을라고 하더만. 너 메신저에도 에이프릴로 되어 있다며? 명패도. 야, 에이프릴! 나 네 명패 좀 구경하자."

오래간만에 또 둘이 만나서 얼마나 제 뒷담화를 했을지 석경은 절로 상상이 갔다.

"근데 갑자기 왜 온 거야? 계약하러 왔어? 바로 사무실 배정해 줄게. 출근 언제부터 할래?"

"출근이라니. 그거 아니야. 아직 아니라고오."

싱글벙글하던 남기가 질색하며 손사래를 쳤다.

"그럼 왜 왔냐니까?"

"너 잘 지내나 보려고 왔지. 새봄이랑은 오해 다 풀었어?"

"어. 그거 물어보려고 온 거야? 아니지?"

"아니지. 아닌데……."

남기가 말끝을 흐리며 머뭇거리다가, 한숨과 함께 입을 열었다.

"흠…… 사실 저번에 수희랑 얘기를 좀 했는데. 수연이 말이야……."

"그 얘긴 안 들어도 될 것 같은데."

석경이 차갑게 말했다. 그 반응에 놀라 멈칫했던 남기가 이왕 용기 낸 거 솔직하게 다 털어놓기로 했다.

"나도 많이 고민했어. 너 새봄이랑 다시 잘해 보려고 하는데, 내가 괜히 수연이 얘기 꺼내서 네 마음 심란해질까 봐. 근데 이건 너도 꼭 알아야 할 것 같아서. 수희가 3년 전에 수연이를 만났는데……."

"최남기."

남기가 얼마 전 수희한테서 들은 얘기를 하려고 입을 열었다. 그런데 그 말을 석경이 자르고 들어오더니 도리어 남기를 향해 질문했다.

"3년 전에 다 포기하려던 내가 다시 수술받기로 결심한 이유가 뭔지 알아?"

3년 전을 떠올려보던 남기가 고개를 좌우로 흔들었다.

"나야 모르지. 네가 얘길 안 해 줬으니까."

"할아버지한테 다 들었어. 수연이가 어떤 짓을 저질렀는지. 왜 떠났는지. 다시 연락한 이유는 뭔지. 전부 다."

"그럼 수연이 때문에 수술 결심한 거야? 재활도 그렇게 열심히 한 거고?"

"뭐, 그런 셈이지. 난 절대 새봄이한테 이수연 같은 존재로 남고 싶지 않았으니까. 너무 이기적이잖아. 어떻게 그런 짓을 벌이고도 나한테 아니 그 애한테 한마디 사과도 없이 그냥 가 버릴 수가 있어? 근데 그때 더 용서가 안 되는 게 누구였는지 알아? 나였어. 나도 그 애한테 한마디 말도 없이 숨어 버렸으니까. 그게 얼마나 큰 상처인지 알면서도."

"그건 사정이 있었잖아."

"이수연도 그렇게 생각했겠지. 그러니까 그게 이기적이라는 거야. 생각해 보면 그때 난 새봄이를 위해서가 아니라 이렇게 망가진 모습 보이기 싫어서 숨었던 것 같아. 그걸 그때 깨달았어."

남기는 그가 지난 3년을 어떻게 버텼는지, 두 발로 서기까지 얼마나 노력했는지 잘 알기에 너무나도 안타까웠다.

"그래서 결심한 거야. 수술을 수십 아니 수백 번을 받더라도 하는 데까지 해 본다고. 그래도 가망이 없다면 기어서라도 그 애한테 돌아가기로."

남기는 이제야 알았다. 그가 극한의 고통을 넘어서고 다시 일어선 이유를.

"나 그동안 진짜 힘들었거든? 근데 한국에 와서 그 애 얼굴을 보는 순간. 모든 걸 보상받는 기분이었어. 요즘 얼마나 행복한지 몰라. 꿈꾸고 있는 것 같아."

석경은 제가 자신의 전부라고 속삭이던 새봄의 목소리가 떠올라 웃음을 터뜨렸다.

"이거 꿈 아니겠지?"

"이 와중에 이런 말해서 미안한데. 한 대 때려 줄까? 발로 차 줘?"

남기의 너스레에 석경이 피식 웃었다. 덩달아 남기도 기분 좋게 웃었다.

"새봄인 그대로지? 보고 싶네. 아, 밑에 내려가면 볼 수 있나? 몇 층으로 가면 돼?"

"지금 회사에 없어."

"왜?"

"수희한테 보냈어."

"거긴 왜? 둘은 나중에 만나게 하지. 수희가 새봄이한테 수연이 얘기하면 어떡해."

"하라고 보낸 거야. 새봄이도 알아야지. 우리 둘 이제 숨기는 거 없기로 했거든."

"그러다 충격받으면? 나도 그 얘기 듣고 얼마나 놀랐는데."

남기의 우려 섞인 반응에도 석경은 느긋했다. 그런 그를 보며 남기는 깨달았다.

"새봄이를 신뢰하는 거지?"

"어. 당연하지. 그리고 이건 내 예상인데. 아마 그 얘기 들으면 새봄이 걘 본인보다 그 말을 전한 수희나 나를 더 걱정할 거야. 걔가 그렇다니까. 여전히…… 착하고, 예뻐."

"나 집에 갈래."

"가긴 어딜 가!"

남기가 눈을 흘기며 자리에서 일어나자 석경이 붙잡았다.

"나 여기 더 있다간 닭이 될 것 같아. 팔에 닭살 돋은 거 보이지?"

"좋은 말로 할 때 앉아라."

남기가 조용히 자리에 앉으며 멋쩍게 웃었다.

"근데 방송국에 무슨 일 있었어? 보안이 엄청 철저하던데. 나 김 본부장 아니었으면 못 올라올 뻔했다니까. 외부인 출입 금지라고 로비에서부터 막던데?"

"무슨 일이 있긴 있었지. 아, 너 이소란 피디랑 연락하지?"

"아니. 언제 적 소란이야. 갑자기 소란이는 왜?"

남기의 물음에 석경은 이제야 정해수와 관련된 일을 털어놓았다. 정해수가 새봄에게 벌인 짓들과 과거 동해에서 일어난 사고의 연관성을 다 전해들은 남기의 입에서 제일 먼저 튀어나온 말은.

"와. 우석경 사람 됐다. 옛날 같았으면 바로 주먹 날아갔을 텐데. 너 지금 되게 침착한 거 알아?"

였다.

"그래 보여? 그럼 다행이고."

"아니다. 이게 더 무서운 거구나…… 너 대체 뭘 어쩌려고 그래?"

석경이 싸늘한 눈빛으로 대답했다.

"박살을 내야지. 이소란도 정해수도."

* * *

"세상에…… 우 대표님?"

석경이 회의실에 들어서자 소란은 귀신이라도 본 사람처럼 놀라며 자리에서 벌떡 일어났다.

그녀는 머리부터 발끝까지 온통 명품으로 휘감고 있었다. 방송사 사장의 호출이라기에 일부러 힘 좀 쓰고 나온 모양이었다.

"대표님이 KRV 사장님이라고요? 여기 사장님은…… KR그룹…… 세상에!"

6년 만에 밝혀진 석경의 정체에 소란은 더 이상 말을 잇지 못하고 어버버거렸다.

"시끄럽고. 앉아."

주머니에 손을 꽂고 있던 석경이 턱 끝으로 지시를 내리곤 자리에 앉았다. 그러자 소란도 잔뜩 얼어붙은 얼굴로 자리에 앉았다.

"이게 어떻게 된 일이에요?"

"내가 그걸 너한테 설명할 필욘 없을 것 같고. 네가 나한테 설명해야지."

"제, 제가 뭐, 뭘요? 무슨 소릴 하시는지 모르겠어요. 그나저나 다행이에요. 대표님, 아니 사장님 소식 끊기고 걱정 많이 했는데……."

얼어붙은 석경의 눈빛을 마주한 소란은 한 번에 느낌이 왔지만, 일단 모른 척할 수밖에 없었다. 그가 진실을 알면 이제껏 쌓아 올린 모든 것들이 무너지는 게 문제가 아니라, 자신을 죽일지도 모른다는 두려움 때문이었다.

"어…… 하실 얘기 없으시면 저 먼저 일어나 보겠습……."

"그래, 그럼 거기 서서 들어."

도망가려고 어정쩡하게 일어나 있는 소란을 향해 석경이 말했다.

"내가 전에 그런 얘기를 했을 거야. 촬영 현장엔 수많은 변수가 생겨난다고. 그걸 미리 파악할 줄 알아야 좋은 감독이 될 수 있다고."

그 말을 어떻게 잊겠는가. 그에게 혼쭐이 나는 바람에 쪽팔리게 후배 앞에서 눈물까지 보였는데.

"너 내가 6년 전에 왜 남기 팀에 널 넣었는지 알아?"

"……."

"현장에 어떤 변수가 생겼을 때 책임지고 물러나는 사람이 있는가 하면, 숨어 버리는 사람도 있고, 도망치는 사람도 있고, 모른 척 뻔뻔하게 덮고 사는 사람도 있고. 각자 다 다른 방향으로 살아남으려고 발버둥을 쳐."

무슨 얘길 하려는 걸까. 고개를 숙이고 있던 소란이 용기를 내어 석경을 바라봤다. 날카롭고 예리한 그의 눈동자에 제압당한 소란은 저도 모르게 침을 꼴깍 삼켰다.

"6년 전에 내가 본 이소란은 때론 정의감이 넘쳐서 제 편은 확실하게 챙겼어. 아마 넌 왜 이런 사고가 났는지 제일 먼저 파헤치려고 했을 거야. 왜? 네가 믿고 따르던 남기가 감독에서 물러나고 팀이 망가졌잖아. 넌 그게 굉장히 분했을 거고. 원망도 됐겠지. 그리고 진실이 뭔지 알아내려고 뛰어다녔을 거야."

"대표님……."

정확히 간파당했다. 소란의 다리가 후들거렸다. 그는 말을 멈추지 않았다.

"지금이라도 양심선언 해. 아직 안 늦었어. 지금이 박보윤과 유가족한테 사죄할 유일한 기회라고. 여기서 천천히 생각해 보고 결정 내리면 사장실로 와."

"……."

"아, 내가 원하는 방향으로 결정이 안 나면, 넌 이 방송국을 나가는 순간 그 새끼랑 같이 콩밥 먹는 거야. 살인 방조죄로. 알았어?"

석경이 매섭게 노려보고 자리에서 일어나 밖으로 나가려는데. 소란이 울면서 소리쳤다.

"살인 방조는 아니에요! 저는 정말 몰랐어요……. 저도 그걸 사고 수습이 다 되고 한 달이 지나서야 발견했어요."

석경이 소란을 쳐다봤다.

"뭘 발견했는데?"

"블랙박스 영상이요."

* * *

VIP 대기실.

영화관 VIP 대기실 앞에 기자들이 잔뜩 모여 있었다. 정해수를 인터뷰하기 위함이었다. 오늘 이곳 상영관에선 얼마 전 개봉한 정해수의 영화 홍보를 위해 '관객과의 대화'를 앞두고 있었다.

하지만 무슨 일인지 대기실 안의 분위기가 어두웠다. 스태프들은 해수 근처엔 가지도 못하고 서로 눈치만 보고 있었다. 그의 표정이 매우 살벌했기 때문이다.

쾅.

그는 급기야 팬들이 정성껏 준비한 케이크와 꽃다발을 바닥으로 내던졌다. 그러곤 다시 핸드폰을 들어 새봄에게 전화를 걸었다.

—연결이 되지 않아 음성 사서함으로…….

그녀가 사라졌다. 방송국에도 찾아가 봤지만, 그녀가 어디에 있는지 아는 사람은 아무도 없었다. 그녀의 후배들마저 아무것도 모른다는 얼굴이었다.

게다가 며칠 전부턴 방송국 보안 체계가 바뀌었다면서 아무리 배우라고 해도 피디가 있는 사무실엔 들어올 수 없다며 쫓겨나기까지 했다. 이 무슨 수치인가.

그뿐이 아니었다. 지금껏 고분고분 말만 잘 듣던 새봄의 대용품 진희마저 사라졌다. 진희를 이용해 새봄을 협박하려던 계획까지 무산된 것이다.

"씹!"

해수가 거칠게 욕을 내뱉으며 핸드폰을 내던졌다.

오늘 스케줄만 끝나면 무슨 일이 있어도 새봄을 찾아 다시는 제멋대로 사라지지 못하게 확실히 가둬 놔야겠다. 해수의 입술이 비틀렸다.

"정해수 씨! 지금 입장하셔야 합니다."

관계자가 대기실 문을 열고 해수의 이름을 부르자 스태프들이 바빠졌다. 다들 놀라서 황급히 해수에게 붙었다. 그러곤 파우더를 찍어 바르고, 드라이기로 머리를 만지기 시작했다.

준비를 마치고 영화관에 입장한 해수는 180도 바뀐 표정으로 관객들을 향해 손을 흔들며 환하게 웃었다. 그런데 해수의 미소 띤 얼굴이 한순간에 굳어졌다. 바로 1열에 앉아 있는 석경과 눈이 마주친 것이다.

석경은 팔걸이에 걸친 손으로 턱을 받치고 앉아 해수를 빤히 쳐다보고 있었다. 해수는 무대 위를 걸어 정중앙에 서며 피식 웃었다.

저 작자 짓이었어. 새봄이 사라진 것과 방송국 출입이 금지된 여러 일련의 일들이 저 작자와 관련이 있는 거야. 생각이 거기까지 닿자 해수가 주먹을 불끈 쥐고 석경을 노려봤다.

그런데 그때. 갑자기 영화관 문이 열리고 기자들이 달려 들어왔다. 그리고 동시다발적으로 카메라 셔터 음과 함께 플래시가 마구 터졌다.

파바밧. 찰칵. 찰칵.

그런데 기자들 표정이 평소와 매우 달랐다. 그들은 무대 아래에서 하이에나처럼 달려들어 질문을 쏟아내며 사진을 찍어 댔다.

"박보윤 씨는 왜 죽인 겁니까?"

"캐스팅 문제로 앙심을 품은 겁니까?"

해수의 얼굴이 하얗게 질렸다. 곧 경찰 제복을 입은 의경들과 가죽 재킷 차림의 우람한 형사들이 수갑을 들고 무대 위로 올라왔다.

"정해수 씨, 당신을 박보윤 씨 살인죄로 긴급 체포하겠습니다.

변호인을 선임할 수 있고, 불리한 진술 거부할 수 있고, 체포 적
부심을 신청할 수 있습니다. 여기 수갑!"

　선임 형사의 손에 후임이 수갑을 건네자 형사가 망설임 없이
정해수의 팔목에 수갑을 채웠다. 그 처참한 모습에 현장에 있던
팬들은 경악을 하다못해 쓰러지기까지 했다. 순식간이었다. 이
곳은 아수라장이 되고 말았다.

　수갑을 찬 채 질질 끌려 나가는 정해수의 모습을 석경은 마치
영화를 감상하는 듯한 자태로 지켜보다가 태연하게 자리에서 일
어났다. 그러곤 그곳을 유유히 빠져나갔다.

* * *

　〈속보입니다. 사상 초유의 사건이 벌어졌습니다. 톱스타 J
씨가 故박보윤 씨 살인죄로 팬들 앞에서 체포가 되었는데요.
이 소식 더 자세히……〉

　삑. 석경은 라디오를 꺼 버리고 운전에 집중했다.
　아직도 도착하려면 두 시간이나 남았다. 대체 김숙희는 왜 이
렇게 멀리에 사는 건지. 여유가 생기니 새봄을 괜히 거기 숨겨
놨다는 생각이 들기까지 했다.
　체포된 정해수는 아마 평생 감옥에서 썩게 될 것이다. 죄목이
하나씩 늘어날 예정이니까.
　석경은 그 새끼한테 새봄이 지금까지 당한 것들을 백배 천배

다 돌려주겠다는 다짐을 하며 속도를 높였다.

차 안엔 향긋한 꽃 내음이 진동했다. 석경은 조수석에 놓은 분홍색 튤립을 흘끔 쳐다보며 피식 웃었다. 오는 길에 그 애를 닮았길래 한 다발 샀다. 그리고 그 옆에 검은색 봉지 하나. 그것도 그 애가 생각나서 샀다.

고소한 달걀 냄새가 꽃내음과 함께 섞여 폴폴 올라와 코끝에 스며들었다.

두 선물 중 그 애는 어떤 걸 더 좋아할지 자못 궁금해졌다. 그 애를 만날 생각을 하니 석경의 입가에 절로 미소가 번졌다.

* * *

새봄은 사실 이곳이 수희의 집이라는 걸 알게 됐을 땐 걱정이 앞섰다. 일주일 동안 대체 작가님과 무슨 얘기를 하고, 어떻게 지내나, 굉장히 어색할 것 같았는데. 그건 기우였다.

두 사람은 그동안 꽤 많이, 아니 아주 많은 얘기를 나눴다. 서로 눈빛만 봐도 봇물 터지듯 이야깃거리가 쏟아져 나왔다. 살아온 이야기, 앞으로 살아갈 이야기. 그런 다양한 이야기들을 나누다 보면 둘은 어느새 드라마 이야기를 하고 있었다.

'맞아요. 그런 캐릭터가 요새 필요하다니까요.'

'자극적인 거 말고, 따뜻한 드라마도 있어야지.'

'소재보다 주제가 더 중요한 건가요?'

'글쎄. 그건 나도 맨날 하는 고민이라서.'

'그래도 시청률이 되는 걸 만들어야겠죠?'

'내가 해 보니까 남는 건 시청률보다 작품성이야.'

두 사람은 같은 고민을 할 때도 있었고, 의견이 충돌될 때도 있었다.

새봄은 수희와 많은 이야기를 나누며 제 안에 있는 다양한 가치관과 편견들이 새로 정의되거나 수정되기도 하는 걸 느꼈다.

아, 반주를 즐기는 수희 덕분에 술도 아주 많이 늘었다.

오늘은 보쌈 고기와 막걸리였다.

"새봄, 나 너한테 할 얘기가 있는데…… 아니다. 일단 먹자."

뭔가 말을 하려다 말고 수희가 막걸리를 마셨다. 사실 처음 있는 일이 아니었다. 하루에 두 번 정도는 꼭 저렇게 말을 하려다 말았다. 매사 거침없는 그녀가 망설이는 걸 보니 중요한 얘기인 듯했다. 새봄은 속으로 생각했다.

혹시 드라마 집필이 아직은 부담스러우신 건가?

새봄은 작게 한숨을 쉬며 그녀에게 무슨 얘기냐고 채근하지 않고 그냥 조용히 기다리기로 했다.

그렇게 오늘도 든든하게 저녁을 먹고 근처 초등학교로 운동을 나간 새봄과 수희는 동네 한 바퀴를 돌고 집으로 돌아갔다. 새봄이 먼저 따뜻한 물에 샤워를 하고 나왔다. 다음으로 수희가 욕실에 들어갔다.

새봄은 수희가 나오기 전에 향기로 기분 좋게 해 줄 생각에 향초에 불을 붙였다.

타닥타닥. 우드로 된 심지가 타들어 가며 장작 타는 소리를 냈다. 마음이 훈훈해지는 소리였다. 새봄이 그 소리에 귀를 기울이고 있었는데.

"새봄! 내 방에서 입욕제 좀 갖다 주라!"

욕실에서 수희의 목소리가 들렸다. 새봄은 곧장 방으로 뛰어들어갔다. 수희가 입욕제를 좋아해서 방 어딘가에 모아두는 것을 얼핏 봤던 새봄은 두리번거렸다.

"서랍에 넣어 두셨나……."

새봄이 고개를 갸웃하며 입욕제를 찾느라 서랍을 하나씩 열어봤는데.

"……!"

어느 서랍 속에서 액자 하나를 발견했다. 그 액자를 본 새봄은 너무 놀라 두 눈이 크게 떠졌다. 액자 속 사진엔 남기, 수희, 석경 그리고…… 마지막에 서 있는 이 여자는…….

새봄이 아는 얼굴이었다.

"수연 언니?"

분명 그녀였다. 그녀는 고향을 떠나서도 종종 부모님의 묘를 찾아 동네에 왔었다.

새봄과 그녀는 어린 시절 같은 동네에서 태어나고 자랐다. 그러니까 새봄이 태어나기도 전부터 그녀는 새봄의 옆집에 살았었다. 그러다 그녀의 부모님이 돌아가시고 그녀가 서울로 떠나야 했을 때 어린 새봄은 참 많이도 울었었다.

근데 언니가 왜 여기……. 오빠 옆에…….

"첫사랑?"

그 순간 과거 석경의 방에서 봤던 사진 속 여자의 희미한 얼굴이 생각났다. 그게 수연 언니였어? 당시 얼굴을 자세히 보지 못해서 알 수 없지만. 이렇게 넷이 있는 사진을 보니 알 것 같았다.

언니가 오빠의 첫사랑이었다니.

"아……."

새봄은 탄식했다. 왠지 진 것 같은 기분이 들었다. 만약 언니가 오빠를 떠나지 않았다면 난 아마 영원히 졌을지도.

새봄의 기억 속 수연은 닮고 싶은 사람이었다. 그녀는 동네에서도 예쁘기로 유명했다. 심지어 서울에서도 배우 스카우트 제의를 하러 여러 회사에서 찾아오기도 했었다.

어렸을 땐 언니가 하는 머리끈, 언니가 신은 운동화, 언니가 머리를 자르면 나도 자르고, 다 따라했었는데…….

"새봄, 못 찾았어?"

상념에 젖어 있던 새봄이 고개를 돌렸다. 수희가 그냥 샤워만 하고 나왔는지 머리를 말리며 방으로 들어왔다. 그러다 새봄이 들고 있는 액자를 보곤 표정을 굳혔다.

"새봄아……."

"작가님, 혹시 수연 언니가 오빠 첫사랑이에요? 맞죠?"

"어? 어……."

괜히 질투가 나서 새봄이 입을 삐죽 내밀었다. 그러다 뒤늦게 수희의 표정이 굳어진 것을 보곤 새봄이 고개를 갸웃했다.

"왜 그러세요?"

"너 수연이 기억하는구나?"

"당연하죠. 저희 옆집에 살던 언니예요. 근데 알고 계셨어요?"

"응. 수연이한테 들었어. 사실 내가 계속 하려다 말던 얘기 있잖아⋯⋯."

새봄은 어쩐지 안 좋은 예감이 들었다. 그러니까 작가님이 계속 머뭇거리던 이야기가 대본 집필과 관련된 게 아니라, 그 사람의 첫사랑, 수연 언니와 관련이 있는 거였구나.

난 이 이야기를 들어야 하는 걸까?

또 불행이 뒤쫓아 오고 있는 건 아닐까? 듣고 싶지 않다고 말할까? 나 지금 너무 행복하니까 아무것에도 방해받고 싶지 않다고 솔직하게 말을 할까?

새봄은 불안한 마음을 애써 억눌렀다. 그리고 그 어떤 이야기가 수희의 입에서 나오더라도 절대 도망치지 않겠다고 다짐했다. 그사이 수희도 꽤 많이 망설이다가 어렵게 입을 열었다.

"사실 내가 몇 년 전에 수연이를 만나러 영국에 갔었어."

"아⋯⋯ 언니는 잘 지내고 있죠?"

"내가 갔을 땐 아주 위중한 상태였어."

이게 무슨 소리지? 새봄의 눈동자가 작게 흔들렸다.

"수연이가 죽기 바로 전날 나한테 다 털어놓더라. 직접 만나서 꼭 사죄를 구해야 하는 아이가 있는데⋯⋯ 자기가 끝까지 용기를 내지 못했다고. 대신 해 줄 수 있냐고⋯⋯."

죽기 전날이라니⋯⋯ 언니가 죽었다는 건가?

새봄이 놀란 눈으로 수희의 말을 듣고 있었는데. 더 놀랄 만한 일이 벌어졌다. 수희가 무릎을 꿇은 것이다.

"작가님!"

"새봄아 내가 대신 사죄할게. 수연이가 널 만나면 이 말 꼭 전해달라고 했어. 근데 나도 쉽게 용기가 안 나더라……."

"일어나세요. 왜 갑자기 무릎을……."

"어머니 사고 말이야. 뺑소니였지?"

"……."

수희를 일으키려던 새봄의 손이 멈췄다. 너무 놀라 몸이 굳어졌다.

설마…….

"그날 제정신이 아니었대. 석경이 할아버지한테 헤어지라고 종용당하고 실의에 빠진 채 부모님 묘가 있는 시골에 내려간 거야. 가서 이기지도 못할 술을 마셨고 그 상태로 운전을 했고, 사고가 났고……."

"네?"

"너희 어머니 돌아가신 거 수연이 때문이야. 수연이가 낸 사고였어."

새봄이 들고 있던 액자를 떨어뜨렸다.

"근데 왜…… 언니가 왜 도망을……."

신고하면 됐을 텐데. 그럼 엄마도 어쩌면 살 수 있었을 텐데…….

새봄은 도무지 이해할 수가 없었다.

"국립 발레단 입단을 앞두고 있었어. 석경이랑도 만날 수 없고 자기 꿈마저 이루지 못한다면 살고 싶지 않았겠지. 그건 절대 포기가 안 됐을 거야. 근데 죄의 무게는 본인이 생각했던 것보다 훨씬 컸고. 그렇게 외국까지 도망쳤는데 그곳에서도 괴로웠대. 당연하잖아. 사람을 죽이고 어떻게 행복하게 살아."

"……."

"그러다 병을 얻은 거야…… 그렇게 내내 후회만 하다 갔어. 마지막까지 그렇게 보고 싶어 하던 석경이도 못 만나고 너한테 사죄도 못 하고."

"오빠는 왜 못 만났어요? 만난다고 했었는데……."

사실 그가 사라지고 아주 잠깐 의심했던 적이 있었다. 그가 혹시 첫사랑을 만나러 간 건 아닐까. 그래서 나한테 돌아오지 않는 걸까?

"못 들었어? 석경이 사고 후 1년은 못 깨어났대. 걷기 시작한 것도 얼마 안 됐고. 지금 저렇게 멀쩡히 돌아다니는 거 다들 기적이라고 하더라."

그가 항상 웃으면서 수술만 수십 번 받았다고 대수롭지 않게 얘기해서 몰랐다. 못 깨어났다니. 그것도 1년이나. 새봄은 가슴이 찢어지는 것처럼 아팠다.

"새봄아……."

"……네."

"이번 일로, 그러니까 수연이 때문에 너랑 석경이가 멀어지는 일은 없었으면 좋겠어. 난 사실 그게 두려워서 그동안 쉽게 말하지 못했던 거야."

수희의 말이 무슨 뜻인지 새봄은 이해했다. 아마 6년 전에 이 사실을 알았다면 또 도망쳤을지도 모른다. 하지만 이젠 달랐다.

새봄이 다부진 눈빛으로 말했다.

"작가님, 전요 오빠랑 두 번 다시는 헤어지지 않을 거예요. 진짜 너무 힘들었거든요. 그래서 앞으로 무슨 일이 있어도 오빠 손절대 안 놔요. 절대로."

새봄은 깨진 액자 속 석경의 20대 때의 모습을 물끄러미 바라보다가 갑자기 시계를 올려다봤다.

"작가님! 저 막차 시간 전에 기차역 가 봐야 할 것 같아요."

"지금?"

"네. 너무 보고 싶어서 안 되겠어요. 서울 갈래요."

수희가 잡을 새도 없이 새봄은 거실로 달려 나가 코트를 챙겨입었다.

"이렇게 간다고?"

아까 무릎까지 꿇었던 수희는 사실 조금 민망했다. 수연의 비밀이 새봄의 마음에 큰 파장을 일으킬 거라고 생각했었는데. 그건 완전 큰 착각이었다.

새봄에게 지금 가장 중요한 사람은 석경이었던 거다.

수희는 새삼 놀랐다. 새봄이 이토록 석경을 좋아하는지 몰랐었다. 석경이 얘기만 하며 그저 부끄러워하며 웃기만 하길래 전혀 몰랐다.

"그럼 짐은 택배로 보내 줄게. 목도리하고."

수희는 자신이 직접 짠 목도리를 새봄의 목에 칭칭 감아 줬다.

"새봄, 조심히 가고. 우리 서울에서 보자."

"네! 작가님 그럼 수정고 기대할게요. 이제 술도 적당히 드세요.

본격적으로 집필하시려면 건강 챙기셔야죠."

"너 우석경 닮아 간다?"

"앗, 막차 시간 늦겠다! 가 보겠습니다. 연락드릴게요."

새봄이 멋쩍게 웃더니 서둘러 인사를 하고 밖으로 달려 나갔다.

* * *

"막차 지나갔어요?"

막차 시간이 끝난 사실을 뒤늦게 알게 된 새봄은 시무룩한 얼굴로 뒤를 돌아섰다. 그러곤 대합실 의자에 털썩 앉았다. 하필 선반 위 자그마한 텔레비전에선 뉴스가 나오고 있었다.

"세상에 저게 뭔 일이야."

"정해수가 박보윤이를 죽였다는 거야?"

"어머어머 저거 봐."

자료 화면으로 차량 블랙박스 영상이 보이고 있었다. 그 영상엔 모터사이클 복장을 한 정해수가 주변을 살피더니 오토바이 브레이크 부분을 조작하는 모습이 담겨 있었다. 저게 소란 피디가 가지고 있던 증거였던 모양이다.

대합실에 있던 사람들이 욕을 하며 정해수를 비난했고, 뒤이어 수갑 찬 정해수가 경찰차에 실려 호송되는 모습 위에 앵커가 브리핑을 했다.

새봄은 앵커의 브리핑을 뒤로하고 기차역을 나왔다.

막차도 끊겼고 서울로 갈 방법이 없었다. 하는 수 없이 다시 집으로 돌아가려고 천천히 논길을 걷고 있었다. 그런데 그때 콧등에 차가운 게 내려앉았다. 새봄은 하늘을 올려다보려고 고개를 들었는데.

빠앙!

클랙슨 소리와 함께 뒤에서 불빛이 쏟아졌다. 불빛 위로 펑펑 내리는 눈이 아름답게 반짝거렸다.

새봄이 고개를 돌렸다. 바로 뒤에 차 한 대가 헤드라이트를 켠 채 서 있었다. 그리고 차에서 누군가 내렸다.

불빛을 등진 누군가의 긴 다리와 넓은 어깨, 작은 얼굴. 그가 서서히 모습을 드러내기 시작했다.

"이 밤에 위험하게 왜 혼자 돌아다녀?"

석경이었다.

새봄은 있는 힘껏 달려가 그를 끌어안았다. 살짝 뒤로 밀려난 석경이 당황해하며 새봄을 내려다봤다.

"뭐야. 엄청 반가워하네? 어디 가는 중이었어?"

"오빠한테 가려고 나왔다가 헤매던 중이었어요."

"미안. 빨리 오고 싶었는데…….."

"와 줘서 고마워요."

새봄이 그를 올려다보며 말했다.

"생각해 보니까 내가 이 말을 안 했더라고요."

"무슨 말?"

"살아 줘서 고마워요. 나한테 돌아와 줘서 고마워요."

그 어떤 말로도 그가 견뎌 온 고통을 위로하지 못할 것 같았다.

새봄은 그저 계속 고맙다고만, 고맙다고 말했다.

"고맙다고 말해 줘서 나도 고마워."

석경은 새봄의 작은 얼굴을 어루만지며 이마에 키스했다.

"집에 가자."

새봄이 고개를 끄덕였다. 그렇게 두 사람은 차에 올라탔다.

새봄은 조수석에 앉으려다가 꽃다발과 비닐봉지를 발견했다. 그것들을 들고 차에 올라탄 새봄은 튤립 향기를 맡다가 봉지를 펼쳤다.

"어? 이건…… 토스트?"

"먹고 싶다며."

"와. 잘 먹을게요."

역시 토스트가 이긴 건가? 토스트를 보자마자 한입 베어 무는 새봄을 보자 석경이 웃음을 터뜨렸다.

"근데요 오빠……."

"어. 왜? 마실 거 필요하면 뒤에 있으니까……."

"눈길에 운전하는 거 위험한데."

그래서 뭐? 라는 눈빛으로 석경이 새봄을 쳐다봤다. 그러자 새봄이 시선을 피한 채 토스트를 야금야금 먹으며 기어들어 가는 목소리로 작게 말했다.

"하루 자고 갈까요?"

"뭐?"

석경이 제 귀를 의심하며 되묻자 새봄이 조금은 크고 명확하게 말했다.

"자고 가자고요."

"와. 토스트 사 온 보람이 있네."

"아니 토스트 때문에 그러는 게 아니라. 위험하니까…… 뭐래. 싫으면 말아요."

"누가 싫대? 빨리 가자 빨리."

석경이 크게 웃으며 서둘러 차를 출발시켰다.

"천천히 가요."

"위험해서 안 돼. 빨리 가야 돼."

"그게 무슨 소리예요."

"몰라. 나 지금 굉장히 위험해."

아래를 흘끔 보던 새봄은 못 말리겠다는 듯 시선을 피했다. 그러다 웃음이 터지고 말았다. 달리는 차 안에선 웃음소리가 떠나지 않았다.

그렇게 두 사람이 탄 차는 뚜렷한 목적지를 향해 달려 나갔다.

눈 내리는 겨울. 계절을 잊고 살았던 두 사람이 처음으로 함께 맞이한 계절.

이 계절이 오래도록 기억될 것만 같다.

〈完〉

외전
내 여자 친구가 수상하다

"뭐라고?"

석경은 어이가 없다는 표정으로 결재판을 덮었다. 그러곤 앞에 서 있는 비서 김평소에게 결재판을 내밀며 따져 물었다.

"다시 말해 봐. 너 방금 뭐라고 했냐?"

"5월엔 휴일도 많고 날씨도 좋고 나들이 가는 사람도 많잖아요."

"그래서? 그게 5월 편성표, 그것도 수, 목 21시가 비어 있는 이유랑 뭔 상관인데?"

"사장님, 제가 생각해 봤는데요. 그 빈자리를 작년에 천만 관객 돌파한 영화들로 채우는 건……."

"천만이든 억만이든! 말도 안 되는 소리 하고 앉아 있어!"

갑자기 석경이 의자를 박차고 일어나 욕을 읊조렸다.

평소는 오래간만에 보는 난폭한 상사의 모습에 놀라 어깨를 움찔 떨었다. 그는 이 순간 '전무로 승진! 월급 3배 인상!'이라는 말에 넘어가 비서실장 직책을 단 자신이 너무나도 원망스러웠다.

'내가 미쳤지! 월급이 3배가 오르면 뭐 하냐고. 일이 30배가 더 많아졌는데. 통장에 월급 들어온 거 볼 시간도 없이 바쁜데! 저 나쁜 인간! 못 본 사이에 많이 착해진 줄 알았더니, 다 착각이었어. 신 감독 앞에서만 온순한 거였어. 이중인격자. 신 감독 앞에선 꼼짝도 못 하면서!'

평소가 은근슬쩍 눈을 흘기며 속으로 구시렁거리고 있던 그때.

"김평소, 너 지금 내 욕하고 있지?"

석경과 눈이 딱 마주친 평소가 손사래를 치며 변명했다.

"아, 아뇨! 아닌데요? 제가 감히 어떻게 사장님 욕을 하겠습니까. 꿈에서도 그런 적 없다구요. 네버!"

"없긴 개뿔. 야, 제발 똑바로 좀 하자. 너 내가 승진도 시켜 줬잖아. 상무이사에서 전무로! 그리고 이 회사에선 비서실장이 사장 다음으로 높은 거라고 내가 말했냐, 안 했냐?"

"했죠. 귀에 딱지 앉도록."

"그럼 이런 건 네 선에서 알아서 커트해야지. 그러라고 그 자리에 앉힌 건데."

물러 빠진 비서 때문에 석경은 골치가 아픈 듯 관자놀이를 문지르며 명령했다.

"빨리 가서 5월 편성표 채워 와."

"저도 그러고 싶죠. 근데 다들 5월 첫 방은 절대 싫다는데 어떻게 설득하냐구요. 저 같아도 싫겠어요. 시청률이 걸린 중대한 일인데. 괜히 잘못 들어갔다가 시청률 반토막 나면 사장님이 책임지실 거예요?"

"내가 왜 책임을 져? 시청률 반토막 날 정도로 재미없게 만든 그 작자들이 책임져야지."

"그렇게 말씀하시면 무서워서 더 못 들어가죠."

"야, 사람들이 5월엔 나들이를 많이 가서 시청률이 낮게 나올 거라고? 그게 말이 된다고 생각해? 재밌으면 나들이고 나발이고 다 챙겨 보거든? 우리 신 감독은 동계 올림픽 기간이랑 겹쳤는데도 역대급 시청률 찍고 대박 났잖아. 너 봤어, 안 봤어?"

"그거야 누가 뒤에서 겁나 밀어주니까……."

평소가 말끝을 흐렸다. 석경의 표정이 굳어졌기 때문이다.

"너 방금 뭐라 그랬냐? 나 다 들었어."

"뭘요? 저 아무 말도 안 했는데요. 하하. 아무튼 제 말은 신 감독 드라마는 인간적으로 재방을 너무 많이 했……. 아, 물론 재밌었죠. 재미없었으면 재방 아무리 내보내도 다들 안 봤겠지만……. 하하하. 그럼 저는 이만 편성표 수정하러 가 보겠습니다."

이건 수습 불가다. 평소가 도망가기 위해 슬그머니 뒷걸음을 치고 있었는데.

"스톱."

낮게 읊조리는 석경의 목소리에 평소는 뭐에 홀린 듯 제자리에 멈춰 섰다. 날카로운 석경의 눈빛을 마주하니 입에선 사과가 절로 튀어나왔다.

"죄송합니다. 제가 실언했습니다."

"다른 사람들도 그렇게 생각하냐?"

"네? 뭘요?"

"내가 신 감독만 편애하는 것 같냐고. 그게 티가 나는지 묻는 거야."

석경이 진지하게 물었다. 그에 보답이라도 하듯 평소가 곰곰 생각에 잠겨 있다가 뒤늦게 대답했다.

"두 분 사이를 아는 제 눈엔 다 보이지만, 아마 다른 사람들은 모르지 않을까요? 게다가 신 감독이 회식에서……."

"회식에서 뭐?"

"이건 저도 들은 얘긴데요……. 저번 드라마국 회식 때, 신 감독이 지금 만나는 사람 없다고 했대요."

"뭐? 만나는 사람이 없어? 왜?"

"그거야 저도 모르죠. 근데 괜히 애인 있다고 했다가 그 상대가 사장님인 거 들키는 것보단 낫지 않아요? 결혼 전까진 비밀로 하신다면서요."

그래도 그렇지 굳이 거짓말까지 해서 숨길 필요가 있었을까?

그런 생각이 들자 석경은 새봄에게 서운한 감정이 들었다. 그 것도 모르고 평소가 주접을 떨었다.

"근데 결혼은 언제 하시게요? 프러포즈 아직도 안 했어요? 저번에 다이아 엄청 큰 거 샀잖아요."

"하아……."

"나가 보겠습니다."

석경의 긴 한숨 소리에 평소는 또 불똥이 제게 튈까 두려워

잽싸게 인사를 하고 밖으로 도망쳤다. 아무래도 제 상사는 프러 포즈에 얽힌 안 좋은 사연이 있는 듯했다.

"대체 무슨 일이지? 이러다 두 사람 헤어지는 거 아니야?"

팔은 안으로 굽는다고, 평소는 걱정스러운 눈빛으로 사장실 문을 쳐다봤다.

그런데 그때, 심란한 평소의 옆으로 누군가 살금살금 다가오고 있었다.

"헤어지다니 누가?"

"악, 깜짝이야!"

갑자기 나타난 남기 때문에 평소가 놀라 기겁을 했다. 남기가 멋쩍게 웃으며 말했다.

"쏘리. 안에 에이프릴 계시지?"

"계시긴 한데……."

지금은 저기압이니 이따 다시 오는 게 좋을 것 같다고 말하려던 평소가 말끝을 흐렸다. 남기가 이미 문을 열고 사장실 안으로 들어갔기 때문이다.

다음 타깃은 남기겠거니 하며 평소는 동병상련의 눈빛으로 닫힌 문을 바라봤다.

* * *

"아직 2월 말인데 날씨가 예년에 비해 따뜻하지 않아? 맞아. 그렇다니까. 올여름은 엄청 덥겠어."

남기는 혼자 묻고 혼자 대답하기를 반복했다. 아무리 물어도 돌아오는 대답이 없기도 했고, 책상 앞에서 고뇌에 찬 얼굴로 내내 묵언 수행 중인 석경의 상태를 보니 대답을 기대하기도 어려웠다.

"너 무슨 고민 있냐? 알았어. 말하기 싫음 말고."

일찌감치 포기를 택한 남기는 캡슐 커피 한 잔을 뽑아 들고 소파에 앉았다. 그 자태가 마치 자기 집처럼 아주 편안해 보였다.

그는 커피 향을 음미했다.

"비싼 거라 그런지 향이 죽이네. 야, 우석경. 나 저거 주라. 첫 출근 기념으로다가."

"가져가시든지."

석경이 드디어 대답했다. 엄청나게 귀찮은 표정으로.

남기는 석경이 20분 만에 제 말에 대답을 했다는 사실보다, 커피 머신을 공짜로 얻었다는 사실이 더 기쁜 모양인지 어퍼컷을 날리며 뛸 듯이 좋아했다.

"오예! 득템! 저거 엄청 비싼 건데. 너 나중에 딴말하기 없기다?"

"내가 넌 줄 알아?"

"야, 그럼 말 나온 김에 나 저거 스타일러도 주라. 아아, 잠깐 잠깐 저 화분도 탐나는데."

"아예 그냥 방을 바꿔 달라 그러지?"

"바꿔도 돼?"

"네가 사장할래?"

"놉! 그건 사양할게."

농담이었다는 듯 남기가 멋쩍게 웃으며 다시 커피를 마셨다.

그러다 별안간 두 눈을 크게 떴다. 석경의 이름 석 자가 새겨진 명패를 발견한 것이다.

"어? 이름 돌아왔네?"

분명 얼마 전까지만 해도 녀석의 명패엔 영어 이름이 새겨져 있었다. 그런데 이게 어찌 된 일인가?

남기는 호기심 가득한 눈빛으로 석경을 쳐다봤다.

"에이프릴은 어쩌고?"

"그 사업 어제부로 종료."

"뭐? 왜? 그럼 나도 영어 이름 필요 없는 거야? 뭐야. 나 이름 만들어 왔는데."

"어쩌라고."

"몰라. 난 그냥 영어 이름 쓸래. 앞으로 필립이라고 불러."

"알았어. 대신 최필립으로 개명하고 와."

석경이 딱 잘라 말했다. 그러자 남기가 씩씩거리며 그를 흘겨봤다.

"이기적인 놈. 이거 딱 봐도 지가 에이프릴로 불리는 거 싫어서 사업 종료시켰구먼?"

"아니거든?"

"그럼 대체 왜?"

"엔딩 크레디트에 제작진들 영어 이름으로 올라가는 거 보니까 되게 별로더라고."

"아…… 엔딩 크레디트…….."

미처 그 부분까진 생각하지 못했던 남기가 반성하는 기색으로 말을 이었다.

"하긴 우리가 제작한 콘텐츠에 영어 이름은 아니긴 해. 해외 배급할 때도 문제잖아. 그렇다고 한글 이름이랑 영어 이름 둘 다 쓰는 건 너무 번거롭고."

"어. 그래서 바로 엎었어. 됐냐? 이래도 내가 이기적인 놈이야?"

뭐라 반박할 말이 없었던 남기가 잽싸게 말을 돌렸다.

"우리 때는 말이야. 그 크레디트에 내 이름 석 자 올라가는 게 다들 꿈이었잖아. 암튼 잘했네. 너 아니면 누가 이런 걸 바로 엎겠어. 역시 우석경."

결단력 하난 끝내준다니까.

맞다 싶으면 죽어도 고! 아니다 싶으면 손해를 보더라도 과감하게 포기!

그런 승부사 기질은 석경의 가장 큰 장점이었다.

"근데 너 아까부터 무슨 생각을 그렇게 하고 있었어?"

남기의 물음에 의자 등받이에 머리를 기댄 채 천장만 올려다보던 석경이 드디어 자세를 바로 했다.

그가 심각한 얼굴로 입을 열었다.

"요즘 새봄이가 수상해. 그것도 아주 많이."

석경의 말에 남기는 못 들은 척 다 식은 커피를 벌컥벌컥 마셨다. 갑자기 남기가 제 시선을 피하며 허둥지둥하는 모습을 보이자 석경은 뭔가 촉이 왔다. 굉장히 나쁜 촉.

그는 곧장 의자를 박차고 일어나 소파로 향했다. 그러곤 남기와 마주 보고 앉았다.

"말해."

"뭐, 뭘?"

"너 뭐 알고 있지?"

"아니. 난 몰라. 아까 로비에서 민 피디랑 새봄이랑 둘이 되게 다정하게 어디 가는 거 보긴 했는데. 난 아무것도 몰라."

"민 피디? 그게 누군데? 남자야?"

"남자지. 너 교양국 민 피디 몰라? 엄청 유명한데. 훈남에다가 왜 저번에 상도 받았잖아. '그것들이 알고 싶다' 메인 피디 민지훈."

"민……지훈?"

남자의 이름을 읊조리던 석경은 뒤늦게 한 달 전 일이 떠올랐다.

'안녕하세요. 민지훈 피디라고 합니다. 프로그램 시간대 변경 건으로 사장님께 건의드리고 싶은 게 있어서 이렇게 찾아오게 되었습니다.'

서글서글한 눈매와 미소. 믿음직스러운 인상을 가진 남자.

흔히들 그렇게 생긴 남자를 보고 사윗감 프리 패스상이라고 한다던데.

석경이 민지훈과의 첫 만남을 상기하며 깊은 상념에 빠져 있던 그때. 남기가 별안간 찻잔을 쾅 내려놓고 말했다.

"맞다. 너 정해수 얘기 들었어?"

"정해수와 관련된 얘기라면 내가 모르는 건 없지 않을까?"

석경이 태연한 얼굴로 대답했다. 그러자 방금까지 호들갑을 떨던 남기는 아차 싶었다.

"하하하. 그렇긴 해. 네가 모를 수가 없지. 정해수 사건 담당 검사에 판사, 심지어 변호사까지 죄다 네 지인들이잖아."

그건 어쩌다 보니 우연히 그렇게 된 게 아니었다. 모든 건 다 석경이 의도를 가지고 직접 짠 판이었으니까.

그뿐이 아니었다. 매스컴에선 잊을 만하면 정해수의 악행이 보도되어 대중들의 관심은 높아져만 갔다. 이 또한 석경의 계산에 의한 것이었다.

"이번에 최고 형량 기대해도 되겠더라?"

"현실적으로 그건 어렵지."

"왜?"

"법이 그래. 게다가 그 새끼가 감형받으려고 심신 미약으로 인한 우발적 살인을 주장하고 있으니까."

"감형? 사람을 죽였는데 무슨 감형이야. 와, 진짜 미쳤네. 하여튼 우리나라는 형량이 너무 짜. 성범죄자 조모 씨 같은 새끼도 심신 미약 그걸로 감형받아서 몇 년 안 살고 출소했잖아. 야, 이러다 정해수도 몇 년 뒤에 나오면 어떡하지?"

"그전에 죽여야지."

"……!"

석경의 서늘한 목소리에 남기가 화들짝 놀랐다.

"야, 넌 무슨 그런 무서운 농담을 하냐."

"농담 같아?"

"아니. 지금 겁나 진심 같아. 우석경, 정신 차려. 나 무섭다고오…….."

"피 말려 죽일 거야."

"어떻게?"

"그 새끼 감방에 있는 동안 최대한 열심히."

상상만으로도 즐거운 모양인지 석경이 피식 웃었다. 반면 남기는 심란했다.

"야, 너 범죄는 안 된다? 법의 테두리 안에서……."

"법이고 나발이고."

"뭐?"

"이번엔 농담이야."

"아닌데. 너 방금 진지했는데?"

"까불지 말고. 아까 하던 얘기나 계속해 봐."

"무슨 얘기?"

"새봄이가 민 피디랑 같이 다정하게 어딜 갔다며. 얼마나 어떻게 다정했는데? 구체적으로 얘기하라고."

석경은 아까부터 내내 거슬렸던 문제를 제기했다. 그러자 남기가 머뭇거리다가 뒤늦게 입을 열었다.

"이건 내 추측인데……."

"추측 말고 사실을 얘기해야지."

"일단 내 뛰어난 촉을 믿어 봐."

"그냥 안 들을래. 너 똥촉이잖아."

"야, 똥촉은 무슨. 나 이 촉 하나로 지금까지 먹고살았거든? 게다가 이번엔 진짜 그럴싸하다고. 너 그거 알지? 민지훈이 새봄이 대학교 선배인 거."

"……."

"몰랐구나?"

"그래서 뭐. 선밴데 뭐."

석경의 아래턱에 힘이 잔뜩 들어갔다. 하지만 애써 태연한 척 굴며 남기의 말에 귀를 기울였다.

"둘이 학교 다닐 때 분명 뭔가 있었어. 아까 보니까 서로를 바라보는 눈빛이……."

"눈빛이 뭐."

"되게 애틋하더라고. 내가 장담하는데, 민 피디 걔 분명 새봄이한테 마음 있다. 아니면 내가 손에 장을…… 아니다. 커피 머신 건다!"

"내 커피 머신을 네가 왜 걸어?"

"이제 네 거 아니지. 아까 나 줬잖아. 가지라며. 첫 출근 기념으로다가."

"그래? 그럼 첫 출근 기념으로다가 일 폭탄 한번 맞아 볼래?"

"발끈하는 거 보니까 엄청 신경 쓰이나 봐?"

"아니. 전혀. 두 사람 그런 관계 아니야."

"그럼 왜 붙어 다녀?"

"정해수 때문에."

"뭐? 여기서 갑자기 정해수가 왜 나와?"

"'그것들이 알고 싶다'에서 지금 정해수 준비하고 있거든."

"진짜? 아…… 그래서 그런 거구나. 어쩐지 후배들 사이에서 그런 말이 돌더라고. 요새 신 감독이 드라마국보다 교양국에서 더 자주 보인다고 말이야. 근데 너 괜찮아?"

"뭐가?"

남기가 석경의 눈치를 흘끔 보다가 조심스럽게 말을 이었다.

"새봄이가 정해수 일에 계속 관여하는 거 말이야. 물론 새봄이만큼 정해수에 대해 잘 아는 사람도 없으니 프로그램 제작에 도움은 많이 되겠지만······."

"도움 정도가 아니지. 기억력이 어찌나 좋은지, 6년 전 그날 그 무렵 정해수 동선까지 다 기억해 냈어. 덕분에 결국 증거 찾아냈고, 어제 검찰에 넘겼다니까 3차 공판은 볼만하겠더라."

"근데 무슨 증거?"

"우발적 살인이 아니라는 증거. 그 새끼가 철저하게 계획하고 현장에서 시뮬레이션까지 했다는 증거가 나왔거든. 사고 유발하도록 오토바이 부품 조작법 가르쳐 준 증인 찾아냈고, 부품 구입한 장소 찾아서 증거랑 CCTV 확보하고."

"역시 우리 새봄이. 진짜 대단하다, 대단해."

석경에게서 새봄의 활약을 들은 남기가 손뼉까지 치며 감탄사를 연발했다.

"새봄이 걔가 은근 강단이 있다니까. 진짜 나 같았으면 정해수 같은 놈 무서워서 일찌감치 도망갔을 거야. 대체 새봄이는 그동안 그 미친 새끼를 어떻게 견딘 거래?"

"그러게나 말이다."

이번만큼은 석경도 남기의 말에 수긍했다.

생기를 잃은 그녀의 눈빛과 얼굴, 작년 겨울 그녀와 재회했을 당시가 떠오른다. 석경은 그때만 생각하면 아직도 피가 거꾸로 솟았다.

"아무래도 피 말려 죽이는 결론 모자라."

석경이 주먹을 꽉 움켜쥐었다. 정해수를 향한 증오가 다시금 활활 불타올랐다. 그것을 본 남기는 그의 분노를 잠재우기 위해 재빨리 화제를 전환했다.

"근데 새봄이가 어떻게 수상한데?"

"그게 무슨 말이야?"

"네가 아까 그랬잖아. 새봄이가 수상하다고. 그것도 아주 많이."

"아, 맞다. 하아……."

갑자기 석경이 한숨을 크게 내쉬었다. 얼마 전에 있었던 일이 떠오른 것이다.

"최남기, 있잖아…… 아니다. 됐어. 그냥 못 들은 걸로 해."

"이미 들었는데 어떻게 못 들은 걸로 해? 뭔데? 왜 이렇게 심각해?"

남기의 추궁에 석경은 잠시 고민하다가, 더 이상은 저도 못 참겠는지 입을 열고 말았다.

"나 프러포즈했어."

"진짜? 오, 축하해. 그럼 곧 결혼하겠네?"

"아니."

"왜?"

"까였거든."

"뭐? 서, 설마……. 새봄이 걔 민 피디랑 붙어 다니다가 정분……."

"아니라고 이 새끼야. 둘이 그런 사이 아니라니까!"

"알았어. 농담이야, 농담. 농담도 못 하냐? 그래서 왜 까였는데?"

발끈했던 석경이 겨우 마음을 진정시킨 후 대답했다.

"몰라. 시간을 좀 달래. 문제는 그 이후야."

"이후?"

"결혼 얘기 꺼낸 후부턴 얼굴도 자주 못 보고, 요샌 통 연락도 안 돼."

"너네 같이 살잖아."

"그럼 뭐해. 차기작 때문에 바쁘다고 맨날 당직에, 주말엔 김수희 집에서 산다 살어. 대체 김수희는 서울에 번듯한 작업실 놔두고, 왜 계속 시골에 처박혀 있는 거야?"

"그러게나 말이다."

이번엔 남기가 시무룩해졌다.

"김숙희 걘 도대체 그 깡시골에서 뭐 하길래 연락도 잘 안 돼. 새봄이보다 김숙희가 더 수상하다고. 걔 원래 화려한 거 좋아하고 완전 도시 타입이었잖아. 근데 지금은…… 어우."

수희의 화장기 없는 청초한 얼굴이 떠오르자 남기가 고개를 절레절레 흔들었다.

그렇게 남기는 수희 걱정, 석경은 새봄이 걱정을 하느라 두 사람은 한참이나 말이 없었다.

* * *

"선배, 약속 꼭 지켜 주세요."

새봄이 간절한 얼굴로 말했다. 그러자 지훈이 피식 웃으며 먼저 카페 안으로 들어갔다. 그 뒤를 새봄이 재빨리 쫓아갔다. 그러곤 지훈과 마주 보고 앉아 다시 한번 부탁했다.

　"배우가 꿈인 애예요. 그러니까 모자이크 확실히 하고…… 아니다, 모자이크보다 대역을 쓰는 게 낫겠어요. 그리고 재연 화면은 자극적인 장면 위주보다 피해자의 아픔을……."

　"당연하지. 나 원래 그렇게 해 왔거든?"

　"알죠. 그래도 선배가 한 번 더 신경 써 주세요."

　"알았어, 알았어. 하여튼 끈질긴 건 여전하네. 넌 고맙다고 커피 사 준다더니 여기까지 와서도 잔소리냐? 안 되겠다. 너 저녁도 사라."

　"알았어요. 뭐 먹고 싶은데요? 다 사 줄게요. 대신 편집할 때 저도…… 아니다. 죄송해요. 방금 한 말은 잊어 주세요. 제가 선 넘은 것 같아요."

　지훈에게 괜히 미안하기도 하고 민망한 마음에 새봄은 배시시 웃으며 사과했다. 그러자 지훈이 심각한 얼굴로 새봄을 빤히 쳐다보며 말했다.

　"되게 오래간만이네."

　"네? 뭐가요?"

　"너 웃는 거 말이야. 웃으니까 보기 좋다고. 이제야 내가 기억하는 후배 신새봄 같네. 걘 웃는 게 참 예뻤거든."

　예쁘다는 말에 새봄이 어색한 미소를 지으며 자리에서 일어났다. 그러곤 커피를 주문하고 오겠다며 테이블을 벗어났다.

그사이 지훈은 몇 년 전 방송국에서 우연히 마주쳤던 새봄을 떠올렸다. 당시 분위기가 확 달라졌던 새봄을 보고 어찌나 놀랐는지 모른다.

"선배!"

"어?"

상념에 빠져 있던 지훈이 뒤늦게 정신을 차리고 고개를 들었다. 어느새 커피를 가져온 새봄이 자신을 의아하게 쳐다보고 있었다.

"안 드세요? 커피 마시고 싶다면서요."

"어? 어. 땡큐. 잘 마실게. 근데 새봄아, 나 뭐 하나만 물어봐도 될까?"

"네. 말씀하세요."

"넌 안 무서워? 진희 씨는 인터뷰 내내 되게 불안해하더라고. 정해수가 감옥에서 언제 나와서 자기한테 해코지할지 모른다는 생각에 말이야."

"전 별로."

"응?"

"무서울 게 뭐가 있어요. 해코지하면 또 감옥에 처넣으면 되지."

"처…… 처넣어? 이야. 역시 많이 변했다니까."

"그래요? 제가 변했어요?"

"어. 너 엄청 세졌어. 비결이 뭐야?"

"글쎄요. 센 사람이 옆에 있어서 세졌나?"

새봄이 누군가를 떠올리며 웃음을 터뜨렸다.

지훈은 그녀의 말뜻을 이해하진 못했지만, 그녀의 밝은 미소에 마냥 기분이 좋았다.

"암튼 보기 좋다. 나 사실 처음엔 너 되게 오해했었어. 너도 알다시피 방송국 내에서 너에 대한 소문이 꽤 안 좋았잖아. 얼음 공주다 뭐다. 시청률에 환장했다, 뭐 그런 거? 정해수랑 사귄다는 말도 있었고. 그게 스토킹당하고 있는 건 줄도 모르고 말이야."

새봄은 그저 말없이 커피를 마셨다. 그런 새봄을 애틋하게 바라보며 지훈이 말을 계속했다.

"최근까지도 네가 좀 이해가 안 되긴 했어. 도대체 신새봄은 왜 정해수한테 6년 동안이나 당하고만 있었을까?"

"이해가 안 되면 안 하셔도 돼요. 모든 사람에게 제 인생을 다 설명할 순 없으니까요."

"역시 신새봄 세졌다니까? 하하. 근데 불행 중 다행으로 난 널 이해하고 말았어. 인터뷰 중에 진희 씨가 그런 말을 하더라."

"무슨 말이요?"

"안 당해 본 사람은 모를 거라고. 그 공포감을."

덤덤하지만 슬픈 어조로 말하던 진희를 떠올리며 지훈은 새봄에게 인터뷰 내용을 전했다.

"아마 이 방송이 나가면 그러게 왜 처음부터 정해수의 꼬드김에 넘어가서 그 꼴을 당했냐고, 그런 주제에 왜 피해자인 척하냐고, 너도 방관자 아니냐고, 분명 그렇게 말하는 사람도 있을 거라고."

"그렇겠죠. 개개인의 가치관과 생각은 다 다르니까 판단도 다르겠죠. 근데 그것까지 강요하는 건 언론의 역할이 아니라고 생각해요."

똑 부러지게 자기 생각을 말하는 새봄이 마음에 들었던 지훈은 미소를 지었다.

"당연하지. 난 팩트만 전할 거야. 진희 씨는 처음엔 사랑이 었대. 그러다 정해수의 실체를 알게 됐고. 네가 도와준다고 했을 때 선뜻 받아들이지 못한 건 정해수가 무섭기도 했고…… 그러면 안 되지만 조금만 더 견디면 보상이 따를 줄 알았대. 그만큼 배우로서 성공하고 싶었다더라. 어리석게도."

"정해수 주변에 그런 여자애들 한둘이 아니었어요. 물론 남자도 있었고요."

"그러니까 그 사람들은 일종의 미끼였던 거지? 진희 씨 말로는 자기 때문에 너 도망도 못 가고 정해수한테 끌려다닌 거라던데."

"선배, 저 그렇게 착한 사람 아니에요."

새봄이 덤덤한 어조로 말했다.

"저는 도망 못 간 게 아니라, 안 간 거였어요."

"안 간 거라고? 왜?"

"기다리는 사람이 있었거든요. 그리고 이건 정해수를 두둔하는 건 아닌데…… 그 자식이 6년 동안 매일같이 괴롭혔던 건 아니에요."

"하긴 정해수 걔 돈에 환장했는지 6년 동안 영화만 수십 편에 드라마도 겹치기 출연 장난 아니었더라."

"맞아요. 그 자식도 나도 바빴어요. 덕분에 1년에 한두 번 정도 불쑥 나타나서 괴롭히는 정도가 다였어요. 솔직히 그건 나한테 아무엇도 아니었어요. 어쩌면 그 자식을 이용해서 날 더 괴롭히고 싶었던 것도 같아요. 전에 말했잖아요. 그 사고가 난 장소…… 내가 섭외했다고. 그때 당시 저는 거기에 대한 죄책감이 상당했어요."

"지금은? 지금도 그래?"

"지금은 좀 덜어 냈지만, 박보윤 씨 생각하면 항상 죄스럽죠. 정해수가 벌인 짓들을 좀 더 빨리 알았더라면 좋았을 텐데, 후회도 하고요."

"빨리 알았더라도 너 혼잔 못 잡아. 그나마 상대가 사장님이었으니까 작년에 그 자식 방심한 틈을 타서 바로 긴급 체포한 거지. 내가 이 일을 하다 보니까 그런 건 다 때가 있는 것 같더라. 그러니까 너무 자책하지 마."

"네. 그럴게요. 그나저나 선배도 그동안 너무 수고 많았어요. 이제 편집만 남은 거죠?"

"어. 아무리 너라도 편집은 내 영역인 거 알지? 마지막은 나한테 맡겨."

"네. 대신 마지막까지 방심하지 말고 아주 탈탈 털어 주세요. 그 자식 감옥에서도 편히 못 지내게 아주 박살을 내 주세요!"

새봄이 주먹을 불끈 쥐고 말했다. 그러자 지훈이 웃음을 터뜨렸다.

"왜 웃어요?"

"갑자기 우리 사장님 생각나서. 저번에 편성 문제로 사장실 갔었거든. 내가 정해수 편 준비한다니까 사장님이 아주 박살을 내 버리라고 그러더라. 너도 사장님 뵌 적 있지? 둘이 6년 전부터 알던 사이라고 했나?"

"네? 네."

"되게 남자답고 잘생겼더라. 배우인 줄 알았어."

"그쵸. 잘생기긴 했죠. 배우보다 더."

새봄은 저도 모르게 입꼬리가 올라갔다.

누군가를 떠올리며 수줍어하는 새봄의 얼굴을 마주한 지훈은 고개를 갸웃하며 조심스레 입을 열었다.

"너 혹시 사장님이랑……."

"네?"

"아니야, 아무것도. 그나저나 나 저녁 언제 사 줄 거야?"

"저녁이요? 아, 맞다. 선배! 혹시 주말에 시간 되세요?"

"주말?"

"네. 우리 저녁은 거기 가서 먹을래요?"

"거기? 아…… 거기. 난 언제나 오케이지. 그럼 오래간만에 가서 몸 좀 풀어 볼까?"

지훈이 의기양양한 얼굴로 너스레를 떨자 새봄이 설레는 표정으로 고개를 끄덕였다.

* * *

"주말에 데이트하자."

오래간만에 새봄과 저녁 식탁에 마주 앉은 석경은 기분이 아주 많이 들떠 있었다.

"전에 네가 가고 싶어 하던 레스토랑도 예약해 놨어. 거기 최근에 어디 영화에 나왔는지 예약하는 데 지인을 두 명이나 거쳤다니까. 토요일 5시 괜찮지?"

석경이 한껏 생색을 내며 수저를 들었다. 그런데 그때. 새봄에게서 뜻밖의 대답이 들려왔다.

"미안해요. 선약이 있어요."

"무슨 선약?"

석경이 놀란 얼굴로 수저를 내려놓고 물었다. 그러자 새봄이 석경의 시선을 피하며 변명을 늘어놓았다.

"그게…… 김 작가님 댁에서 대본 회의를……."

"김수희 걔 주말에 친구 결혼식 때문에 서울 온댔는데."

"아, 맞다. 네. 작가님을 서울에서 잠깐 만났다가 저는 장소 헌팅 가야 돼요. 촬영 감독님한테 추천받은 곳이 있어서요."

누가 봐도 거짓말하는 사람 같았다. 불안한 시선 처리, 빨라지는 호흡, 이마에 난 식은땀, 자꾸만 손가락으로 입술을 만지며 입을 가리려고 한다든지.

석경은 뚱한 얼굴로 그녀의 수상한 행동을 빤히 지켜봤다. 그러다 넌지시 물었다.

"장소 헌팅 어디로 가는데?"

"여기저기요. 여러 군데 다녀야 돼요."

"같이 가자. 내가 기사 해 줄게."

"아, 안 돼요!"

새봄이 말까지 더듬으며 반대를 외치자 석경은 짐짓 놀란 얼굴로 그녀를 바라봤다.

"야, 신새봄. 너 왜 이래? 무슨 일 있지?"

"그게 아니라…… 조연출 국가영 피디랑 같이 가기로 해서요. 오빠 끼면 국 피디가 굉장히 불편해할 텐데. 그리고 국 피디가 우리 사귀는 거 알면 방송국에 금방 소문도 날 거고……."

"소문 좀 나면 어때. 그리고 말이 나와서 하는 얘긴데. 너 회식 때 만나는 사람 없다고 했다며?"

"그럼 뭐라고 해요? 다들 나랑 정해수랑 사귄 줄 아는데."

"그거 정해수가 너 스토킹한 거였다고 다 해명했잖아."

"그래도 방송국에 내 평판 안 좋은 건 여전하잖아요. 괜히 나랑 엮여서 오빠까지……."

"야, 너 그래서 내 프러포즈 거절한 거였어?"

"꼭 그것 때문만은 아니구요."

"다른 이유가 또 있다는 거야? 그게 뭔데? 너 혹시……."

다른 남자가 좋아졌냐? 남기 말대로 민 피디랑 붙어 다니다가 정분난 거야? 그게 아니면 내가 싫어진 거야?

수많은 질문이 머릿속을 떠다녔지만, 석경은 튀어나오려는 말들을 억지로 삼켰다. 그런데 그때였다.

"너 왜 이래? 뭐, 뭐야?"

새봄이 갑자기 의자에서 일어나 석경에게 다가갔다. 그러곤 그의 얼굴을 감싸 안더니 머리를 부드럽게 쓰다듬었다.

"미안해요. 이번 주말까지만, 딱 이번 한 번만 봐줘요. 응? 오빠아-."

스킨십 공격에 이어 애교 폭탄이다.

새봄이 어깨까지 흔들며 배시시 미소를 짓자 석경은 자꾸만 저도 모르게 입꼬리가 올라갔다. 더는 안 되겠는지 석경이 고개를 세게 흔들며 정신을 차리려 노력했다.

"그만해, 그만. 얘가 지금 뭐 하는 거야. 너 내가 이런 걸로……."

쪽.

투덜거리던 석경의 입술에 따뜻한 감촉이 닿았다가 금세 사라졌다. 석경이 몹시 놀란 얼굴로 제 입술을 매만지며 새봄을 바라봤다.

귀까지 새빨개진 새봄이 부끄러워하며 말했다.

"봐줄 거죠?"

"어."

아니야. 이게 아닌데. 내가 방금 뭐라고 한 거지?

석경은 그저 어안이 벙벙한 얼굴로 새봄의 미소 띤 얼굴을 바라볼 뿐, 제 맘대로 할 수 있는 게 없었다.

"고마워요. 역시 오빠 이해심이 넓은 남자야. 그럼 저 주말에 다녀올게요."

"어. 당연히 그래야지. 나 신경 쓰지 말고 홀가분하게 잘 다녀와."

아니야. 이게 아니야!

속마음과 달리 새봄의 얼굴만 보면 본심이 아닌 말들만 튀어나온다. 석경은 환장할 것 같은 얼굴로 헛웃음을 지었다.

"아, 몰라. 나도 모르겠다."

석경이 머리카락을 잔뜩 헝클어뜨리며 자포자기 심정으로 말했다.

"난 네가 왜 이렇게 좋은 거냐?"

"응?"

새봄이 고개를 갸웃하며 멋쩍은 웃음을 흘리자 석경은 샐쭉한 표정으로 그녀를 흘겨봤다.

"아무리 생각을 해 봐도 내가 너보다 더 많이 사랑하는 것 같아. 이거 봐. 뽀뽀 한 번에 다 넘어가 주잖아. 나 억울해. 한 번 더 해 줘."

투덜거리던 석경이 제 입술을 손가락으로 가리키며 재촉했다.

"빨리. 이번엔 길게 해 줘."

"밥부터 먹고 하면 안 될까요? 왠지 금방 안 끝날 것 같은데……."

슬그머니 뒷걸음을 치며 도망가려던 새봄은 한 발자국도 못 가 석경에게 붙들리고 말았다.

석경은 의자를 박차고 일어나 새봄의 어깨를 잡고 그녀와 눈을 마주쳤다. 그러곤 그녀의 입술을 손가락으로 쓸어 만지며 나지막한 목소리로 말했다.

"네가 할래? 내가 할까?"

"내가 할게요."

"좋은 생각이야."

석경이 기분 좋게 미소를 지으며 입술을 내밀었다.

새봄은 호기롭게 제가 해 주겠다고 자신 있게 말했지만, 붉은 빛이 감도는 그의 입술을 보니 심장이 빠르게 요동을 쳤다.

그는 알까? 그동안 그와 셀 수도 없이 많은 키스를 나눴지만 단 한 번도 떨리지 않았던 적이 없었다는 사실을.

아깐 그렇게 성난 맹수처럼 굴더니 지금은 또 얌전히 키스를 기다리고 있는 석경의 모습이 너무 귀여워, 새봄은 웃음을 터뜨리고 말았다.

"왜 웃어? 빨리 뽀뽀…… 읍!"

새봄은 석경의 목에 매달려 그의 입술에 뽀뽀가 아닌 키스를 했다.

갑자기 저돌적으로 달려드는 새봄의 키스에 놀란 것도 잠시. 석경은 곧바로 능숙하게 그녀의 다리를 제 허리에 감은 채로 가볍게 들어 올렸다.

두 사람은 그렇게 정신없이 키스를 나눴다.

새봄은 석경의 입술을 사탕을 먹듯 핥았고, 그녀가 해 주는 키스에 잔뜩 흥분한 석경의 호흡은 점점 거칠어졌다.

쪽쪽거리며 서로의 입술이 진득하게 맞붙는 소리가 거실 가득 울려 퍼졌다.

얼마나 지났을까?

새봄이 석경을 올려다봤다. 그녀의 얼굴이 발그레하게 홍조를 띠고 있었다.

"하아. 이제, 오빠가…… 해 줘요."

"어디까지?"

석경이 정욕으로 번들거리는 눈빛으로 물었다. 그러자 그녀가 달뜬 숨을 내쉬며 대답했다.

"끝까지."

* * *

데이트 취소로 인해 석경은 주말 출근을 선택했다.

그런데 웬일인지 그는 사무실에 들어오자마자 슈트 재킷을 거칠게 벗어 소파 위로 던져 버렸다.

"아오!"

지금 그는 심기가 몹시 불편했다. 출근길에 우연히 복도에서 조연출 국가영 피디를 만났기 때문이다.

'국가영 피디?'

'넵! 제가 국가영입니다. 근데 사장님께서 제 이름은 어떻게 아셨어요?'

'목에 건 사원증 보고 알았죠. 지금 그게 중요한 게 아니고, 드라마국에 국가영 피디가 본인 하나인가? 동명이인 없어요?'

'네. 없습니다. 제가 흔한 이름은 아니라서요. 하하.'

천진난만하게 웃으며 국가영 피디가 대답했다. 정말 다시 생각해도 충격이었다.

"새봄이가 나한테 거짓말을 하다니……."

석경이 비틀거리며 소파로 가서 털썩 앉았다.

믿을 수가 없었다. 대체 그녀는 제게 거짓말까지 하고 이 황금 같은 주말에 어딜 간 걸까? 무언가 숨기는 게 있는 것 같다고 짐작은 했지만, 이렇게 직접 확인을 하니 미쳐 버릴 것만 같았다.

석경이 넋이 나간 얼굴로 주머니에서 핸드폰을 꺼내 노려보고 있었는데.

똑똑, 노크 소리와 함께 평소가 들어왔다.

"왜 여기 계세요? 오늘 데이트하러 간다고 하지 않았어요?"

평소가 의아한 얼굴로 물으며 결재판을 내밀었다.

"오신 김에 결재 좀 해 주세요. 5월 편성표 수정했어요."

"김평소."

"왜, 왜요? 이번엔 꽉 채웠어요. 보세요. 펑크 난 곳 없죠?"

평소가 결재판을 활짝 열어 자신 있게 말했다. 하지만 석경은 서류엔 눈길도 주지 않고 아까부터 계속 핸드폰만 노려봤다.

"이거 우리 커플 핸드폰이거든?"

"뭐예요. 지금 커플 템 자랑하시는 거예요?"

평소가 석경을 흘끔 쳐다봤다. 그는 웬일인지 핸드폰 잠금 화면에 패턴을 계속 틀리게 그리고 있었다.

"뭐 하세요? 핸드폰 비번 까먹었어요?"

"아니. 까먹은 게 아니라 모르는 거야. 이거 내 폰 아니거든. 핸드폰이 똑같아서 헷갈렸나 봐. 새봄이가 내 폰 들고 갔어."

"그럼 그건 신 감독 핸드폰이에요?"

"어. 그래서 전화해서 물어볼 수가 없어. 대체 누구랑 어딜 갔는지. 진짜 답답해서 돌아 버리겠다."

석경이 마른세수를 하며 괴로워하자 평소는 그를 한심하게 쳐다봤다.

"돌아 버리지 마시고요. 사장님 번호로 전화하면 되잖아요."

"어?"

석경은 순간 아차 싶었다. 뒤늦게 정신을 차리고 평소를 닦달했다.

"네 핸드폰 줘 봐. 빨리."

"제발 정신 좀 차리세요. 무서워 죽겠네."

평소가 구시렁거리며 핸드폰을 건넸다. 석경은 핸드폰을 받자마자 키패드에 제 번호를 입력하기 바빴다.

하지만 통화 버튼을 누르고 잽싸게 귀에 가져다 댄 석경의 표정은 금세 안 좋아졌다. 평소가 조심스레 물었다.

"왜요? 안 받아요?"

석경이 잔뜩 저기압인 표정으로 고개를 끄덕이더니 핸드폰을 테이블 위에 툭 내던졌다.

"아이고! 그렇다고 막 던지면 어떡합니까. 비싼 건데……."

평소가 냉큼 핸드폰을 들어 액정을 소매로 박박 닦고 있었는데.

지이잉. 지이잉.

평소의 핸드폰이 진동했다. 석경이 그 소리를 듣자마자 잔뜩 기대감에 부푼 눈초리로 평소를 쳐다봤다. 하지만 평소는 고개를 흔들며 '아니에요'라고 작게 말하곤 전화를 받으며 밖으로 나갔다.

석경은 잔뜩 실망한 표정으로 애꿎은 새봄의 핸드폰만 만지작거렸다.

대체 그녀는 무슨 생각인 걸까?

같이 있을 땐 그 속을 다 알 것 같다가도, 이렇게 어긋날 때면 그녀와 몇백 광년은 멀어진 기분이었다.

"사장님!"

심란한 마음에 한숨만 푹푹 내쉬고 있었는데 다시 사장실 문이 열리고 평소가 들어왔다.

"빨리 전화 좀 받아 보세요."

"왜? 새봄이야?"

"아뇨. 성 검사님이요. 사장님 핸드폰 안 받는다고 저한테 전화한 거래요."

좋다 말았네. 석경이 구시렁거리며 핸드폰을 받았다.

"왜? ……뭐? 알았어. 일단 끊어."

고등학교 동창인 두 사람의 심플한 대화에 평소의 궁금증만 더욱 커졌다.

"검사님은 왜 전화한 거래요?"

석경이 핸드폰을 돌려주며 대답했다.

"정해수가 새봄이 한 번만 만나게 해 주면 다 자백한다고 했대."

"진짜요? 그래서 어쩌실 거예요?"

석경이 천천히 자리에서 일어나 기지개를 켜며 읊조렸다.

"그 입을 아주 찢어 버릴 거야."

"네?"

"가자."

석경이 재킷을 들고 밖으로 나가자 평소는 영문을 모르겠다는 얼굴로 재빨리 그 뒤를 쫓아갔다.

* * *

박보윤 살해 혐의로 아직 재판이 진행 중인 정해수는 구치소에 수감되어 있었다.

그는 반삭 머리에 황갈색 수의, 고무신을 신은 모습으로 접견실로 나왔다. 특별 접견실은 처음이라 다소 어색한 얼굴로 소파에 앉은 그는 주변을 두리번거렸다.

돈 많은 정치인이나 재벌들이 주로 사용한다는 이곳은 호화스러웠다. 구치소 안에 이런 곳이 있을 거라곤 상상도 해 보지 못했던 터라 입 안이 쓰게 느껴졌다.

마침 테이블 위에 김이 모락모락 피어오르고 있는 찻잔을 발견한 그는 아무 거리낌 없이 차를 마셨다.

정해수는 오래간만에 누리는 호사에 한껏 들뜬 표정으로 수의를 매만졌다. 그러다 밖에서 철컹거리는 소리가 들리자 긴장된 얼굴로 고개를 돌렸다. 그리고 저 문이 열리고 어서 새봄이 들어오기만을 기다렸다.

끼익.

마침내 문이 열렸다.

"……!"

정해수의 표정이 돌연 굳어졌다. 문을 열고 등장한 사람은 새봄이 아니었기 때문이다.

"실망한 표정이네?"

석경이 피식 웃으며 들어와 소파에 앉았다. 그러곤 테이블 위에 놓인 빈 찻잔을 응시했다.

"배가 많이 고팠나 봐? 차 맛은 어땠어? 좋았나? 좋았겠지. 내가 특별히 준비한 건데."

"당신 뭐야? 새봄이는? 새봄이 데려와! 데려오…… 윽!"

퍽. 쨍그랑!

"닥쳐 이 미친 새끼야."

순식간이었다. 석경이 찻잔을 들어 정해수의 머리통으로 던져 버렸다. 투수가 스트라이크 존에 공을 꽂듯이 아주 정확하고, 세게 말이다.

"으⋯⋯."

정해수가 머리를 움켜잡은 채 고통스러운 신음을 쏟아 내며 석경을 노려봤다. 이마에선 새빨간 피가 흘러내려 얼굴 전체를 물들였고, 눈동자는 증오와 분노로 번들거렸다.

"죽여 버릴 거야!"

바닥에 흩어진 유리 조각을 발견한 정해수가 괴성을 지르며 자리에서 일어났다. 하지만 이번에도 석경이 더 빨랐다.

쾅!

석경이 탁자를 걷어찼다.

갑자기 밀려든 탁자 때문에 다리가 꺾인 정해수는 바닥으로 넘어지며 무릎을 꿇었다.

그 모습을 한심하게 쳐다보던 석경이 느긋하게 일어나 정해수에게로 향했다. 그러곤 정해수의 등을 발로 차서 엎드리게 하더니 목덜미를 구둣발로 짓밟았다.

"이거 놔! 놓으라고! 놔!"

정해수는 꼼짝도 할 수가 없었다. 무슨 일에선지 아까부터 몸에 힘이 빠져 손가락 하나도 까딱할 수 없게 되어 버린 것이다.

"으, 웩!"

그는 헛구역질까지 하며 바닥에 축 늘어졌다. 그런 정해수를 석경이 무표정하게 내려다봤다.

"기분이 어때? 손가락 하나 네 맘대로 움직일 수 없는 기분 말이야."

"으, 윽! 아악!"

정해수가 괴성을 지르며 몸을 움직이려 했지만, 말을 듣지 않았다. 목에 선 핏대는 금방이라도 터질 것처럼 보였다.

석경은 태연한 얼굴로 테이블에 걸터앉았다. 괴로워하는 정해수를 지켜보며 나지막한 목소리로 말했다.

"아직은 살고 싶은가 봐? 왜?"

"……."

"널 부모 대신 키워 준 할아버지 때문에? 아니면 장애를 가진 불쌍한 여동생 때문에? 그런 거라면 걱정 마. 할아버지는 네가 벌인 악행들을 뉴스로 보고 쓰러져서 현재 코마 상태, 원인은 저혈압성 쇼크. 그리고 여동생은 돌봐 주는 사람이 없어서 굶어 죽었고."

"……!"

"왜? 뭘 봐."

"거짓말……. 아니야. 아니야!"

정해수가 바닥을 손톱으로 긁으며 일어나려고 해 봤지만 소용 없었다. 석경은 혀를 내차며 말했다.

"너 지금 우는 거야? 사이코패스가 감정도 있네? 연기를 하려면 끝까지 해야지. 그래야 심신 미약으로 감형받을 수 있는 거 아닌가? 이래서 멍청한 것들은 안 된다니까."

"으아악! 죽여 버릴 거야! 이 개새끼! 너만 아니었어도, 너만! 내 인생은 너 때문에 망가진 거야! 네가 다 뺏어 갔다고!"

"내가 뭘 뺏어 가? 네가 뭘 갖고 있었는데?"

"……."

"애초에 가질 수 없는 걸 욕심낸 네 탓이지. 처음부터 끝까지 다 네 탓이라고. 할아버지가 죽게 생긴 것도, 동생이 죽은 것도 너 때문이야. 알았어? 그러니까 그냥 조용히 죽을 날만 기다리면서 얌전히 있어. 아무거나 넙죽 마시지 말고. 누가 뭘 탔을 줄 알고."

"……!"

갑자기 정해수가 숨이 막혀 오는 모양인지 제 목을 감싸 쥐며 괴로워했다. 하지만 석경은 눈 하나 깜짝 안 하고 걸터앉은 탁자에서 내려왔다.

"아, 저혈압은 유전인 거 알지? 여기서 지금 네가 당장 죽어도 이상할 게 하나도 없다는 말이야."

석경이 허리를 굽히더니 온몸이 뻣뻣하게 굳어져 가는 정해수의 귓가에 작게 속삭였다.

"그럼 또 올게. 네가 죽고 싶어질 때까지."

주머니에 손을 꽂은 채 석경이 접견실을 나오자 평소가 다가왔다.

"괜찮으세요?"

"안 괜찮을 건 뭐야. 저 새끼 천천히 살리라 그래. 진통제 주지 말고."

"네? 무슨 그런 끔찍한 말을…… 그, 그러다 죽으면 어떡해요?"

"어쩔 수 없는 거고."

석경이 서늘한 눈빛으로 말하자 평소의 얼굴은 하얗게 질리고 말았다.

아, 잠시 잊고 있었다. 우리 사장님은 원래 피도 눈물도 없는 냉혈한이었다는 걸.

비록 지금은 여자 친구한테 데이트 퇴짜 맞고도 찍소리도 못 하고 주말에 출근이나 하는 하찮은 남자지만 말이다.

무슨 일인지 다시 어깨를 축 늘어뜨린 채 핸드폰만 들여다보고 있는 석경을 안쓰럽게 쳐다보던 평소는 문득 8년 전 그 사건을 떠올렸다.

촬영 현장에서 시비를 걸어오는 조폭과 싸우던 석경의 모습은 그야말로 쇼크였다. 평소는 아직도 그때만 생각하면 다리가 후들 거렸다. 왜냐하면 까딱 잘못했다간 석경이 죽을 수도 있는 상황 이었기 때문이다.

하지만 상대가 칼까지 들고 위협하는데도 석경은 눈 하나 깜 짝하지 않고 맨손으로 칼을 덥석 잡더니 100킬로가 넘는 거구 를 엎어치기로 단숨에 제압했다.

액션 영화에서나 볼 법한 그 현장을 바로 앞에서 목격했던 평 소는 당시 그런 생각을 했었다.

'대체 우리 대표님 정체가 뭘까?'

아마 그때부터였을 거다. 제가 모시는 상사의 출신을 의심하기 시작한 건.

그는 언행이 매우 거칠었으며, 싸움은 물론 각종 스포츠를

섭렵한 모양이었다. 아무튼 몸으로 하는 건 다 잘했고, 특별히 돈이 아주 많았다.

처음엔 다들 그가 가진 돈의 출처를 알지 못했으니 자연스레 어둠의 세계 출신인 게 분명하다고 추측할 수밖에 없었다.

물론 지금이야 그가 KR그룹 후계자라는 사실을 알게 되어 돈이 많은 것에 대한 오해는 풀렸지만. 여전히 20대 때의 그가 왜 그렇게 무모하고 제 목숨 아까운 줄 모르며 살았던 건지는 의문으로 남았다.

'그래도 뭐 저 정도면 많이 인간 된 거지…… 어우. 인간이 되긴 뭘 돼. 아직 멀었어!'

평소는 속으로 생각하며 어깨를 부르르 떨었다. 아까 정해수를 대면하던 석경의 서늘했던 눈빛이 떠오른 것이다.

이대론 안 되겠어!

평소는 각오를 단단히 다지고 석경의 뒤를 따라 달려갔다.

"사장님! 저 한마디만 하겠습니다."

"안 해도 돼. 네 얼굴 보니까 뭐라고 할지 벌써 알 것 같으니까."

석경이 그를 무시한 채 구치소 밖으로 나갔다. 평소가 그 뒤를 바짝 따라붙으며 잔소리를 늘어놓았다.

"다음부턴 진짜 그러지 마세요. 그러다 저놈이 또 해코지라도 했으면 어쩔 뻔했어요? 저놈 사람을 죽인 놈이에요 사람을! 근데 수갑은 왜 풀어 주냐구요. 안 되겠어요. 이제 여기 두 번 다시 오지 맙……"

"다음 주에 한 번 더 올 거야. 평일에 스케줄 비워 놔."

"또 온다고요? 안 돼요! 자꾸 이러시면 저 신 감독한테 다 말할 거예요."

"뭐? 누구한테 말해?"

석경이 미간을 찌푸리며 평소를 노려봤다. 하지만 평소는 뜻을 굽힐 생각이 없는지 단호한 표정으로 대답했다.

"신 감독한테 하나부터 열까지 다 말한다구요. 오늘 있었던 위험천만했던 일 전부."

"너 그러기만 해 봐. 새봄이한텐 나 여기 왔다는 거 입도 뻥긋하지 마. 걔 알면 울고불고 난리 난다고."

"네? 울어요? 누가요?"

평소는 잘못 들었나 싶어 귀를 후비적거리며 되물었는데, 석경의 표정은 꽤 심각해졌다.

"우리 새봄이가 마음이 얼마나 여린데. 걔 알면 큰일 난다."

"우리 새봄이가 제가 아는 신 감독은 맞는 거죠? 신 감독이 마음이 여리다고요? 에이, 설마. 사장님, 신 감독 싸대기 사건 몰라요?"

"싸대기?"

"그때가 언제더라…… 신 감독이 신입일 때였을 거예요. 드라마 제작 발표회가 한창이던 무대에 스토커가 난입한 거죠. 놈이 막 칼을 휘두르며 여배우를 끌고 가려고 했는데……."

"했는데?"

"신 감독이 그 여배우 구했잖아요. 심지어 그 스토커 싸대기도 날렸어요."

"뭐라고? 싸대기를 날려? 너 지금 새봄이 얘기하는 거 맞나?"

"네. 이거 되게 유명한 일환데? 그래서 그 뒤로 선배들이 신 감독 앞에선 찍소리도 못했어요. 잘못했다가 싸대기 맞을까 봐."

이번엔 석경이 귀를 의심했다. 싸대기라니.

과거 은예지한테 식모 취급을 당해도, 소란 피디한테 빵 셔틀을 당해도, 싫다는 말 한마디를 못 해서 질질 끌려다니던 우리 순진했던 새봄이가 어쩌다……

"어? 말하다 보니까 깨달았는데요. 두 사람 닮았어요!"

"……."

"사장님도 신 감독 나이 땐 되게 무모하고 자기 목숨 아까운 줄 모르고 막살았잖아요. 작년에 사장님 나타나기 전까지만 해도 신 감독이 딱 그랬어요. 사람이 웃지도 않고, 미친 사람처럼 죽어라 일만 했죠. 물론 그 덕분에 성과는 좋았지만, 항상 어딘가 모르게 되게 공허해 보이더라고요."

"그래서 네가 진짜 하고 싶은 말이 뭔데?"

"진정한 복수가 뭔지 아세요? 잊는 거예요."

"……."

"다 잊고, 상대방보다 나 자신이 더 행복해지는 거예요. 저는 그래서 두 사람이 이제 정해수 같은 미친놈은 싹 잊었으면 좋겠어요. 그런 의미로 다음 주 스케줄은 안 비울 겁니다."

평소가 다부진 눈빛으로 말하곤 먼저 차에 올라탔다.

석경은 자신을 걱정하는 평소의 마음이 느껴져 괜스레 가슴 한구석이 찡해졌다.

뒤를 돌아본 석경은 피식 웃으며 마지막으로 구치소의 전경을 응시했다.

* * *

"사장님, 저한테 왜 이러세요? 갑자기 왜 잘해 주는 건데요?"

남산 뷰의 웅장한 경관을 가진 레스토랑 내부를 평소가 두리번거리며 의구심을 품었다.

우리 사장님이 수상하다.

교도소를 나와서부터 자꾸만 우리 비서 힘드니까 본인이 운전해 주겠다느니, 밥을 사 주겠다느니, 사람 굉장히 불편하게 하더니 기어코 고급 레스토랑에까지 끌고 왔다.

이곳은 영화에도 등장해 화제가 된 곳으로 예약 없이는 문턱도 밟을 수 없기로 유명한 곳이었다. 연인들 데이트 장소로 떠오르는 핫 플레이스. 고로 이곳에 남남 커플은 석경과 평소뿐이었다.

"사장님, 이런 데는 신 감독이랑 와야 하는 거 아니에요?"

"나도 그러고 싶었지. 근데 바쁘다잖아."

"아무리 바빠도 그렇죠. 주말인데. 설마 두 분 권태기……."

"아니거든? 만난 지 얼마나 됐다고 권태기야. 빨리 먹기나 해. 집에 가게."

석경은 애써 태연한 척 굴며 와인을 마셨지만, 내심 불안했다. 창밖에 저물어 가는 해를 보니 더더욱 마음이 심란하고 무거웠다. 새봄에게서 오늘 하루 종일 연락이 없었기 때문이다.

분명 저와 핸드폰이 바뀐 걸 알았을 텐데. 대체 왜 연락이 없느냔 말이다.

석경은 테이블 위 미동도 없는 핸드폰을 원망스레 노려보다가 아무 패턴이나 마구 액정 위에 그려 넣었다.

"어? 풀렸다."

여자 친구 핸드폰 잠금 풀었다고 은근히 좋아하는 석경을 평소가 떨떠름하게 쳐다봤다.

"근데 그거 보시려고요? 여자 친구 핸드폰 막 뒤져 보고 그러는 거 매너 아니지 않나?"

"누가 본대? 그냥 심심해서 만지다가 저절로 풀린 거거든?"

석경이 발끈하며 와인을 벌컥벌컥 마셨다. 손에선 핸드폰을 놓지 않은 채로 말이다.

'아오. 매너고 나발이고 그냥 한번 봐 볼까? 이 안에 분명 새봄이가 오늘 거짓말하고 어딜 갔는지 단서가 있을 텐데.'

석경은 파스타를 먹느라 정신이 없는 평소를 흘끔 보았다. 그러다 테이블 밑에서 몰래 문자 메시지 함을 들여다보려던 그때.

지이잉.

"악, 깜짝이야 씨."

손에 쥔 핸드폰이 몸을 떨자 덩달아 같이 놀란 석경이 경기를 일으켰다. 평소는 그 모습을 봤으면서도 애써 모른 척해 주며 파스타를 먹었다.

"그냥 당당하게 보세요. 사장님 원래 매너랑은 거리가 멀잖아요."

"뭐 인마? 그래, 나 매너 같은 거 개뿔도 없는 놈이야. 그러니까 볼 거야. 다 볼 거야, 아주."

석경은 전투적인 얼굴로 먼저 방금 온 문자부터 확인했다.

그런데.

"……!"

문자를 확인한 석경의 눈빛이 크게 흔들렸다.

그는 믿기 힘든 모양인지 잠시 두 눈을 감고 생각에 잠겨 있다가 다시 두 눈을 크게 뜨고 액정을 들여다봤다.

[KR7654승인 신*봄 30,000원 일시불 02/25 17:08 러브장]

'러브 프라자'는 들어 봤어도 '러브장'은 난생처음 듣는 단어였다. 여긴 또 어디란 말인가. 뭐 하는 곳이란 말인가!

석경은 동공 지진을 일으키며 액정을 응시했다.

"왜 그러세요?"

갑자기 석경이 실성한 사람처럼 웃자 평소가 심각한 얼굴로 물었다.

"신 감독 폰에 뭐 이상한 거라도 있어요?"

"김평소."

"왜요? 또 왜? 사람 불안하게 왜 그러냐구요."

"'러브장'이 뭐 하는 데 같냐?"

어디서 많이 들어본 상호와 익숙한 패턴의 질문.

이것은 데자뷔인 건가?

평소는 곰곰 생각에 잠겨 있다가 뒤늦게 입을 열었다.

"제 생각에 '러브장'은······."

"아니다. 됐어. 넌 대답하지 마. 뭐 음식점이겠지. 장소 헌팅 갔다가······ 그래, 지금 딱 새봄이 배고플 시간이네."

석경이 손목에 찬 시계로 시간을 확인하며 억지 미소를 지었다.

"근데 얜 고작 삼만 원이 뭐야. 든든하게 좀 먹지."

"신 감독이 '러브장'에서 삼만 원 결제했어요? 근데 거기 진짜 음식점 맞아요? 상호명이 꼭 모텔 같은데. 게다가 삼만 원······ 죄송합니다. 닥치고 밥 먹겠습니다."

평소가 파스타 그릇에 코를 박고 다시 먹는 것에 열중하는 동안, 석경은 와인을 마시며 긍정 회로를 미친 속도로 돌리기 시작했다.

음식점이야. '러브장'은 음식점이어야 해!

* * *

"음식점이 아니잖아!"

석경은 노트북을 쾅, 소리가 나게 닫아 버렸다.

아무리 검색을 해 봐도 '러브장'이라는 상호를 가진 음식점은 없었다. 죄다 숙박업이었다.

절망에 빠진 석경은 비틀거리며 일어나 냉장고에서 맥주를 꺼 내 벌컥벌컥 마셨다.

지이잉. 지이잉.

그런데 그때였다. 테이블 위에 두고 온 핸드폰이 진동하기 시작했다. 석경은 마시던 맥주를 내팽개치고 미친 듯이 달려가 전화를 받았다.

"여보세요?"

하지만 곧 스피커 너머로 들려오는 목소리에 석경은 미간을 확 구겼다.

―어라? 이게 누구야아? 우석경이 아니야? 난 분명 새봄이한테 전화했는데…….

목소리의 주인공은 수희였다. 혀가 잔뜩 꼬부라진 걸 보니 취한 모양이다. 석경은 핸드폰을 귀에서 떨어뜨리며 다시 냉장고 앞으로 가서 맥주를 손에 쥐었다.

"넌 또 무슨 일이야? 왜 술 잔뜩 취해서 남의 애인한테 전화하냐고."

―그게 말이야. 내가 아까 낮에 결혼식을 갔다 왔거든? 근데 되게 보기 좋더라구. 그래서 새봄이한테 말하려고 했찌이. 나 부케 받고 싶으니까 너네 빨리 결혼하라구.

"부케? 결혼?"

듣기만 해도 기분 좋은 단어에 석경의 입꼬리가 절로 올라갔다. 그는 자세를 바로 하고 수희의 목소리에 귀를 기울였다.

"둘이 만나서 드라마 얘기만 하는 줄 알았더니. 그건 아닌가 봐?"

―당연하지. 나 새봄이랑 엄청 친해졌다고. 너 프러포즈했다며!

"나 까인 것도 들었나?"

─당연하지. 너 한 이틀 삐져 가지고 밥 안 먹고 시위한 것도 들었지롱.

별 걸 다 말했네. 석경은 입 안이 쓰게 느껴졌다.

"아무튼 너 부케 받고 싶으면 새봄이한테 얘기 좀 잘해. 잠깐. 혹시 네가 애한테 괜히 쓸데없는 소리 해서 나 까인 거 아니야?"

─쓸데없는 소리라니! 난 빨리 결혼하라고 했거든? 결혼 적극 추천! 근데 새봄이가 이상한 소릴 하더라.

"무슨 소리?"

─결혼 전에 꼭 해 보고 싶은 게 있대. 그걸 꼭 해야겠대.

"그게 뭔데?"

─나야 모르지. 암튼 너네 나한테 부케 던져 줄 거지?

"넌 남자도 없으면서 무슨 부케 욕심을 부려."

─내가 남자가 왜 없어?

"그럼 있다고?"

─응.

"누군데?"

─비밀! 끊는다.

뚝. 하고 끊긴 핸드폰을 황당하게 쳐다보던 석경은 어이가 없었다.

시골에만 처박혀 있던 수희에게 남자가 있다니. 대체 누구야?

"아니지. 지금 그게 중요한 게 아니지. 새봄이가 결혼 전에 꼭 해 보고 싶은 게 있다고?"

대체 그게 뭔데?

석경은 마른세수를 하며 그게 뭔지 곰곰 생각에 잠겼다. 하지만 아무리 머리를 쥐어짜고 생각을 해 봐도 답은 나오지 않았다.

답답한 마음에 베란다로 나간 석경은 얼굴에 차가운 물방울이 떨어지자 하늘을 올려다봤다.

쏴아-

갑자기 비가 쏟아졌다.

* * *

우산을 들고 밖으로 달려 나간 석경은 돌연 걸음을 멈췄다. 골목길에 정차한 스포츠카에서 새봄이 내렸기 때문이다.

불행히도 그녀는 혼자가 아니었다.

"선배, 오늘 감사했어요. 그럼 조심히 들어가세요."

"잠깐, 같이 가! 내가 집 앞까지 데려다줄게."

서둘러 운전석에서 내린 지훈이 우산 하나를 펴서 새봄의 머리 위에 씌워 줬다. 그렇게 두 사람은 나란히 우산을 쓰고 골목을 올라오고 있었다.

석경은 저도 모르게 가로등 뒤에 몸을 숨기고 말았다. 그런데 숨는다고 숨겨질 몸통이 아니었다. 엄청 티가 나게 가로등 옆에 돌아 서 있는 석경을 먼저 발견한 건 지훈이었다.

"어? 사장님 아니세요? 안녕하세요! 민지훈 피디입니다."

지훈이 인사하자 뒤늦게 석경을 발견한 새봄이 화들짝 놀랐다. 새봄은 어쩔 줄 몰라 하며 석경의 눈치를 보기 바빴다. 하지만 화가 난 석경은 새봄에겐 눈길도 주지 않고 지훈과 인사를 나누고 있었다.

"사장님도 이 동네 사세요?"

"왜요? 난 이 동네 살면 안 됩니까?"

적대적이다 못해 한 대 칠 것 같은 기세로 석경이 대꾸하자, 중간에서 눈치를 보던 새봄은 지훈의 팔을 검지로 콕콕 건드리며 시선을 뺏었다. 그게 석경의 화를 더 키운 줄도 모르고 말이다.

지훈은 팔에서 느껴지는 새봄의 손길에 고개를 돌렸다.

"어. 왜?"

"저기…… 선배, 사실 사장님이랑 저…….”

"신 감독."

새봄이 지훈에게 석경과의 사이를 다 털어놓으려고 하던 그때, 석경이 새봄의 말을 자르고 들어왔다.

석경은 무표정한 얼굴로 새봄을 향해 말했다.

"신 감독도 이 동네 살았어요? 몰랐네. 아무튼 두 사람 반가웠어요. 난 바빠서 이만."

그는 너무나도 태연하게 남인 척 연기를 하고 골목을 올라가 버렸다.

새봄은 기분이 이상했다. 다른 때 같았으면 아주 난리를 쳤을 텐데. 저렇게 아무렇지도 않게 그냥 가 버리다니. 내심 서운했다.

"이젠 질투도 안 하네…….”

"뭐라고? 새봄아 방금 뭐랬어?"

"아니에요. 아무것도."

"근데 너 사장님이랑 잘 아는 사이라고 하지 않았어?"

"그러게요. 제 착각이었나 봐요. 그럼 저 먼저 가 볼게요. 우산은 됐어요. 뛰어가면 금방이거든요. 그럼 조심히 가세요!"

우산 밑에서 나온 새봄은 잡을 새도 없이 비를 맞으며 골목을 뛰어 올라갔다.

그 뒷모습을 지켜보던 지훈은 잔뜩 아쉬운 표정으로 한동안 그곳을 벗어나지 못했다.

* * *

"오빠, 라면 먹을래요?"

냄비에 생수를 부으며 새봄이 물었다. 하지만 돌아오는 대답은 없었다.

아무래도 저 남자 단단히 삐진 모양이다. 아까 질투도 안 한다고 서운해하던 입이 방정이었다. 그는 한 단계 더 업그레이드된 질투를 보여 주고 있었다.

새봄은 고개를 돌려 거실 쪽을 바라봤다. 아까부터 계속 무슨 말을 시켜도 대꾸도 안 하고 소파에 앉아 책만 들여다보고 있는 석경을 보니 한숨이 절로 나왔다.

"그럼 나 두 개만 끓일게요. 이따 뺏어 먹지 마요."

이번에도 역시 대답은 돌아오지 않았고, 새봄은 이제 그러려니 하며 라면을 끓이는 일에 열중하고 있었는데.

"그 새끼가 밥도 안 먹였어?"

"악, 깜짝이야."

인기척도 없이 나타난 석경 때문에 새봄은 화들짝 놀랐다. 석경은 새봄의 바로 뒤에 서서 뚱한 표정으로 시비를 걸고 있었다.

"왜 놀라? 무슨 죄지었냐?"

"아뇨! 전 떳떳하거든요?"

새봄이 되레 큰소리를 치며 결백을 주장하자 석경은 황당했다.

"뭐? 떳떳? 야, 너 그저께 나한테 뭐라고 했는지 기억 안 나? 주말에 국가영이랑 장소 헌팅 간다며. 근데 내가 아침에 국가영을 회사에서 봤어. 내 기분이 어땠을까?"

세상이 무너진 것 같은 표정으로 석경이 울분을 토해 내자, 새봄은 살짝 미안한 표정을 지으며 배시시 웃었다.

"웃음으로 때울 생각하지 마라. 오늘은 절대 안 넘어갈 거야. 변명이라도 해 보시든가."

"지훈 선배도 저랑 같은 곳으로 취재 간다고 해서……."

"성 붙여라."

"민지훈 선배가 차도 있고……."

"나도 차 있거든?"

"선배가 그쪽 지리도 잘 알고……."

"아까부터 계속 선배 선배 하는데 너 왜 민지훈이랑 같은 학교 선후배 사이인 거 나한테 얘기 안 했냐? 왜 숨겼냐고."

"방송국에 학교 선후배가 한두 명도 아니고, 그건 숨긴 게 아니라 딱히 말할 필요를 느끼지 못했기 때문에……."

"됐고. 내 폰은?"

"미안해요. 잃어버렸어요."

"어디서 뭐 하다가?"

"사, 사진 찍다가요!"

"말은 왜 더듬어? 너 진짜 요즘 수상해. 그리고 내가 이거 물어볼까 말까 고민 많이 했는데, 안 되겠다. 너 오늘 17시 08분에 어디서 뭐 했어? 러브……."

"앗, 물 끓는다!"

갑자기 보글보글 물이 끓어 넘치려고 하자 새봄이 가스 불을 줄였다. 그리고 아주 자연스럽게 수프를 탈탈 털어 뿌린 후 라면을 넣었다.

"야, 신새봄. 사람 말하고 있는데 라면을……."

"네? 뭐라고 했어요?"

라면 끓이는데 정신이 팔린 새봄이 천진난만하게 되묻자 석경은 환장할 것 같은 얼굴로 한숨을 길게 내쉬었다.

"됐어. 라면이나 맛있게 먹어."

석경은 어깨를 축 늘어뜨린 후 거실로 향했다. 그러곤 바닥에 내팽개친 책을 주워 들고 있었는데. 와락. 등허리에 따뜻한 감촉이 느껴졌다. 새봄이 뒤에서 석경을 끌어안은 것이다.

"뭐야 갑자기?"

석경이 내심 좋으면서 아닌 척 새봄의 손을 풀어 내더니 그녀를 앞으로 끌어당겼다.

"지금 뭐 하는 거냐고."

"먹기 전에 한 번 할까요?"

"아니."

거부당할 거라곤 생각지도 못했던 새봄은 시무룩한 표정으로 석경을 바라봤다. 하지만 그는 고개를 돌려 그녀의 시선을 피해 버렸다.

그 순간 새봄은 심장이 쿵, 하고 내려앉았다.

'정말 이러다가 크게 싸우기라도 하면 어쩌지? 그냥 사실대로 다 말할까?'

전전긍긍 홀로 속앓이를 하던 새봄은 크게 망설였다. 그런데 그때.

"너 학교 다닐 때 민지훈 좋아했지? 그 자식이 네 첫사랑이지?"

석경이 대뜸 물었다. 새봄은 잔뜩 억울한 표정으로 석경을 째려봤다.

"첫사랑이요?"

"그래. 너 나한테 다 들켰어. 그러게 왜 맨날 붙어 다니냐."

"그거야 '그것들이 알고 싶다' 정해수 편 준비……."

"그래. 정해수. 그거 때문에 나도 그동안 별말 안 하고 가만히 있었어. 너 해 보는 데까지 할 수 있게 돼야 조금이라도 죄책감에서 벗어날 수 있을 테니까. 근데 오늘 주말이야. 첫사랑이 아무리 좋아도 현재 네 애인은 나라고. 근데 어떻게 날 버려두고……."

"바보!"

갑자기 새봄이 버럭 소리를 질렀다. 석경은 충격받은 얼굴로 새봄을 쳐다봤다.

"뭐? 바보?"

"그래요. 오빠 진짜 바보예요. 아직도 몰라요?"

"내가 뭘 몰라. 나 다 알거든?"

"뭘 알아! 넌 아무것도 몰라!"

"너 지금 나한테 반말한 거야?"

"그래! 나 이제 반말할 거야. 내가 진짜 말을 안 해서 그렇지. 너도 첫사랑은 나 아니잖아!"

"갑자기 그 얘기가 왜……."

첫사랑 공격에 석경은 할 말이 없어졌다.

한없이 작아진 석경을 여전히 째려보며 새봄은 따져 물었다.

"내 첫사랑은 너거든?"

"어?"

"네가 내 첫 뽀뽀, 첫 키스, 첫 경험! 다 가져갔잖아!"

"……."

"그런 주제에 맨날 삐지기나 하고 내가 언제 결혼 안 한다고 했어? 기다려 달라고 했지. 근데 그거 가지고 이틀 동안이나 밥도 안 먹고 사람 속상하게. 나쁜 놈!"

울먹이기까지 하며 속내를 털어놓기 시작한 새봄을 석경은 당황스럽게 바라보았다.

'근데 얘는 왜 화를 내도 귀여워?'

석경은 자꾸만 올라가는 입꼬리를 억지로 내리고 괜히 더 엄한 표정으로 말했다.

"알았어. 네 첫사랑이 누군진 알았으니까, 일단 진정하고 가서 라면이나 먹어."

"왜 자꾸 먹으래? 오빠 화났는데 내가 밥이 어떻게 들어가요?"

석경은 시무룩해진 새봄의 어깨를 끌어 식탁 앞에 앉혔다. 그러곤 나지막한 목소리로 말했다.

"나 화났으니까 많이 먹어야지."

"그게 무슨 말이에요?"

"많이 먹어 두라고."

석경이 새봄의 귀에 키스하듯 입을 맞춘 후 속삭였다.

"나 오늘 거칠게 할 거니까."

* * *

뜨거운 수증기가 가득 찬 욕실.

"오빠, 잠깐만 우리…… 읏!"

석경은 키스로 새봄의 말을 먹어 버렸다. 그는 그녀의 작은 입술을 물고 빨며, 파고든 혀로 치열을 훑으며 진한 키스를 퍼부었다.

"잡아."

석경은 색색 가쁜 숨을 내쉬며 새봄의 몸을 돌려 벽을 보게 했다. 그와 동시에 바짝 몸을 밀착시켰다.

벽을 짚고 서 있던 새봄은 석경 때문에 곤란했다. 벽과 바닥 타일이 온통 젖어 미끄러웠기 때문이다. 넘어지지 않으려고 바둥거리는 새봄의 허리를 석경이 꽉 잡았다. 그러곤 그녀의 어깨에 키스를 하며 작게 읊조렸다.

"왜 이렇게 겁을 먹었어? 안 넘어져. 내가 널 넘어뜨릴 리가 없잖아. 그러니까 몸에 힘 좀 빼고."

"악, 넘어질 것 같은데요? 오빠! 천천히……."

새봄이 곤란한 얼굴로 소리쳤다. 하지만 그는 멈출 생각이 없는 것 같았다.

한 차례 격렬한 운동이 끝나고, 새봄은 석경의 품 안으로 무너졌다. 석경은 제 품에 안긴 그녀의 젖은 머리카락을 귀 뒤로 넘겨 주며 미소를 지었다. 달뜬 숨을 내쉬며 저를 원망스레 올려다보는 그녀가 미치도록 귀여웠다.

"잘했어."

"너무해요……."

"미안해. 거칠게 한다고 했잖아."

그래서 시작할 때부터 단단히 각오했던 새봄이다. 하지만 이건 진짜 해도 해도 너무했다. 기진맥진한 얼굴로 석경을 올려다보던 새봄은 침을 꼴깍 삼켰다.

점점 가빠지는 그의 숨소리, 얼굴에 닿는 뜨거운 숨결.

'이 남자 미쳤나 봐. 또 할 건가 봐.'

새봄이 눈을 내리깔며 도망갈 궁리를 하고 있던 그때였다.

"꺅!"

석경이 새봄을 번쩍 안아 들고 욕조로 향했다.

"오빠, 안 힘들어요? 난 힘든데……."

새봄이 우는소리를 했다.

아까 결국 라면도 못 먹고 식탁 위에서, 거실 소파에서, 안방 침대에서 여러 차례 제 위에 올라타던 남자는 지친 기색 하나 없었다.

"맞다. 다리! 오빠 다리 아프잖아요. 아픈 사람이 쉬엄쉬엄해야지."

"재활에 이만한 게 없대."

"누가 그래요?"

"내가. 자, 이제 물에서 재활해 볼까?"

석경이 새봄을 욕조 안에 담갔다. 뒤이어 석경이 욕조에 들어가자 물이 크게 차올랐다. 그렇게 두 사람은 서로 마주 보고 앉아 물에 몸을 푹 담갔다.

따뜻한 물에 몸을 담그니, 새봄은 금세 몸이 노곤해지며 순식간에 잠이 확 밀려 왔다.

그런데 그때.

"신새봄, 오늘 잠자는 건 포기하는 게 좋을 텐데?"

첨벙!

석경이 손으로 물을 튕겨 새봄의 얼굴에 뿌렸다.

"앗, 뭐예요!"

어푸, 세수를 하며 고개를 든 새봄은 잠이 확 깬 얼굴로 그를 흘겨봤다. 그러다 저도 모르게 그의 잘생긴 얼굴에 빠져 그만 허우적거리고 말았다.

그냥 물에 젖은 머리를 뒤로 넘겼을 뿐인데. 저게 저렇게 섹시할 일인지. 이 남자 오늘따라 이목구비가 엄청 열심히 일하시네.

특히 저 입술, 아까 제 몸을 물고 빠느라 살짝 부풀어 오른 그의 입술. 그리고 정욕에 번들거리다 못해 약간 풀어진 눈이 굉장히 퇴폐적이었다.

"왜 그렇게 봐? 내 얼굴에 뭐 묻었어?"

석경은 아까부터 계속 저를 뚫어지게 쳐다보고 있는 새봄을 의아하게 여겼다.

아까 힘들다고 그러더니 넋이 나가 있는 것 같기도 하고. 정말 그녀는 기운이 하나도 없어 보였다.

석경은 괜히 미안해졌다. 아무래도 오늘 너무 거칠게 했나 보다. 하지만 그렇게 미안한 감정이 들다가도 제게 거짓말을 하고 민지훈과 주말을 보낸 것을 생각하니 또 화가 치밀었다.

'이대로 봐주면 안 돼.'

석경은 엄한 표정으로 대뜸 손을 내밀었다.

"손 줘 봐. 오른쪽."

그의 얼굴에 홀려 있던 새봄은 순순히 오른쪽 손을 그에게 건넸다. 그러자 석경이 그녀의 작은 손을 잡고 이리저리 살펴보더니 입술을 가져다 댔다.

그런데 그때였다. 키스를 해 줄 거라고 예상한 새봄의 로맨틱한 기대는 한순간에 와르르 무너졌다.

"악!"

새봄이 외마디 비명을 지르며 어안이 벙벙한 얼굴로 석경을 쳐다봤다.

"지금 나 문 거예요?"

"너 이 손가락으로 그 새끼 만졌잖아."

새봄은 어이가 없다는 듯 그를 흘겨봤다. 하지만 석경은 멈추지 않았다. 손을 빼내려는 새봄의 팔을 꽉 잡고 새봄의 검지를 잘근잘근 씹더니 혀로 날름 핥았다.

아파야 정상이건만 왜 이렇게 몸이 달아오르고 가슴이 울렁거리는 건지.

무슨 손가락을 저렇게 야하게 핥아? 저 눈빛은 뭔데.

저를 빤히 올려다보는 석경의 뇌쇄적인 눈빛에 새봄은 압도당하고 말았다. 그녀는 저도 모르게 침을 꼴깍 삼켰다.

첨벙.

새봄이 정신을 못 차리고 있던 사이, 석경은 그녀의 팔을 잡아당겨 제 허벅지 위에 앉혔다.

"……!"

동시에 물의 파동이 점점 더 거세지기 시작했다. 찰박찰박하는 소리가 꼭 파도치는 소리 같았다. 거센 파도에 떠밀려 가듯 새봄은 제 맘대로 몸을 움직일 수가 없었다. 그저 그에게 몸을 맡긴 채 흔들릴 수밖에.

* * *

"왜? 그만 먹게?"

새봄이 그 좋아하는 라면 앞에서 팔을 덜덜 떨며 젓가락을 내려놓자 석경이 걱정스러운 눈빛으로 물었다.

"어디 아픈 건 아니지?"

"안 아픈 게 이상한 거 아니에요? 나 지금 젓가락 들 힘도 없다구요. 누구 때문에."

"그럼 내가 먹여 줄게. 넌 입만 벌리고 있어."

석경이 얼른 라면을 한 젓가락 뜨더니 후, 하고 불어 새봄의 입에 넣어 줬다. 얼떨결에 그가 떠먹여 주는 라면을 한 그릇 다 비워 버린 새봄은 뭔가 망설이다가 조심스레 입을 열었다.

"집에 밥은 없어요? 있으면 한 숟가락만 말아서 먹으면 딱 좋을 것 같은데……."

"한 숟가락이 뭐야. 이 정도는 먹어야지."

석경이 의자를 박차고 일어나 아예 밥통을 통째로 들고 왔다.

"그건 너무 많아요."

"뭐가 많아. 넌 할 수 있어. 이거 다 먹고 한 번만 더 하자. 아니면 먹으면서 해 볼래?"

"뭐라고요? 머, 먹으면서 하자고요? 하하. 농담이죠?"

"농담 같아? 이걸 보고도?"

석경이 벌게진 얼굴로 아래를 내려다봤다. 그곳으로 시선을 옮긴 새봄은 울상을 지었다.

"오빠, 요즘 무슨 약 먹어요? 그건 왜 맨날 내가 볼 때마다 그 상태예요?"

"몰라서 물어? 너 때문이잖아."

"내가 뭘 했는데 나 때문이래?"

"네가 예쁘니까."

으, 넘어가면 안 된다. 새봄이 벌게진 얼굴로 고개를 절레절레 흔들었다.

"아아! 몰라, 몰라. 오늘은 여기서 끝."

"난 안 끝났거든?"

"난 끝났다고 했어요. 나 잘 때 막 혼자 넣지 마요."

"혼자 넣다니! 물어보고 넣었거든? 너도 좋다며 갑자기 들어오는 거."

석경이 잔뜩 억울해하며 말하자 새봄은 발그레해진 볼을 한 채 "내가 그랬나?" 하며 국물에 밥을 말아 먹기 시작했다.

방금 라면 두 봉지를 해치운 사람이 맞나 싶을 정도로 그녀는 밥을 아주 맛있게 먹었다.

석경은 턱을 손으로 괸 채 그녀가 먹는 모습을 흐뭇하게 지켜보다가, 불현듯 '러브장'의 존재를 떠올렸다.

그리고 고민했다. 이 판도라의 상자를 열어야 할지, 말아야 할지.

석경이 고뇌에 빠져 말이 없어지자 새봄이 그를 걱정스레 보며 물었다.

"근데 오빠 배 안 고파요? 저녁 언제 먹었어요?"

"평소랑 5시쯤에 먹었어. 너랑 같이 가기로 했던 레스토랑에서."

"아…… 미안해요. 다음엔 꼭 같이 가요."

"알았어. 근데 넌? 저녁 언제 먹었어?"

"전 바빠서 못 먹었어요."

"아……. 못 먹었어? 잘 생각해봐. 너도 5시에 뭐 먹을 텐데?

너 배고픈 거 못 참잖아."

"5시?"

"그래. 그때쯤 뭐 먹었지? 먹었을 거야."

그게 아니면 '러브장'의 업종은 음식점이 아닌 게 된다고.

석경은 마음속으로 빌었다. 제발 먹었다고 해 줘.

하지만 뜻밖의 대답이 들려왔다.

"아뇨. 나 안 먹었어요. 오늘 점심에 휴게소에서 돌솥비빔밥이랑 우동 먹고 그 뒤로 아무것도 못 먹었는데."

새봄의 대답을 들은 순간 석경은 뒤통수가 얼얼했다.

순식간에 그의 얼굴이 흙빛이 되었다. 이제 더는 모른 척 덮어둘 수 없는 문제가 됐다.

"신새봄."

"네. 말해요. 듣고 있어요."

우걱우걱 맛있게 밥을 먹는 새봄을 보며 석경은 비장한 얼굴로 물었다.

"너 오늘 '러브장' 가서 뭐 했어?"

"네?"

새봄이 화들짝 놀라며 수저를 내려놓았다. 그러곤 불안한 눈빛으로 그를 바라봤다.

"오빠가 거긴 어떻게 알아요?"

"뭐야. 네가 그렇게 놀라면 내가 좀 불안해지는데."

"……."

"그냥 말해. 거기 뭐 하는 곳이야? 아무것도 못 먹었다니까 음식점은 아니고, 대체 뭐냐고."

"미안해요!"

새봄이 갑자기 두 손을 싹싹 빌기 시작했다. 석경은 더더욱 불안했다.

"오빠, 화내지 말고 들어요. 진짜 화내면 안 돼요."

"알았어. 알았으니까 어딘지 말이나 해."

"그게…… 사실 거기가 어디냐면……. 저 때문에 선배 옷이 젖어서……."

"스톱! 스톱, 스톱!"

허겁지겁 의자를 박차고 일어난 석경이 새봄의 입을 틀어막았다.

정말 그곳만은 아니길 바라고 또 바랐건만, 아무래도 그녀는 제가 예상한 그곳에 갔었던 모양이다.

배신감에 석경의 눈동자가 마구 흔들렸다. 그사이 새봄은 입이 틀어막힌 채로 열심히 변명을 늘어놓고 있었다.

"으으읍! 갔는데…… 옷만 갈아입고…… 으읍! 전 계산만 했다구요!"

새봄은 석경의 손을 치워 내며 끝끝내 할 말을 다 마쳤다. 그러곤 당황한 기색으로 그를 바라봤다.

"언젠 말하라더니 왜 말을 못 하게 해요?"

"……."

그는 말이 없었다. 아니, 말을 잃었다.

석경은 넋이 나간 얼굴로 식탁 옆을 뭐 마려운 강아지처럼 이리저리 쏘다니며 불안한 모습을 보였다.

"오빠? 오빠!"

아무리 불러도 대답이 없었다. 새봄은 석경을 걱정스레 쳐다 보며 제가 저지른 실수를 어떻게 만회하면 좋을지 고민했다. 그러다 좋은 묘수가 떠올라 무작정 그에게 다가갔다. 그리고 그의 팔을 붙잡고 마구 흔들며 배시시 웃었다.

하지만 평소와 다르게 그는 서늘한 기운을 내뿜으며.

"이거 놔."

라고 말하더니 새봄의 팔을 뿌리치고 등을 보였다.

"삐졌어요?"

새봄은 포기하지 않고 석경의 눈앞에서 알짱거리며 그의 시선이 제게 오도록 유도했다.

"내 얼굴 좀 봐요. 응? 말하라고 해서 말한 거잖아요. 아깐 화 안 낸다면서."

"야! 너 같으면 화가 안 나겠냐? 네가 어떻게 나한테 이럴 수가 있어. 어떻게!"

어느 드라마 속 비련의 여주인공처럼 석경이 충격받은 얼굴로 따져 묻자 새봄은 억울한 마음이 들었다.

"아니, 뭐 그게 이렇게까지 소리 지를 일인가? 그럼 나 때문에 선배 옷이 젖었는데 어떡해요? 그러다 감기 걸리면 일 더 커지잖아요."

"환장하겠네. 너 지금 그게 말이 된다고 생각해? 장소 헌팅을 가서 옷이 왜 젖는데?"

새봄은 뭔가 찔리는 구석이 있는 듯 뜨끔해했다. 그것도 잠시 태연한 목소리로 침착하게 대답했다.

"강에서 사진 찍다가 핸드폰을 물에 빠뜨렸어요. 내 폰이면 상관없는데 오빠 폰이잖아요. 그래서 그거 주우려고 하다가 물에 빠질……."

"뭐? 물에 빠졌다고?"

"아니요. 빠질 뻔했는데 선배가 저 구하다가 대신 물에 빠졌어요. 핸드폰은 못 건졌지만……."

"그깟 핸드폰이 중요해? 어디 다친 덴 없고?"

석경은 방금까지 화를 내고 있었다는 사실도 잊고 그녀의 몸 상태를 체크하기 바빴다. 그러곤 그녀가 물에 빠지지 않아 천만다행이라는 생각을 하며 안도의 한숨을 내쉬었다.

그래. 안 다쳤으면 됐지. 그러면 된 거야.

"다음부턴 조심 좀 해라."

석경이 애써 화를 가라앉히고 선심 쓰듯 말했다. 동시에 새봄이 석경의 눈치를 살피며 다시 배시시 웃었다.

"어? 화 풀린 거예요? 풀렸네?"

"내가 언제 화를 냈다고."

"역대급이었어요. 마치 6년 전 오빠를 보는 것 같았어요. 그때 막 나한테 집에서 나가라고 소리 질렀잖아요."

"그 얘기가 또 왜 나와. 그때 내가 미안하다고 했잖아."

"나도 미안해요. 오빠 마음 안 좋게 해서."

"아니까 다행이네. 다음부턴 절대 그러지 마. 너 입장 바꿔 놓고 생각해 봐. 내가 여자랑 단둘이 그런 데 갔으면 좋겠어?"

"난 상관없는데요? 오빠가 여자랑 뭘 하든 어딜 가든. 괜찮아요. 난 오빠 믿으니까."

"나도 너 믿지, 믿는데. 남자 새낀 못 믿어. 잠깐, 근데 기분이 좀 별로다?"

"또 뭐가요?"

"상관없다고? 내가 여자랑 뭘 하든 어딜 가든? 야, 넌 애가 무슨 질투도 안 하나?"

"유치하게 그런 걸 왜 해요?"

"유치하다니! 내가 아까 그 결제 문자 받고 얼마나 놀랐는지 알아? 이제 '러브'에 '러' 자만 들어도 아주 치가 떨린다."

"하긴 사실 저도 놀랐어요. 한 만 원쯤 하는 줄 알았는데. 세상에 그 티 쪼가리 하나가 삼만 원인 거 있죠? 메이커도 아니었는데. 시골이라 주변에 옷가게가 거기밖에 없어서 어쩔 수 없이 산 거지. 다신 안 가. 거기 바가지 장난 아니야."

"잠깐."

"왜요?"

"너 방금 뭐랬어? 옷…… 가게?"

석경이 제 귀를 의심하며 되묻자 새봄이 왜 그러냐며 무슨 문제 있냐며 천진난만한 얼굴로 그를 바라봤다.

"'러브장'이 옷가게야?"

석경이 재차 물었다. 뒤늦게 질문의 의도를 파악한 새봄이 인상을 확 찡그렸다.

"그럼 뭔 줄 알았는데요?"

석경이 멋쩍은 얼굴로 목을 긁적이더니 서둘러 식탁을 정리하기 시작했다.

"밥 다 먹었지? 설거지 내가 할게."

찔리는 게 많았던 석경은 아까부터 계속 저를 째려보고 있는 새봄의 시선을 피해 싱크대 앞으로 도망갔다.

그 뒤를 새봄이 쿵쾅거리며 따라갔다.

"오빠."

그녀가 불만이 가득한 얼굴로 그를 불렀다.

"괜찮아. 내가 할게. 넌 가서 앉아서 쉬어. 오늘 여러모로 힘들었을 텐데."

석경이 미소를 지으며 은근슬쩍 넘어가려고 했으나 통하지 않았다. 새봄이 눈을 가늘게 뜨고 그를 쳐다봤다.

"나 의심했죠?"

"뭐래. 내가 널 왜 의심해? 그런 거 아니야."

"나 의심했잖아. '러브장' 이상한 덴 줄 알았죠?"

"살짝?"

"거봐. 내가 이럴 줄 알았어. 어쩐지 막 소리를 지르고 아주 난리를 치더라."

"난리라니. 그렇게 진작 옷가게라고 얘기를 하지."

"했는데 오빠가 못 들은 거거든요? 내 입 틀어막느라."

그랬나? 석경은 너무 민망해서 쥐구멍에라도 숨고 싶은 심정이었다. 이 수치심은 6년 전 죽집 사건과 맞먹을 정도였다.

"미안해. 오해해서."

석경이 설거지를 하며 넌지시 말했다. 그러곤 옆에 서 있는 새봄을 흘끔 쳐다봤다.

"화났어?"

"아뇨. 그냥 조금 서운해요. 오빠가 나 못 믿는 것 같아서."

"아까 말했잖아. 넌 믿는데 네 주변에 있는 남자는 못 믿겠다고. 그러니까 앞으로 민지훈이랑 붙어 다니지 마. 한 번만 더 둘이 같이 있는 거 내 눈에 띄기만 해 봐. 그땐 나 진짜 화낼 거야."

"방송국에서도요?"

"어. 당연하지. 방송국에서도 둘이 다니지 마. 알았지? 왜 대답 안 해?"

"알았어요. 알았어."

새봄이 어거지로 대답했지만, 석경은 이제야 마음이 놓이는지 조금 들뜬 목소리로 말했다.

"근데 왜 그러고 서 있어? 앉아 있으라니까."

"그냥. 오빠 옆에 있고 싶어서요."

"그래? 좀만 기다려. 이거 빨리 끝내고 하자."

순식간이었다. 정염에 휩싸인 그의 눈동자가 일렁거렸다. 새봄이 흠칫 놀라며 그에게서 한 걸음 멀어졌다.

"으, 졸려. 들어가서 자야겠다!"

기지개를 켜며 딴청을 피우던 새봄이 후다닥 거실로 도망갔다.

"어딜 가. 나 금방 끝나니까 같이 들어가!"

석경이 갑자기 미친 속도로 설거지를 하자 새봄은 아예 방으로 들어가서 문을 닫아 버렸다.

그런데 무슨 일에선지 문에 기대고 서 있는 새봄의 표정이 심각해졌다.

"후우……. 하마터면 들킬 뻔했네."

새봄이 안도의 한숨을 내쉬었다. 그러다 문을 살짝 열어 설거지하는 석경의 뒷모습을 아련하게 쳐다봤다.

* * *

"또 왜 이렇게 저기압이세요? 신 감독이랑 싸웠어요?"

평소의 물음에 석경은 검토 중이던 서류를 그냥 덮어 버렸다.

'난 상관없는데요? 오빠가 여자랑 뭘 하든 어딜 가든.'

거참 묘하게 신경 쓰이네? 석경은 얼마 전 새봄이 했던 말이 떠올라 괜히 마음이 심란하고 어쨌든 기분이 별로였다.

"김평소."

"네. 말씀하세요."

"넌 어떻게 생각하나?"

"뭘요?"

"자기 애인이 다른 여자랑 단둘이 뭘 하든 어딜 가든 상관없다고 말하는 여자의 심리는 뭘까?"

"신 감독이 그래요? 에이, 그걸 믿어요? 그냥 하는 말이죠. 여자의 질투가 얼마나 무서운데."

"아닌데? 새봄인 진심 같던데?"

"그게 진심이면 백 퍼 사장님한테 마음 뜬 거예요."

"나가."

"이미 나가고 있거든요?"

뒤로 걸어서 나가려던 평소가 갑자기 손뼉을 치며 제자리에 멈춰 섰다.

"맞다! 오늘이죠?"

"뭐가?"

"점심에 선약 있으시잖아요. 서채희 씨랑."

"그게 벌써 오늘이야?"

석경은 심각한 얼굴로 손목에 찬 시계를 확인했다. 곧 점심시간이 다가오고 있었다.

* * *

방송국 휴게실 문이 조심스럽게 열리고 있었다.

문을 열고 나타난 건 새봄이었다. 그녀는 고개를 빼꼼 내밀어 복도를 살피더니 이내 아무도 없는 것을 확인하고서야 복도로 나왔다. 바로 뒤이어 지훈도 휴게실에서 나왔다.

"아까부터 누굴 그렇게 피해 다니는 거야?"

지훈은 새봄을 걱정스레 쳐다보며 물었다. 그러자 새봄이 연신 주변을 두리번거리며 대답했다.

"그런 게 있어요. 암튼 선배 그동안 고마웠어요. 이번 주말부터 저 혼자 갈게요."

"정말 혼자 갈 수 있겠어?"

"그럼요. 선배 덕분에 저 실력 엄청 늘었어요. 이제 혼자서도 충분해요."

며칠 동안 무슨 심경에 변화라도 생겼는지 새봄이 갑자기 선을 긋자 지훈은 내심 섭섭했다. 하지만 애써 서운한 기색을 숨긴 채 미소 지으며 말했다.

"그래. 넌 잘할 수 있을 거야. 근데 내가 전부터 궁금했는데. 넌 그걸 왜 배우는 거야? 왠지 취미로 하는 것 같진 않아서. 너무 전투적이잖아. 뭔가 특별한 이유가 있는 거지?"

"네. 사실…… 그 사람이 가진 나쁜 기억을 좋은 추억으로 덮어 주고 싶거든요. 그래서 배우는 거예요."

"그렇구나…… 그 사람이 누군진 모르겠지만 되게 부럽네."

"근데 좋아할까요?"

"당연하지. 나라면 정말 좋아할 것 같아. 근데 대체 누구야? 그 대단한 이벤트를 받게 될 주인공이?"

지훈이 용기를 내서 물었지만 어쩐 일에선지 들려오는 대답은 없었다. 새봄이 난간에 딱 붙어 밑을 내려다보느라 정신이 없었기 때문이다.

"새봄아? 신새봄. 새봄!"

아무리 불러도 대답이 없자 지훈은 무슨 일인가 싶어 그녀를 따라 밑을 내려다봤다.

새봄이 성난 얼굴로 뚫어지게 쳐다보고 있는 1층 로비에선 석경이 웬 여자와 함께 웃고 떠들며 엘리베이터로 향하고 있었다.

육감적 몸매가 드러나도록 몸에 딱 달라붙는 니트 원피스를 입은 여자의 정체를 지훈이 뒤늦게 알아차리곤 반색했다.

"어? 미스코리아 서채희 아니야? 할리우드에서 영화도 찍고 되게 유명하잖아. 근데 사장님이랑 아는 사이인가? 되게 친해 보이네. 혹시 사귀는 사이인가?"

"선배!"

"악, 깜짝이야. 왜?"

"사귀는 사이 아니에요! 사장님 애인 따로 있다구요."

"어? 아…… 그, 그래. 근데 새봄이 네가 왜 화를……."

또 제 말이 들리지 않는지 새봄의 시선은 1층 로비, 정확히 사장님에게로 향해 있었다. 질투로 활활 불타오르는 눈빛으로 석경에게서 눈을 떼지 못하고 있는 새봄을 보며 지훈은 이제야 깨달았다.

새봄에게 조만간 대단한 이벤트를 받게 될 주인공이 누구인지.

사장님의 진짜 애인이 누구인지.

"선배! 저 먼저 가 볼게요!"

그렇게 새봄은 두 주먹을 불끈 쥐고 "웃었어? 딴 여자 앞에서 웃어? 가만 안 둬!" 중얼거리며 사장실이 있는 방향으로 전력 질주했다.

그런 새봄의 뒷모습을 보며 지훈은 허탈한 미소를 지었다.

* * *

마치 미술관을 옮겨 놓기라도 한 듯 사장실 벽에는 유명 화가의 그림들이 걸려 있었다. 서채희가 흥미로운 시선으로 그림을 감상하며 생각했다.

'이게 다 돈으로 환산하면 얼마야?'

그녀는 미국 유학 시절 한 사교 모임에서 우연히 석경을 만났다. 당시 석경에게서 뿜어져 나오는 아우라 덕에 그가 잘사는 집안의 자제인 건 어렴풋이 알았지만…….

'KR그룹 후계자라니! 아마 여기서 제일 비싼 그림은…….'

그림들을 쭉 훑어보던 서채희의 시선이 어느 한곳에 머물렀다. 그건 바로 소파에 앉아 느긋하게 차를 마시고 있는 석경이었다.

흑석같이 까맣고 반짝이는 눈동자, 베일 듯 날카로운 턱선, 그의 수려한 이목구비는 감탄을 자아내기 충분했다.

몇 년 만에 첫사랑과 재회한 서채희의 얼굴이 발그레해졌다.

"구경 다 했으면 그만 앉지 그래? 할 얘기 있다며. 빨리 하고 가. 나 바빠."

가끔 저렇게 싸가지 없게 말하면 정나미가 뚝 떨어지지만. 그래도 잘생겼으니까 봐준다.

서채희가 입술을 샐쭉거리며 소파로 가서 앉았다.

"제이든, 넌 아까부터 왜 계속 사람을 못 보내서 안달이야? 오래간만에 만났는데……."

"할 말이 뭐냐고. 뭔데 회사까지 따라와서 난리야."

"어머. 이거 향 되게 좋다?"

서채희가 얼른 찻잔을 들어 차향을 음미하더니 잽싸게 말을 돌렸다. 그런데도 계속 석경이 추궁하는 눈빛을 보내자 그녀는 하는 수 없이 찻잔을 도로 내려놓았다.

그녀는 살짝 떨리는 눈동자로 그를 바라보더니 대뜸 물었다.

"혹시 만나는 여자 있어?"

"어."

"뭐라고?"

"귀먹었냐? 있다고. 만나는 여자."

"예뻐? 나보다?"

"그걸 말이라고 하냐? 감히 어따 비교해. 걘 예쁘고, 귀엽고, 착하고, 능력 있고, 잘 먹고 잘 웃고……."

"그만, 그만. 너 그러다 그 여자 숨 쉬는 것까지 칭찬하겠다?"

"어. 숨 쉬는 것도 예뻐."

"세상에……."

사랑에 빠진 석경의 얼굴을 처음 본 서채희가 동공 지진을 일으켰다. 그녀는 차를 마시며 침착함을 유지하려고 애썼다.

"연애 초반인가 보네. 그땐 다 그렇지 뭐. 괜찮아. 아직 결혼을 약속했다거나 그런 건 아니잖아. 그치?"

"결혼할 거야. 올해 안에, 무조건."

"안 돼!"

결국 제 페이스를 잃고 서채희가 소리치고 말았다.

"제이든, 너 여자한테 관심 없었잖아. 근데 무슨 결혼이야? 너 거짓말이지? 내가 또 고백할까 봐 도망치려는 거지?"

"이번엔 진짜거든?"

"그럼 보여 줘. 사진이라도 보여 달라고. 내 눈으로 직접 확인해야겠어."

서채희의 말이 끝나기가 무섭게 석경이 바로 핸드폰을 꺼냈다.

얼른 새봄을 자랑하고 싶은 마음에 석경은 신이 나서 앨범을 열었는데, 문득 결혼 전까진 남들에게 비밀로 했으면 좋겠다고 하던 새봄의 말이 떠올랐다.

남의 말은 죽어도 안 들으면서 새봄의 말이라면 우주에서 꽃을 따 오라고 해도 따 올 정도로 충성심이 강한 그는 다시 얌전히 핸드폰을 주머니에 넣었다.

"왜 도로 넣어? 안 보여 줄 거야?"

"어. 안 보여 줘. 너한테 보여 주기도 아까워."

석경은 차를 마시며 말을 돌렸다.

"그나저나 넌 할 말이 그게 끝이야?"

"아니. 아직 안 끝났어. 그 여자 뭐 하는 여자야? 배우야? 아님 재벌?"

석경이 잔뜩 귀찮은 얼굴로 대답했다.

"내 애인한테 신경 끄시고, 네 소원대로 밥 사 줬으니까 제발 얌전히 미국으로 돌아가."

"어머. 넌 무슨 말을 그렇게 해? 돌아가라니. 아까 밥 먹으면서 말했잖아. 나 거기 다 정리하고 들어왔다고."

"진심이야?"

"어! 나 한국에서 배우로 데뷔할 거야."

"너 발음도 안 좋잖아."

"제이든! 나 옛날의 서채희 아니거든? 발음 싹 고쳤거든? 준비 완료라고. 그러니까 잘 부탁한다고."

사실 본론은 이거였다. 다소곳하게 자세를 고쳐 앉은 서채희가 두 눈을 반짝거리며 물었다.

"너 김수희 작가님이랑 친하지? 지금 김 작가님 차기작 준비 중이라던데?"

"안 돼."

"나 아직 말도 안 꺼냈거든?"

"나한테 캐스팅 권한 없으니까 돌아가."

"권한이 왜 없어? 너 사장이잖아. 나 진짜 아무 역할이나 다 좋아. 그러니까 제발 오디션 한 번만 보게 해 주라. 아니면 사석에서 자리 좀 만들어 주면 안 될까? 감독은 여자라던데 어때?"

"뭐가 어때?"

"소문이 꽤 안 좋더라고."

"어떻게 안 좋은데?"

석경이 짐짓 모른 체하고 물었다. 그러자 서채희가 여기저기서 주워들은 말들을 멋대로 편집해서 옮겼다.

"현장에서 막말 작렬에 엄청 폭력적이래. 연기 지도한답시고 배우 싸대기를 날렸다던데? 어딜 가나 분위기 살벌하게 만드는 게 특기라서 별명은 얼음 공주. 맞다. 제일 중요한 건, 그 감독 정해수랑 사귀었대. 너도 정해수 알지? 살인자. 끼리끼리라고 그 감독이 폭력적인 건 다 이유가 있었던 거지."

새봄을 둘러싼 소문은 생각보다 심각했다.

석경은 그녀를 둘러싼 추문을 이렇게 적나라하게 들은 건 처음이라 너무 당황스러웠다. 말문이 막힐 정도였다.

자신도 이렇게 화가 나는데 그녀는 대체 어떻게 견뎠을까? 아니다. 지금도 견디고 있는 중인 건가?

"그래도 난 그 감독이랑 일하고 싶어. 착한데 무능력한 사람보다, 나쁜데 일 잘하는 사람이 좋거든. 그러니까 나 좀 그 작품에 꽂아 주라. 응? 응응?"

서채희가 석경의 손을 덥석 잡고 애교를 부리기 시작했다. 하지만 지금 석경은 새봄을 향한 걱정 때문에 정신이 딴 데 가 있었다.

그런데 그때였다. 노크 소리가 들림과 동시에 문이 열렸다. 당연히 평소겠거니 하고 고개를 든 석경의 두 눈이 커다래졌다. 문을 열고 나타난 사람은 다름 아닌 새봄이었기 때문이다.

그런데 웬일인지 그녀의 표정이 싸했다. 석경은 뒤늦게 서채희가 제 손을 잡고 있는 것을 깨닫곤 서둘러 손을 치워 냈다.

갑자기 석경이 그답지 않게 당황하는 모습을 보이자 서채희가 멀뚱히 서 있는 새봄을 흘끔 쳐다봤다. 그러다 석경이 있는 쪽으로 몸을 기울여 귓속말로 "누구야?"라고 물었다.

"드라마국 신새봄입니다."

석경이 아닌 새봄이 대답했다.

"어머. 들렸나 봐. 작게 말했는데. 그나저나 신새봄? 세상에, 감독님!"

새봄의 이름을 들은 서채희가 얼른 태세를 전환했다.

"반가워요. 꼭 한번 만나 뵙고 싶었는데 이렇게 만나다니. 그나저나 감독님이 사장실엔 어쩐 일?"

"'어쩐 일?'은 반말이구요."

"반말인가?"

"반말일걸?"

"아하. 반말이었구나. 쏘리. 내가 존댓말은 좀 서투른 편이라……요."

저보다 훨씬 어려 보이는 새봄에게 지적을 당한 게 기분이 나빴던 서채희는 석경을 향해 '나 무서워. 저 감독 빨리 내보내.'라고 입 모양으로 말했다.

그를 본 새봄의 표정이 점점 더 험악해졌다.

뭔가 둘이 굉장히 친해 보이는 것도 짜증 나고, 더 화가 나는 건 저보다 서채희가 그와 더 잘 어울려 보인단 거였다.

새봄은 두 사람을 차갑게 쳐다보다가 마침내 입을 열었다.

"사장님, 바쁘세요?"

"아니야. 하나도 안 바빠……요."

석경은 저도 모르게 존댓말을 하고 말았다. 어쩐지 존댓말을 해야 할 것만 같았다. 그녀가 평소답지 않게 굉장히 서늘한 기운을 내뿜고 있었기 때문이다.

"신 감독, 무슨 일 있어……요?"

석경이 걱정스러운 눈빛으로 묻자 새봄은 여전히 무표정한 얼굴로 대답했다.

"편성 문제로 상의드릴 게 있었는데 이따 다시 오겠습니다. 좋은 시간 보내세요."

그렇게 새봄은 밖으로 나가 버렸다. 새봄을 잡기 위해 자동반사적으로 자리에서 벌떡 일어났던 석경은 문이 쾅, 하고 닫히자 어쩐지 다리에 힘이 풀렸다. 그렇게 그는 도로 자리에 털썩 앉았다.

'왜 저러지? 편성에 문제가 있을 게 없는데…… 혹시 대본을 크게 수정해야 하나? 그래서 편성을 뒤로 미뤄야 하는 건가?'

석경은 새봄의 표정이 굳어진 이유가 분명 일 때문이라고 확신했다. 그래서 더 열정적으로 그 문제를 어떻게 해결하면 좋을지 미리 해결 방안을 찾고 있었는데.

"제이든."

"뭐야. 너 아직도 안 갔냐?"

"지금 가려고 일어났거든?"

핸드백을 챙겨 들고 자리에서 일어난 서채희가 잔뜩 속상한 표정으로 말했다.

"근데 아까 그 감독 진짜 너무하지 않아? 지가 잘 나가면 다야? 아오, 짜증 나."

"아깐 일 잘하는 사람이 좋다며."

"몰라. 맘에 안 들어. 나 그 드라마 안 할래."

"아니. 너 해야 돼."

"그게 무슨 소리야?"

"오디션 일정 알아보고 연락할게. 준비하고 있어. 생각해 봤는데 화제성 지수에는 너만 한 카드가 없는 것 같아."

"뭐야. 날 이용하겠다는 거야?"

"그건 너 하기에 달렸지. 이 기회를 잘 잡으면 한국에서도 쭉 배우로 살 수 있는 거고, 못 잡으면 네 말대로 이용만 당하고 버려지는 거고."

석경이 냉정한 얼굴로 말했다. 그의 머릿속은 온통 새봄의 차기작을 어떻게 성공시키면 좋을지에 대한 플랜으로만 가득 찼다.

작품이 연달아 히트하는 바람에 차기작 준비에 부담이 상당한 새봄을 돕기 위해, 석경은 서채희라는 카드를 뽑아 들기로 한 것이다.

* * *

"오예. 서채희 사인 받아야지."

종이를 품에 안은 채 복도를 걷는 평소의 걸음이 무척이나 가벼웠다. 두근거리는 가슴을 겨우 진정시키며 그렇게 사장실로 향하고 있었는데.

"어? 신 감독……."

마침 사장실을 나온 새봄을 발견한 평소가 그녀를 부르려다가 말끝을 흐렸다. 어쩐 일에선지 그녀가 사장실 앞에서 꿈쩍도 안하고 서 있었기 때문이다. 주먹을 꽉 쥔 채로.

그런데 문제는 다음이었다.

갑자기 새봄이 발로 문을 뻥! 하고 걷어차더니 반대쪽으로 도망을 가는 게 아닌가. 평소는 그 순간 똑똑히 보았다. 그녀의 눈빛에서 불길이 확 치솟는 것을.

"아이고 무서워라. 신 감독이 질투를 안 하긴 무슨……. 우리 사장님 싸대기 조심하셔야겠네."

평소가 쯧쯧 혀를 내찼다.

* * *

"서채희는? 설마 벌써 간 건 아니지?"

남기가 종이를 들고 헐레벌떡 사장실로 뛰어 들어왔다. 그는 요란법석을 떨며 사장실 구석구석을 살피더니, 기어코 서채희의 흔적을 찾아냈다.

"우석경, 이거 서채희가 마시던 컵이지? 오우, 립스틱 색깔 예쁘다."

"변태냐? 좋은 말로 할 때 내려놔라."

립스틱 자국이 묻은 찻잔을 남몰래 챙기려던 남기가 잔뜩 아쉬운 표정으로 잔을 내려놨다.

"인마, 변태라니. 예쁘다고 말도 못 해? 그나저나 넌 진짜 의리가 없어. 내가 서채희 팬이라고 그렇게 누누이 말했건만. 얼굴 한번 보여 주는 게 뭐가 어렵다고…… 나쁜 놈!"

석경은 진짜 못 말리겠다는 듯 고개를 절레절레 흔들며 남기를 한심하게 쳐다봤다.

"넌 어째 하는 짓이 김평소랑 똑같냐? 그 자식도 사인 못 받았다고 아주 날 잡아먹을 기세더라."

그깟 사인 좀 못 받게 했다고 잔뜩 토라져서 찻잔도 안 치우고 나가 버린 평소를 떠올리며 석경은 혀를 내찼다.

"하여튼 너넨 품위 유지 좀 해. 방송국 전무에다가 드라마국 본부장씩이나 돼서 그깟 연예인 사인을 받고 싶냐?"

"서채희가 그깟 연예인은 아니잖아. 만나기가 얼마나 힘든 셀럽인데. 그런 국보급 미녀를 할리우드에 뺏기다니. 아우, 아까비."

"국보는 무슨. 개도 엄청 늙었더라."

"무슨 소리야? 뱀파이어 소리 듣는 서채희한테 늙었다니. 너 눈이 어떻게 된 거 아니야? 하긴 그러니까 서채희가 아니라 새봄이를……."

"죽고 싶냐?"

"나가 보겠습니다, 사장님. 수고하십쇼."

석경의 날카로운 눈초리가 날아오자 남기가 잽싸게 꼬리를 내리고 도망가려는데.

"최남기!"

석경이 큰소리로 남기의 이름을 불렀다. 그러곤 손가락을 까닥거리며 이리 오라는 제스처를 보냈다.

"왜, 왜 그래? 내가 잘못했어. 당연히 서채희보다 우리 새봄이가 최고지."

"당연한 말 그만하고, 너 잠깐 이리 와서 앉아 봐."

무슨 중요하게 할 말이 있는지 석경이 무거운 표정으로 의자에서 일어났다. 그리고 소파로 자리를 옮겼다.

"뭐 해? 빨리 앉아."

쭈뼛거리며 서 있던 남기가 쪼르르 뛰어가서 석경의 맞은편 소파에 앉았다.

"무슨 일인데 그래? 심각한 거야?"

남기의 물음에 석경은 아까 굳은 표정으로 사장실에 찾아왔던 새봄을 떠올렸다. 그러곤 확신에 찬 얼굴로 고개를 세게 끄덕였다.

"사장실까지 온 거 보면 엄청 심각한 문제 같아. 원래 내가 부를 때만 어쩔 수 없이 왔었거든. 보는 눈이 많다나 뭐라나."

"그게 무슨 말이야?"

"혹시 김수희 차기작에 뭐 문제 있나?"

"문제 있대?"

"내가 먼저 물었잖아. 너 뭐 아는 거 없어? 예를 들면 편성을 엎어야 할 정도로 대본에 심각한 구멍이 발견됐다든가."

"너 김수희 완벽주의잔 거 몰라? 구멍 따위 있을 리가 없잖아. 행여 있어도 갠 어떻게든 막아서 편성 안 밀리게 하지. 우리 수희는 프로니까."

"그치? 그렇긴 한데……."

　그럼 대체 왜 그녀는 편성 문제 어쩌고 하며 사장실을 찾아왔던 걸까?

"하아…… 요즘 진짜 수상해."

"누가? 새봄이? 아님 수희?"

"몰라. 아무튼 네 말은 대본엔 문제없다는 거지?"

"당연히 없지."

"네가 모르거나 놓치고 있는 건 아니고?"

"어제도 수희 작업실 가서 감시하고 왔거든? 걔 진짜 이번에 칼 갈았더라. 촬영 들어가기 전에 완고가 목표래. 너도 알잖아. 김수희 한다면 하는 거."

"알지. 그럼 대본 문제가 아닌가?"

석경이 고개를 갸웃하며 생각에 잠기자 남기가 궁금해 죽겠다는 얼굴로 물었다.

"뭐야, 대체 무슨 일인데 그래?"

"아까 새봄이가 사장실에 왔었어. 편성 문제로 상의할 게 있다고."

"진짜? 이상한데? 오전에 회의할 때만 해도 별 얘기 없었는데…… 아, 캐스팅 걱정은 하더라. 이번에 HBS에서 우리 동 시간대 드라마에 안설휘랑 장초림 캐스팅 확정됐다니까 한숨 쉬더라고."

"왜?"

"왜긴 왜야. 그 두 사람이 지금 남녀 배우 중 톱이잖아. 일단 캐스팅에서 밀린 거라고."

"뺏어 오면 되지."

"사장님, 상도덕은 지키셔야죠."

"이 바닥에 상도덕이 어딨어. 걔네 도장 아직 안 찍었지?"

"확정 기사 이미 났거든?"

"도장 찍기 전에 일부러 발목 잡으려고 기사 먼저 내는 경우가 다반사야. 넌 아직도 그걸 모르냐? 아무튼 주연 배우는 내가 어떻게든 데려올 테니까, 서브는 네가 새봄이랑 상의해서 리스트 업…… 아, 맞다. 서채희는 어때?"

"완전 땡큐지!"

"사심 빼고."

"나 진지한 거 안 보여? 지금 완전 프로 모드거든?"

남기가 예리한 눈빛을 빛내며 진중한 얼굴로 말했다.

"현실적으로 서채희가 여주는 안 되고, 서브 정도는 충분히 할 수 있을 것 같아."

"내 생각도 그래."

오래간만에 쿵짝이 맞는 두 사람이 주거니 받거니 진지한 태도로 일 얘기를 했다.

"서채희가 대중들한테 친숙하면서도 신비로운 이미지잖아. 그게 서브 여주 캐릭터랑도 딱 맞아. 게다가 한국계 미국인이라는 캐릭터 설정상 영어도 잘해야 하고…… 말하다 보니까 정말 서채희가 딱이네!"

"그래도 오디션은 봐야지. 우리만 좋다고 되는 게 아니잖아. 최종적으로 작가랑 감독 마음에 들어야지."

"음…… 그건 그렇지. 근데 수희는 좋아할 것 같아. 문제는 새봄이지. 걔가 일할 땐 되게 까다롭더라고. 캐스팅도 미팅만 여러 차례 하고. 하긴 그러니까 성공했겠지. 암튼 수희한텐 내가 말해 볼 테니까 새봄이한텐 네가 집에 가서 얘기해 봐."

석경이 그러겠다고 고개를 끄덕이며 소파에서 일어났다.

"뭐 하고 있어? 이제 가 봐."

"이기적인 새끼. 붙잡을 땐 언제고 이젠 가란다. 그래 간다, 가. 아, 근데 나 뭐 하나만 물어봐도 돼?"

"뭔데?"

남기가 무슨 비밀 얘기라도 하듯 목소리를 낮추며 물었다.

"너 진짜 미국에서 서채희랑 아무 일도 없었어?"

"있었으면 좋겠냐?"

"어라? 왜 대답을 피해? 뭐 있었지? 있었구나?"

"꺼져."

"새봄이한테 일러야지. 나 다 말한다?"

"맘대로 해. 걘 내가 여자랑 뭘 하든 말든 아무 상관없대. 아까도 나 서채희랑 같이 있는 거 보고 멀쩡하게 그냥 가더라."

석경은 억울했다. 자신은 그녀가 모르는 남자랑 같은 공간에서 숨만 쉬어도 질투가 나는데.

"새봄이가 좀 변하긴 했지? 뭐랄까 되게 이성적으로 바뀌었달까. 옛날엔 되게 감정적이었잖아. 잘 웃고 잘 울고…… 어우, 우석경 네 얘기만 하면 아주 눈에서 하트가 막 쏟아지는데 얼마나 귀엽던지. 그때가 그립네, 그리워."

남기는 6년 전 귀여웠던 새봄의 모습을 떠올리며 미소를 지었다.

"인마. 넌 왜 남의 여자 생각하면서 처웃냐?"

"뭐래. 내 맘이거든? 암튼 새봄이 변했어. 회의 때도 무서워 죽겠다고. 후배 피디들이 새봄이 앞에서 찍소리도 못하더라. 별명이 얼음공주에서 마녀로 바뀌게 생겼어."

"뭐? 마녀?"

석경이 눈으로 쌍욕을 하자 남기가 그를 못 본 척 얼른 밖으로 도망쳤다.

홀로 남은 석경은 자꾸만 아까 봤던 새봄의 굳은 얼굴이 떠올라 마음에 걸렸다.

"새봄이한테 무슨 일이 있는 게 분명해."

오늘도 그녀 걱정에 석경의 시름이 깊어져만 갔다.

* * *

업무를 마치고 집으로 돌아온 석경은 현관에 서서 구두를 벗으며 고개를 갸웃했다.

분명 들어올 때 새봄이 거실에 있는 것을 봤는데, 지금은 없다.

불행인지 다행인지 맞은편 창문에 안쪽 상황이 비쳤고, 석경은 새봄이 주방으로 후다닥 도망가고 있는 뒷모습을 보고야 말았다.

'대체 왜 저러는 거지?'

평소 같았으면 퇴근 잘했냐고 제일 먼저 달려와 자신을 반갑게 맞이해 주었을 텐데. 제가 온 것을 보고도 못 본 척 도망이라니.

석경이 굉장히 서운한 기색으로 주방으로 향했다. 그녀가 식탁에서 밥을 먹고 있었다. 굉장히 부자연스럽게 말이다.

"나 왔어."

"알아요."

"낮에 사장실엔 왜 왔던 거야? 남기한테 물어보니까 대본도 잘 나오고 있고, 편성에 문제 될 게 하나도 없다던데?"

"네. 없어요."

"아깐 있다며. 뭔데 그래? 나한텐 얘기해줄 수 있잖아. 혹시…… 수희랑 트러블 있어? 대본 회의하다가 싸웠나? 걔가 원래 그래. 고집이 얼마나 센데. 작품 들어가면 감독이랑 꼭 한 번씩 싸우더라."

"전 없어요. 작가님이랑 싸운 적. 잘 맞거든요."

"그럼 대체 왜……."

새봄이 석경에겐 눈길도 주지 않고 계속 밥만 먹으며 건성으로 말하자, 석경은 괜히 속상하기도 하고 화도 나고 여러모로 심경이 복잡했다.

그러다 그동안 쌓인 것이 폭발하고 말았다.

"야, 신새봄! 너 진짜 요즘 왜 이래? 누구 말대로 권태기 뭐 그런 건가? 내가 싫어진 거야? 내가 말을 안 해서 그렇지 너 요새 진짜 수상해. 나한테 비밀도 많고, 거짓말하고 이상한 데 돌아다니고. 도대체 왜 이러는 거야, 왜!"

"……."

"지금도 봐. 내 얼굴 쳐다도 안 보네."

새봄이 고개를 푹 숙인 채 계속 밥그릇만 쳐다보고 있자, 석경이 잔뜩 화가 난 표정으로 그녀의 얼굴을 잡고 돌렸는데.

"……!"

새봄의 얼굴을 마주한 석경은 너무 놀란 나머지 두 눈동자가 크게 흔들렸다.

새봄은 제 얼굴을 잡은 석경의 손을 있는 힘껏 깨물었다. 석경은 아픈 것보다 당황스러운 마음이 더 컸다.

솔직히 저 조그만 입술로 물어봤자 뭐 얼마나 아프겠는가.

"너 지금 뭐 하냐?"

석경은 진심 궁금하다는 얼굴로 새봄을 내려다봤다. 그 목소리에 뒤늦게 정신을 차린 새봄이 얼른 이빨을 숨기고 자국 난 석경의 손을 꽉 잡아 문대며 미안해했다.

"어떡해. 아팠죠? 미안."

"아니, 아픈 걸 떠나서…… 갑자기 사람을 왜 물어?"

"복수예요."

"무슨 복수?"

"오빠도 저번에 나 물었잖아요. 손가락……."

"그건 네가 민지훈 만져서 그런 거잖아. 그 손가락으로. 아오,
또 생각하니까 열받네. 너 요즘은 민지훈 안 만나지? 정해수 편도
이제 방송만 남았고, 두 사람 더 이상 만날 일 없잖아. 그치?"

새봄은 뜨끔했다. 낮에 석경 몰래 지훈과 만난 일이 마음에
걸렸기 때문이다.

"당연히 안 만나죠. 근데…… 같은 방송국에서 일하니까 그냥
오다가다 만날 순 있는 거잖아요. 그죠?"

"그래도 민지훈은 안 돼. 쳐다도 보지 마."

"왜요? 내가 지훈 선배……."

"성 붙여라."

"저는 민지훈 선배 만나도 누구처럼 막 딱 붙어 앉아서 손잡고
그러진 않거든요?"

"너 그 새끼랑 손잡았어?"

"손은 오빠가 잡았잖아요! 아까 내가 다 봤어. 서채희랑 손잡
고 있는 거. 무려 4초 동안."

새봄은 낮에 사장실에서 서채희와 손을 꽉 마주 잡고 있던 석
경이 떠올라 눈빛이 이글이글 타올랐다. 처음 보는 새봄의 날 선

눈빛에 석경은 놀란 나머지 말까지 더듬었다.

"그, 그건 내가 잡은 게 아니라 걔가 잡은 거잖…… 어? 잠깐, 너 설마……."

"설마 뭐요!"

"너 질투하냐?"

"뭐래."

새봄이 어이가 없다는 표정으로 석경을 쳐다봤다.

"질투가 아니라, 지금 내가 오빠 혼내는 거거든요?"

"그게 그거거든? 아, 이제 알았다. 너 그래서 사장실에 왔었구나? 나 감시하려고."

"아니거든요?"

"그럼 왜 왔는데?"

"까먹었어요."

"까먹기는. 말이 되는 소릴 해라. 너처럼 기억력 좋은 애가 낮에 있었던 일을 까먹었다고?"

"몰라요. 요새 잘 까먹어요. 저리 가요. 나 밥 먹을 거야."

새봄이 석경의 가슴팍을 퍽 밀쳤다. 뒤로 밀려난 석경은 그녀의 맞은편 의자에 앉으며 말했다.

"먹어. 다 먹을 때까지 옆에 있어 줄게."

"오빠 안 먹어요?"

"난 먹고 왔지."

"누구랑?"

"서채희……."

"뭐?"

"는 아니라고. 임원들이랑 먹었어."

"아이씨."

"어? 너 지금 나한테 욕한 거야? 와. 신새봄 질투에 눈머니까 막 오빠한테 욕도 하고. 질투가 무섭긴 무섭다?"

"질투 아니라고요."

석경이 놀리듯 말하자 새봄이 이를 악물고 그를 흘겨봤다.

"알았어. 알았어. 질투 아니라고 치고. 밥 먹어. 이제 말 안 시킬게."

석경이 입에 지퍼 채우는 시늉을 하자 새봄은 작게 한숨을 내쉬며 다시 밥을 먹었다.

화가 나는데도 꾸역꾸역 밥을 먹는 새봄이 너무 귀여워서 석경은 절로 미소가 지어졌다. 그렇게 석경이 새봄을 바라보며 실실 웃고 있었는데.

"서채희랑 단둘이 사장실에서 무슨 얘기 했어요?"

더는 못 참겠는지 새봄이 갑자기 고개를 들더니 전투적인 얼굴로 물었다. 그런 그녀를 빤히 쳐다보던 석경이 크게 웃음을 터뜨리고 말았다.

"왜 웃어요?"

"무서워서."

"누구 놀려요? 그 여자랑 둘이 왜 만났냐고요. 왜 말을 안 하냐고."

"야, 넌 내가 여자랑 뭘 하든 어딜 가든 상관없다며. 믿는다며."

"오빠 믿어도 그 여잔 못 믿어요. 서채희가 미국에서 오빠 따라다녔다면서요."

"누가 그래? 최남기가 그랬지? 그거 다 옛날 일이야."

"근데 손은 왜 잡아요?"

손 두 번 잡았다간 손목을 아예 절단할 기세였다. 석경은 처음 느껴 보는 새봄의 집착이 싫지 않았다. 너무 좋았다. 기분이 날아갈 것만 같았다.

반면 새봄은 숨이 넘어가기 일보 직전이었다.

"셋 셀 동안 두 사람 사장실에서 무슨 일 있었는지 초 단위로 끊어서 얘기 안 하면 나 진짜……."

"진짜 뭐?"

"오빠랑 안 할 거예……."

"캐스팅 부탁하러 왔더라고. 한국에서 배우를 하고 싶은데 걔가 아직 소속도 없고, 한국에 아는 사람이, 그러니까 이쪽 계통에서 일하는 사람 중에는 내가 제일 잘 나가니까 찾아온 거지. 이 말은 그러니까 걔가 나한테 뭐 사심이 있다거나 그런 차원에서 만나러 온 게 아니라. 철저히 비즈니스 때문이라고."

석경은 구구절절 서채희와 나눴던 대화 전부를 요약해서 그녀에게 전했다.

"자, 다 얘기했으니까 오늘 밤에 우리 하는 거지?"

그가 기대감이 가득한 눈빛으로 묻자 새봄은 조금은 풀어진 표정으로 고개를 끄덕였다. 그리고 다시 수저를 들었는데.

"아, 그래서 말인데 네 드라마에 서채희 캐스팅……."

"싫어요."

"어? 아…… 시, 싫어? 왜?"

얘기를 다 들어 보지도 않고 새봄이 딱 잘라 거절하자 석경은 당황한 얼굴로 물었다.

그러자 새봄이 수저를 내려놓더니 비장한 표정으로 대답했다.

"그냥 싫어요."

석경은 좀 놀랐다. 그녀가 좀 더 논리 정연한 이유를 대며 거절할 줄 알았는데, 말도 안 되는 억지를 부릴 줄이야.

"저기 새봄아, 아니, 신 감독. 너 혹시 질투 때문에 서채희 캐스팅 반대하는 건 아니지?"

"내가 무슨 공과 사도 구분 못 하는 사람인 줄 알아요?"

"그럼 왜 싫은데? 제대로 된 이유를……."

"일단 캐릭터랑 안 맞아요."

"서채희를 어떤 캐릭터에 넣었으면 좋겠다고 아직 말도 안 꺼냈는데?"

"뭐 뻔하죠. 서브 여주겠지. 근데 우리 서브 여주는 무조건 예뻐야 되거든요?"

"서채희 예쁘잖아."

"아…… 그게 예쁘구나? 오빠 그런 스타일 좋아하나 봐요?"

석경은 뒤늦게 말실수를 깨달았다.

"아니, 내가 그렇게 생각하는 게 아니라. 김평소랑 최남기가 그러더라고 서채희 걔가 국보급 미녀라고……."

"나 밥 안 먹을래."

배신감에 가득 찬 눈빛으로 석경을 째려보던 새봄이 의자를 박차고 일어났다.

석경은 흘끔 새봄이 먹던 밥그릇을 살폈다. 그릇엔 밥알 한 톨도 남아 있지 않았다.

"다 먹어 놓고⋯⋯."

새봄이 약간 민망해하다가 돌연 큰소리쳤다.

"오빠가 이거 다 치우고 설거지해요!"

그렇게 그녀는 방으로 쏙 들어가 버렸다. 석경은 설거지를 하기 위해 셔츠 소매를 걷으며 닫힌 방문을 멍하니 쳐다봤다.

"쟤 뭐지?"

뭔데 저렇게 귀여운 건데.

석경이 피식 웃으며 식탁 위를 치우기 시작했다. 그렇게 설거지를 하는 내내 그의 입가에선 미소가 떠나지 않았다.

＊ ＊ ＊

"뭐야. 쟨 또 왜 왔어?"

출장 준비를 마치고 사장실 밖으로 나온 석경은 손을 흔들며 제게로 달려오는 서채희를 발견했다. 석경은 곧장 뒤로 돌아 엘리베이터를 향해 빨리 걷기 시작했다.

하지만 석경의 걸음이 빨라질수록 뒤를 좇아오는 구두 소리가 요란하게 울려 퍼졌다. 결국, 서채희에게 추월당하고 말았다.

"제이든! 헉헉. 너 지금 나 피하는 거야? 내 전화는 왜 안 받는데?"

"다음에 얘기하자. 나 지금 출장 가야 돼."

"못 가!"

양팔을 쭉 뻗은 서채희가 석경의 앞을 가로막았다.

"너 왜 나 오디션 안 잡아 줘? 잡아 준다며. 기다리라며!"

"무슨 오디션?"

"김수희 작가님 작품. 그거 오전에 보니까 안설휘랑 장초림 캐스팅 확정 떴던데. 그 둘이면 이거 진짜 대박 아니야?"

"대박 맞지. 것도 초대박."

"그럼 나 카메오라도 시켜 줘."

"내가 말 안 했나? 감독이 너 싫대. 아마 카메오도 안 될 거야."

석경은 서채희는 절대 안 된다고 고집을 부리던 새봄을 떠올리며 말했다.

"그냥 포기해. 감독이 안 된다면 안 되는 거야."

"감독? 저번에 나한테 반말하지 말라고 훈계하던 그 여자 감독 말하는 거지? 어우, 진짜 그 감독 뒤끝 장난 아니네. 어쩔 수 없지 뭐."

"그래. 어쩔 수 없……."

"나 앞으로 존댓말 잘 쓸 테니까 용서해 달라고 말 좀 전해 주라."

콧대 높은 서채희가 저자세로 나오자 석경은 짐짓 놀란 표정으로 그녀를 쳐다봤다.

"너 진심이야?"

"내가 말했잖아. 나 미국 생활 다 정리하고 온 거라고."

서채희가 눈물을 글썽였다.

"야, 왜 울어?"

"사실 엄마가 많이 아프셔. 타지 생활하느라 내가 제대로 챙기질 못해서…… 암튼 돌아가시기 전에 어떻게든 한국에서 배우로 자리 잡는 모습 보여 드리고 싶었거든. 그게 평생 소원이셨으니까. 너도 알잖아. 내가 할리우드 배우다 뭐다 해도 그냥 얼굴이나 잠깐 비춘 거였지 내가 거기서 제대로 된 배역을 맡은 적이 있냐고. 제대로 연기해 본 적도 없어."

울먹거리던 서채희가 결국 울음을 터뜨리고 말았다.

"어우…… 어떡해. 나 마스카라 번지면 안 되는데에……."

굵은 눈물을 뚝뚝 흘리며 서채희는 핸드백에서 손수건을 찾는지 뒤적거렸다. 하지만 찾는 게 없는 모양인지 허둥지둥하다가 돌연 손을 뻗더니 석경의 넥타이를 덥석 잡았다.

"야! 너 지금 뭐 하는 거야? 왜 내 넥타이로 더럽게 어딜 닦아!"

석경이 화를 버럭 내며 서채희와 실랑이를 벌이고 있던 그때.

맞은편 복도 끝에서는 새봄을 필두로 드라마국 사람들이 걸어오고 있었다.

무려 네 시간에 걸친 기획 회의가 모두 끝나고 사람들은 녹초가 되어 회의실을 우르르 빠져나오는 중이었다. 그들 사이엔 새봄도 있었다.

사실 오늘 회의가 이토록 길어진 건 그녀 때문이었다. 기획안 하나하나 어찌나 꼼꼼하고 신랄하게 피드백하는지.

늘 그렇듯 오늘도 회의 시간 대부분을 그녀가 독차지했다.

그런데도 그녀는 지친 기색 하나 없었다. 오히려 아쉬움이 남는 모양이다. 여전히 기획안을 들여다보고 있는 걸 보면.

반면 새봄의 촌철살인 혹평에 두들겨 맞은 피디들의 낯빛은 굉장히 어두웠다.

뭔가 묘하게 새봄과 사람들 사이의 간격이 멀어져 가고 있던 그때였다.

"대박…… 다들 저기 좀 봐요!"

피디 한 명이 두 눈을 동그랗게 뜨고 멈춰 서더니 엘리베이터 앞을 가리켰다. 그 바람에 뒤이어 걸어가던 사람들이 우르르 걸음을 멈췄다.

"왜 그래?"

"엘리베이터 앞에 사장님이랑 서채희 아니에요?"

그 소리에 제일 먼저 반응한 건 새봄이었다.

그녀는 들여다보고 있던 기획안을 구기며 눈에 불을 켜고 엘리베이터 쪽으로 시선을 옮겼다.

"감독님, 아무리 제가 제출한 기획안이 마음에 안 드셨어도 그렇지……."

옆에 서 있던 신입이 상처받은 얼굴로 구겨진 제 기획안을 보며 중얼거리는데도, 새봄에게는 들리지 않았다.

지금 그녀의 온 신경은 엘리베이터 앞에 딱 붙어 서 있는 석경과 서채희에게 뻗어 있었다.

'뭐야. 또 왜 저렇게 가까이 붙어 있어? 저 남자가 진짜!'

새봄은 이해할 수 없었다. 멀리서 봤을 때 두 사람은 딱…….

"둘이 사귀나 봐요. 오오, 서채희 씨 우는데요? 이건 말로만 듣던 사랑싸움?"

눈치 없는 국가영 피디가 석경과 서채희의 행동을 중계하듯 주접을 떨었다. 옆에 서 있는 새봄의 표정이 점점 굳어지고 있는 것도 모르고 말이다.

"어머나, 사장님 스윗하시다. 서채희 씨 우니까 넥타이를 손수건 대신…… 저거 비싼 걸 텐데. 나도 저런 애인 있었으면 좋겠……."

"국가영 피디."

"넵!"

새봄이 서늘한 눈빛으로 국가영을 노려보며 훈계했다.

"넌 시간이 많은가 봐? 김 작가님 대본 수정한 거 다 읽었어?"

"네! 그럼요."

"읽고 끝이야? 네 의견이랑 내 의견 취합해서 작가님한테 보내드려야지. 그건 기본 아닌가?"

"죄송합니다. 근데 수정 대본 받은 지 고작 하루도 안 지났는데……."

"우리한텐 고작 하루지만, 작가는 아니야. 대본 보내 놓고 피드백 오기만을 계속 기다리고 계실 거라고. 너 대본 잘 받았다고 작가님한테 전화는 해 드렸니? 안 했지? 넌 대체 내가 어디서부터 어디까지 가르쳐야 돼? 왜 매번 일을 이따위로 하냐고."

해맑던 가영의 영혼을 탈곡기에 넣어 탈탈 털기 시작하는 얼음 마녀의 등장에, 사람들은 겨울이 다시 오려나 봄인데도 왜 이렇게 추운 거냐며 속으로 생각했다.

"너 지금도 이런데 앞으로 촬영 들어가게 되면 어떻게 할래? 우리 일은 변수가 많다고 정신 똑바로 차려야 한다고 내가 몇 번을 말해!"

평소보다 훨씬 더 새봄의 언성이 높았다. 하지만 말리는 사람은 없었다. 그저 다들 슬그머니 서로 눈치를 살피며 뿔뿔이 흩어지기 바빴다.

한편 새봄의 훈계하는 소리가 어찌나 컸는지 멀리 엘리베이터 쪽까지 들렸다.

뒤늦게 새봄을 발견한 석경은 아직 새봄이 자신을 보지 못했다고 생각한 모양이다. 그는 서둘러 서채희를 밀쳐내고 마침 도착한 엘리베이터에 냉큼 올라탔다. 그러곤 잽싸게 문을 닫고 사라졌다.

"뭐야? 지금 나 버리고 혼자 간 거야? 뭐 저런 인간이 다 있어?"

졸지에 엘리베이터 앞에 홀로 남은 서채희는 잔뜩 신경질을 부리며 핸드백에서 파우더를 꺼냈다.

"오우 쉣! 다 번졌잖아."

그녀가 파우더를 열어 눈물 때문에 번진 화장을 열심히 수정하고 있었는데.

"서채희 씨."

누군가 채희의 이름을 불렀다. 채희가 천천히 고개를 들었다. 제 앞엔 생각지도 못한 인물이 서 있었다.

바로 김 작가 드라마의 캐스팅 권한을 가진 신새봄 감독.

"어멋, 안녕하세요, 감독님!"

채희가 서둘러 파우더를 가방에 구겨 넣은 뒤 환하게 웃으며 인사했다.

목적은 하나. 그녀에게 잘 보여서 드라마에 캐스팅되는 것.

"그렇지 않아도 제가 먼저 찾아뵈려고 했는데. ……요. 저번엔 진짜 너무너무 죄송했어요. 제가 원래 존댓말 잘하는데 그날은 제이든…… 아, 아니 사장님이랑 오래간만에 만나서 마음이 너무 들떠 가지고……요."

"사장님이랑 친하신가 봐요?"

채희는 어딘지 모르게 매우 공격적인 새봄의 말투에 주춤하다가 대답했다.

"네! 그럼요. 무지 친하죠. 저랑 제이든 미국에서 거의 동고동락한 사이니까요."

서채희는 석경과의 친분을 과시하면 자신에게 분명 이득이 될 거라고 생각했다. 그래서 더 오버를 떨었다. 하지만 그 예상은 보기 좋게 빗나갔다.

새봄의 표정이 더욱 살벌해졌기 때문이다.

"동고동락?"

새봄이 읊조리며 주먹을 꽉 움켜쥐었다.

"그래서 둘이 어떻게 아는 사이인데요? 어디서 뭐 하다가 만났는데요?"

"네? 아…… 우린 그냥 사교 모임에서 만났는데요. 제가 제이든한테 한눈에 반해서 엄청 쫓아다녔죠. 제이든이 제 첫사랑이거든요. 잘생겼잖아요. 물론 지금도 여전히 너무 멋있고…… 잠깐, 근데 그런 건 왜 물으세요? 혹시 이거 인터뷰예요? 신 감독님 스타일이 캐스팅 전에 미팅을 굉장히 장시간에 걸쳐 진행한다고……."

"서채희 씨."

"네네. 말씀하세요."

"캐스팅은 죄송해요."

"네? 그게 무슨 말씀이신지? 요."

"전 제가 공과 사 확실하게 구분할 줄 아는 사람인 줄 알았는데, 아무래도 아닌 것 같네요. 저는요 내 남자 마음에 품고 있는 여자랑 같이 일할 생각 없어요. 그러니까 서채희 씨는 다른 작품 알아보셔야 할 것 같아요. 제 드라마는 안 돼요. 절대."

"네에? 감독님 남자가 누군데요? 설마…… 제이든?"

서채희가 화들짝 놀라자 새봄이 그걸 이제 알면 어떡하냐는 표정으로 쳐다봤다.

"제가 두 번이나 봐줬어요. 세 번째는 안 봐줍니다."

"뭘요?"

"앞으로 우석경 몸에 함부로 손대지 마. 요."

이건 반말도 아니고 존댓말도 아닌 게 더 무서웠다. 새봄의 기에 압도당한 채희는 저도 모르게 고개를 세게 끄덕이고 있었다.

* * *

"신 감독 왜 저래?"

오늘 회식의 주제는 '신새봄 감독이 회식에 참여한 이유는 뭘까?'였다. 그도 그럴 것이 6년 동안 그녀가 회식에 참여한 적은 손에 꼽을 정도로 적었기 때문이다.

아무튼 그녀가 오늘 회식에 참여한 것도 놀라운데, 밥이 아닌 술을 저렇게 많이 마셔서 인사불성이 된 건 더더욱 놀라운 일이었다. 사람들이 수군거리며 술기운에 얼굴이 빨개진 새봄을 걱정스레 쳐다봤다. 그중엔 남기도 있었다.

아까부터 계속 새봄을 예의주시하던 남기는 슬그머니 상석에서 일어나 새봄에게로 향했다. 그녀 옆에 앉으며 남기가 얼음물을 내밀었다.

"새봄, 술 그만 마시고 이거 마셔. 너 취했어."

"안 취했거든요?"

"취했거든요? 너 이러고 집에 가면 나 우석경한테 혼난다고."

남기가 손으로 입을 가리며 작게 속삭였다.

"무슨 일 있어? 둘이 싸웠어?"

남기의 물음에 새봄이 술을 한잔 들이켜더니 대뜸 물었다.

"서채희가 예뻐요?"

"응."

서채희 팬클럽에까지 가입한 남기가 자동 반사적으로 고개를 끄덕이며 대답하자, 새봄의 입에서 대번에 '아이씨' 험한 욕이 튀어나왔다.

"열받아. 씨. 남자들이란 진짜……."

남기는 충격적이었다. 새봄이가 변한 건 알았지만, 술주정까지 이토록 과격하게 변했을 줄이야.

"아오. 힝…… 짜증 나. 막 왜 내 남자 만지냐고오. 감독님 그거 알아요? 오빠 주변에 여자들 다다다다 전부 다 넘사벽인 거. 성 검사님도 그렇고."

"성 검사? 아…… 그 정해수 사건 맡은 검사? 석경이랑 고등학교 동창이라더니…… 여자였어?"

"네. 여자예요. 겁나 멋져요. 근데 성 검사님 첫사랑이래요."

"누가?"

"누구긴 누구겠어요."

새봄이 헛웃음을 지으며 또 술을 들이켰다. 눈치 빠른 남기가 잽싸게 술병을 치우며 그녀를 다독였다.

"에이, 다 지난 일이잖아. 나 같아도 학교 다닐 때 우석경 같은 애 있었음 첫사랑 삼았지."

"서채희 씨 첫사랑도 우석경. 내 첫사랑도 우석경. 아주 좋겠다, 좋겠어."

남기는 대충 새봄의 마음을 알 것 같아 짠한 눈빛을 보냈다.

"인마 그렇게 불안하면 그냥 빨리 결혼을 해. 석경이 말로는 네가 먼저 결혼 미루자고 했다던데? 대체 왜 그런 거야?"

"그게요…… 저도 다 계획이 있다구요. 디데이도 얼마 안 남았는데…… 으휴 진짜."

"뭐라는 거야. 똑바로 좀 얘기해 봐. 무슨 계획?"

"몰라요. 몰라! 술! 술 줘요!"

아주 끝장을 볼 기세로 새봄이 술을 찾자 옆 테이블에서 국가영 피디가 커다란 물통을 들고 달려왔다.

가영은 엉덩이로 남기를 밀치고 새봄의 옆자리를 차지했다.

"감독니임! 술 여깄습니다! 저 국가영이가 요기에 술 말아 왔습니다! 자자, 원샷!"

새봄이만큼 만취한 가영의 등장으로 졸지에 구석으로 밀려난 남기는 황당한 얼굴로 두 여자를 쳐다봤다.

"너네 내가 혹시나 해서 묻는 건데. 그거 물통에 폭탄주 말아서 먹는 거 누가 가르쳐 줬나?"

"김 작가님이요!"

"아으. 내가 그럴 줄 알았어. 하여튼 김숙희가 애들 다 배렸네."

"딸꾹."

물통에 든 폭탄주를 다 마신 새봄과 가영이 서로 몸을 기댄 채 해롱해롱하고 있자, 남기는 고개를 절레절레 흔들며 맥주를 마셨다.

그런데.

"야! 우석경!"

이게 뭔 소리야? 남기가 놀란 눈으로 고개를 돌렸다.

"내가 오빠 지인짜 많이 좋아하는 거 알지? 사랑하는 건? 사랑한다구우! 내가 너 진짜진짜 많이 사랑한다고요. 사랑해……."

새봄이 핸드폰에 대고 석경의 이름을 외치며 사랑을 속삭이고 있었다. 엄청나게 귀엽고 애교스럽게.

그 모습을 드라마국 사람들이 경악하는 눈빛으로 지켜봤다.

남기는 너무 놀라 심장이 덜컹 내려앉았다. 분명 석경에게 들기론 새봄이 먼저 방송국에선 서로 아는 척하지 말자고, 당분간 비밀 연애를 하자고 제안했다고 했다.

그런데 본인 입으로 저렇게 큰 소리로 다 폭로를 해 버리다니.

'우리 새봄이 어떡하냐. 얘 내일 쪽팔려서 퇴사하겠다고 하는 거 아니야?'

쾅!

다행인지 불행인지 만취한 새봄이 테이블 위에 머리를 쾅 박고 잠이 들었다.

순간 호프집 안에 정적이 감돌았다.

남기가 잽싸게 주변을 살폈다. 그런데 이상했다. 이 엄청난 진실을 알아 버리고도 사람들은 어색한 얼굴로 시선을 피하며 아무 일도 없었다는 듯 술을 마시는 게 아닌가!

뭔가 묘한 분위기를 감지한 남기가 옆 테이블 후배 녀석 하나를 붙잡고 물었다.

"저기 있잖아…… 너네 혹시 다 알고 있었니?"

곧 후배의 입에서 뜻밖의 말이 들려왔다.

"눈치 없는 국 피디만 빼고 웬만한 사람들은 다 알고 있을걸요?"

후배의 말이 끝나기가 무섭게 여기저기에서 자신도 알고 있었다며 고개를 끄덕이는 사람들이 속출했다.

"근데 다들 어떻게 안 거야?"

남기는 의문이었다. 석경과 새봄의 성격상 연애 사실을 비밀로 하기로 했다면 정말 철저하게 숨겼을 텐데. 대체 어떻게 뭐 하다가 들킨 걸까?

남기가 궁금해하자 동료들 사이에서 증언이 터져 나왔다.

"사장님이 끌고 다니는 스포츠카요. 그거 우리나라에 한 대밖에 없는 거잖아요."

"맞아. 맞아. 나도 그 차 때문에 알았어. 신 감독님이 그 삐까 뻔쩍한 차에서 내리는 거 봤거든. 것도 여러 번."

"나도 봤어! 아침마다 사장님이 일부러 역 앞에다 신 감독님 내려 주고 먼저 가시더라."

"저는 사무실에서 봤습니다! 야근할 때 사장님이 신 감독님 자리에 커피랑 샌드위치 놓고 가는 거 봤어요."

"난 엘리베이터에서 둘이 몰래 손잡고 있는 거 봤어."

"난 옥상에서 껴안고 있는 거 봤거든?"

이것들이 아주 그냥 대놓고 연애를 하셨네. 비밀 연애는 개뿔!

남기가 속으로 구시렁거렸다. 새봄과 석경의 연애담을 듣고 있다 보니 제가 더 민망해서 땀이 삐질 났다.

"야야 너넨 그럼 사장이나 신 감독한테 말 좀 해 주지. 당사자들은 들킨 줄 전혀 모르고 있단 말이야."

"저희도 말하려고 했죠. 근데 두 분이 너무 비장하게 연애를 하시니까. 누가 알면 큰일 날 것처럼."

"본부장님도 신 감독 성격 알잖아요. 비밀로 하는 덴 다 이유가 있겠다 싶었죠."

새봄과 입사 동기인 김 감독의 말에 모두가 수긍하는 분위기였다. 동료들의 눈빛엔 그녀를 향한 애정이 가득했다.

그들은 알게 모르게 그녀를 불쌍히 여기고, 존경하고, 지지하고 있었다.

"정해수 스토킹 사건도 그렇고…… 내가 신 감독이라도 비밀로 했겠어요. 더는 자기 사생활 오픈되는 거 싫었을 거예요.”

“아무튼 신 감독님 너무 대단해요. 나 같았으면 그 살인마랑 엮였다는 거 자체가 무서워서 일상생활 제대로 안 됐을 텐데. 멘탈이 진짜 장난 아닌 것 같아요.”

“그러게나 말이야. 우리한테라도 도움을 청하지 혼자서 얼마나 무서웠을까. 우린 그것도 모르고 두 사람 애인 사이라고 수군거렸잖아. 그것만 생각하면 진짜 너무 미안해.”

“어쩐지 그동안 정해수만 방송국에 오면 사람이 하얗게 질려서 표정부터 딱 굳어지더라. 근데 요즘 신 감독 봐 봐. 회의 때 사장님 이름만 거론돼도 아주 얼굴에 꽃이 피잖아.”

다들 공감하는지 여기저기서 하하 호호 웃음이 터졌다.

“맞아. 본인은 되게 아닌 척하는데, 우린 그게 다 보이잖아. 가만 보면 신 감독 되게 귀엽다니까.”

일할 땐 완벽주의 성향 때문에 주변 사람들을 좀 몰아붙이긴 해도, 동료들은 알고 있었다.

그녀가 얼마나 이 일을 좋아하고 열심히 하는지.

그리고 동료들이 어렵고 힘들 때 제일 먼저 달려와 일을 해결해 주는 사람도 그녀라는 것을.

그러니 그녀가 왕따다 뭐다 뒷말이 많아도 주변엔 항상 동료들이 있었다.

굳이 그녀에게 욕먹을 거 알면서도 기획안 들고 찾아가는 이유가 뭐겠는가. 그녀가 수정하라는 대로 수정하면 대박이 나니까. 그렇게 그녀 덕을 본 동료들이 방송국에 8할이 넘었다.

새봄을 향한 낯간지러운 칭찬과 따뜻한 디스가 계속되던 그때.

"본부장님, 그럼 우리 내일부턴 어떻게 해야 합니까? 계속 모른 척해야겠죠?"

"글쎄다. 본인 입으로 다 까발렸으니까 뭐 본인이 책임을 지겠지? 내일이 아주 기대되는걸?"

술에 취해 뻗은 새봄을 짓궂은 표정으로 바라보던 남기가 웃음을 터뜨렸다.

"아오. 귀여운 것들. 하여튼 삽질 하나는 최고라니까."

오예. 평생 놀릴 거리 득템!

남기가 아주 신이 난 얼굴로 핸드폰을 꺼내 전화를 걸었다.

곧 상대방이 전화를 받았고, 남기가 제 허벅지를 때리며 웃음을 겨우 참고 말했다.

"사장님, 큰일 났습니다! 네 애인 지금 사고 쳤거든요."

* * *

"으…… 머리야."

새봄이 머리를 부여잡으며 잠에서 깨어났다.

비틀거리며 침대에서 내려온 그녀는 밖으로 나가려다 말고 제자리에 멈춰 섰다. 거울 속 제 모습을 발견한 것이다. 머리는 산발에 립스틱은 다 번져 있고, 몰골이 아주 가관이었다.

"어떡해. 나 세수도 안 하고 잤나 봐. 윽! 다리는 왜 이렇게 아픈 거야? 허리는 왜? 아이고……."

앓는 소리를 하며 거실로 나가던 새봄은 한 걸음 또 한 걸음 나아갈 때마다 기억의 파편들이 모이는 걸 느꼈다.

"······!"

그렇게 그녀는 어제 있었던, 제가 회식 자리에서 벌인 만행들을 떠올리고 말았다.

"아악! 미쳤어. 미쳤어! 나 어뜩해······."

새봄은 너무 경악스러웠다.

그 많은 사람들 앞에서 술주정이라니. 게다가 오빠한테 전화까지 걸어서 사랑한다고 했던가. 그걸 사람들이 다 봤고.

"아니야. 이건 꿈이야······."

"꿈 아니야."

주방에서 들리는 소리에 새봄이 고개를 돌렸다. 석경이 어서 오라고 손짓하고 있었다.

"앉아. 해장하고 출근해야지."

"출근? 나 진짜 오늘은 출근 안 하고 싶어요. 나 어떡해 정말. 으, 쪽팔려······."

새봄이 잔뜩 울상을 지으며 식탁으로 가서 앉았다.

곧 식탁 위에 콩나물국과 밥 그리고 반찬이 차례대로 놓였다. 밥상을 다 차리자마자 맞은편에 석경이 털썩 앉았다.

그는 무슨 일에선지 지친 기색이 역력했다. 항상 혈색이 좋고 건강해 보이던 그의 얼굴이 퀭했다. 피곤해 보이는 석경의 눈치를 살피던 새봄은 코끝에 스며드는 얼큰한 콩나물국 냄새에 일단 해장부터 하기로 마음먹었다.

그렇게 허겁지겁 콩나물국 한 그릇을 다 비우고 나니, 새봄은 이제야 살 것 같았다. 숙취가 단번에 해소되는 느낌이었다. 하지만 안 좋은 점이 있었다. 어제의 기억들이 더 또렷해지고 있다는 거였다.

"으으으!"

새봄이 수치심에 몸서리를 쳤다. 그러다 석경과 두 눈이 딱 마주치고 말았다.

그는 멍한 얼굴로 그녀를 바라보고 있었다.

"오빠!"

"어? 왜?"

"혹시 내가 어제 오빠한테도 무슨 실수 했어요?"

새봄이 조심스럽게 물었다. 그러자 석경의 표정이 심각해졌다.

"너 어제 일 기억 안 나?"

"회식 자리에서 있었던 일은 기억이 났고요. 그다음은…… 안 나요. 필름 끊겼나 봐."

새봄의 말에 석경은 한숨을 길게 내쉬었다.

"하아……."

"무섭게 왜 그래요? 근데 나 집엔 어떻게 온 거예요?"

"내가 업고 왔지. 넌 무슨 술을 그렇게 많이 마셨어? 그리고 술 취해서 그렇게 아무 데나 누워서 자면 어떡하냐! 남기가 같이 있었기 망정이지. 너 앞으로 회식 금지야."

석경이 엄한 얼굴로 말하자 새봄이 시무룩해졌다.

"오빠가 금지 안 해도 이제 내가 안 가요. 아니, 못 가는 거지…… 나 어제 사고 쳤다구요. 내가 사람들한테 다 말해 버렸어요."

"알아. 남기한테 들었어. 그건 잘했어."

"잘했다고요? 아니야. 진짜 미안해요. 나랑 사귀는 거 알면 다들 오빠도 안 좋게 볼 텐데……."

"그런 사람 하나도 없다더라. 오히려 너 연애한다니까 다들 응원하는 분위기라던데? 신새봄 왕따인 줄 알았더니 아니었나 봐?"

"아닌데. 난 왕따 맞을걸요? 다들 나 싫어하거든요."

"네가 사람들을 왕따시킨 거겠지. 아무튼 남기 얘기 들어 보니까 신 감독 회사 생활은 걱정 안 해도 되겠더라. 잘하고 있어. 앞으로도 계속 그렇게 하면 돼."

"근데 오빠 왜 기운이 없어요?"

"너 진짜 어제 일 하나도 기억 안 나? 집에서 네가 무슨 짓을 했는지."

"왜, 왜요? 내가 뭐 했는데?"

"드레스 룸 가 봐."

석경이 힘이 다 빠진 목소리로 말했다. 새봄은 불안한 얼굴로 일어나 드레스 룸으로 향했다.

"세상에……."

새봄은 경악했다. 드레스 룸이 엉망이었다. 바닥엔 난도질된 천 쪼가리가 사방에 뿌려져 있었다.

"이거 다 누가 그런 거예요? 집에 도둑 들었었어요? 이게 다 뭐지? 뭘 이렇게 죄다 잘라 놨어?"

새봄이 바닥에서 천 쪼가리를 주워 들어 보다가 동공 지진을 일으켰다. 그때 그녀 옆으로 석경이 다가왔다.

"기억났지?"

"아뇨. 이게 뭐지? 대체 뭘까? 하하."

새봄의 어색한 연기를 보며 석경이 피식 웃었다.

"뭐긴 뭐야. 넥타이지. 어제 네가 가위로 다 잘랐잖아. 서채희가 만진 거라고."

"내가요? 아이고, 내가 미치지 않고서야 오빠 넥타이를 왜……."

"새봄아."

"미안해요!"

새봄이 두 손을 싹싹 빌며 입을 삐죽 내밀었다.

"어젠 내가 진짜 미쳤었나 봐요."

"미친 게 아니라 되게 솔직했지. 난 네가 그렇게 질투가 많은 여잔지 몰랐네. 와. 질투 두 번 했다간 아주 날 갈아 마시겠더라. 어제 진짜, 와……."

석경이 계속 감탄사만 내뱉었다. 그리고 어제 일을 떠올리는 모양인지 갑자기 실실 웃더니 귀가 빨개졌다.

"신새봄 너 어제 나한테…… 와……."

"또 왜요? 내가 뭐 어쨌는데?"

"너 나한테 엄청 했어. 되게 거칠게."

"네?"

"내 셔츠 막 다 찢어 버리고, 단추 다 날아가고…… 내가 침대에서 하자니까 굳이 소파에서 내 옷 다 벗기고 막 올라타더니……."

"으악! 그만, 그만. 그만 말해."

"왜? 너도 알아야지. 네가 나한테 어떻게 했는지. 나 너 때문에 밤새 한숨도 못 잤다고. 오죽하면 내가 너 화장도 못 지워 줬어. 팔에 힘이 없어서. 넌 괜찮아? 어제 엄청 무리하던데."

"나도 죽겠어요. 허리도 아프고."

"당연히 아프겠지. 위에서 그렇게 막……."

"에잇. 흉내 내지 마요!"

"좋아서 그래. 암튼 너 어제 진짜 끝내줬어. 우리 앞으로도 그렇게 하자. 네가 리드하는 걸로. 난 네가 시키는 대로 뭐든 다 할게. 말 나온 김에 한 번 더 해 볼까?"

"힘없다면서요."

"그 힘은 언제나 남아 있지. 이리 와 봐."

새봄이 슬그머니 도망가려다가 그에게 딱 잡히고 말았다.

"꺅!"

뒤에서 새봄의 허리를 꽉 껴안은 석경이 그녀의 귀에 입을 맞추며 속삭였다.

"어제 제대로 확인했어. 네가 날 얼마나 사랑하는지."

"그걸 이제 확인했어요? 그동안 몰랐나? 대체 어떻게 모를 수가 있지?"

고개를 들어 서운한 얼굴로 석경을 바라보던 새봄이 예쁘게 눈을 흘겼다. 그러자 석경이 새봄의 몸을 돌려 저를 보게 하더니 품에 꽉 끌어안았다. 그리고 그녀의 머리를 쓰다듬어 주며 나지막한 목소리로 말했다.

"솔직히 말해서 난 너 권태기 온 줄 알았어. 하도 수상한 게 많아서. 근데 이제 다른 거 신경 안 쓰려고. 네가 주말마다 대체 어딜 가는지, 나 몰래 민지훈은 왜 만났는지, 궁금한 거 투성인데, 그냥 너 믿으려고. 그러니까 새봄아…… 다리 좀 들어 봐."

"앗, 또 급하게…… 오빠, 천천히."

"……사랑해."

"나도, 사랑해요. 그리고…… 믿어 줘서 고마워요."

"너도 나 믿지?"

"그럼요."

"그럼 이제 방송국 사람들도 다 알았으니까 결혼 준비 시작할게."

"네? 잠깐!"

"왜?"

새봄이 석경의 목을 끌어안더니 그를 올려다봤다.

"기다려 주기로 했잖아요."

"언제까지?"

"2주! 딱 2주만. 내가 누구랑 약속한 게 있어서 그래요."

"누구랑 무슨 약속을 했는데?"

"그것도 2주 후에 얘기해 줄게요. 그리고 내가 오빠한테 뭘 좀 해 주고 싶은 것도 있고……."

"그냥 결혼을 빨리해 줘. 결혼해 달라고."

석경이 떼를 쓰듯이 말했다. 하지만 새봄은 단호한 얼굴로 석경의 입을 검지로 막았다. 그리고 천천히 그의 몸에서 떨어져 나왔다.

"뭐, 뭐야? 너 지금 뭐 하는 거야?"

새봄의 검지가 석경의 입술에서부터 턱 그리고 목울대와 가슴을 지나 점점 더 밑으로 내려갔다. 일순 석경의 얼굴이 화르륵 달아올랐다.

"너, 너 내가 이런다고 그냥 넘어갈 줄…… 아, 하아……."

"딱 2주만 기다려 줘요."

"아!…… 알았어."

석경은 제 아래에 앉은 새봄의 머리를 쓰다듬으며 신음을 내고 말았다. 그는 속으로 생각했다.

오늘도 그녀에게 졌다.

* * *

호텔 일식당.

최고급 식자재로 만든 음식들이 한 상 가득 차려진 테이블.

이 맛있는 음식들을 앞에 두고도 석경은 젓가락만 깨작거릴 뿐, 통 먹지를 못하고 있었다.

"대체 나한테 뭘 해 준다는 걸까? 약속은 또 뭐고. 누구랑 뭔 약속을 했다는 거야?"

석경은 새봄이 2주 전에 제게 했던 말의 의미를 곱씹어 보는 중이었다.

"그냥 한 번 더 밀어붙일까? 그래. 그러자."

"야야, 그러다 새봄이 도망가. 제발 좀 기다리라면 기다려."

맞은편에서 허겁지겁 밥을 먹던 남기가 숟가락을 내려놓더니 질린다는 표정으로 석경을 쳐다봤다.

"넌 성격이 너무 급해. 제발 가만히 밥이나 먹어."

"너나 많이 먹어."

"먹고 있거든? 근데 이거 점심치고 너무 과한 거 아니냐? 네가 쏘는 거 맞지?"

"그럼 네가 쏠래?"

"잘 먹을게. 근데 새봄이는 왜 안 불렀어?"

"오전 일찍 수희한테 갔어. 캐스팅 문제로 상의할 거 있다고."

석경은 한숨이 절로 나왔다.

"최남기. 김숙희 좀 서울로 데려와. 이게 뭐야. 새봄이가 맨날 주말마다 거기 시골 가느라 나랑 데이트도 제대로 못 하잖아."

"주말마다 간다고?"

"그래. 저번 주에도 갔어. 심지어 외박까지 했다니까."

"저번 주? 아니야. 저번 주말엔 내가 수희랑⋯⋯."

"수희랑 뭐?"

"어? 아⋯⋯ 아니다. 내가 날짜를 착각했네."

"야. 너 똑바로 말해. 진짜 착각한 거 맞아?"

"와. 이거 진짜 맛있다. 너도 이거 전복 좀 먹어 봐."

남기가 식은땀을 삐질 흘리며 전복구이 하나를 젓가락으로 집어 석경의 접시에 내려놓았다. 무척 수상한 남기의 행동에 석경은 고개를 마구 흔들며 현실을 부정했다.

"아니야. 절대 아니야. 새봄이가 나한테 거짓말하고 주말에 외박할 애가 아니야."

남기는 석경의 시선을 피하며 열심히 음식을 먹었다. 먹으면서 생각했다. 이 위기를 어떻게 벗어날 것인가.

"아, 맞다. 내가 어제 꿈을 꿨는데, 너 들어 볼래?"

남기가 자연스럽게 말을 돌렸다. 하지만 석경은 전혀 관심을 보이지 않았다. 지금 그의 머릿속엔 새봄이가 주말에 진짜 수희를 만났을까에 대한 의문만 가득할 뿐.

"내 꿈에 새봄이도 나왔어."

"무슨 꿈인데?"

이제야 석경이 관심을 보였다. 그런데 남기의 표정이 그다지 좋지 않았다.

"사실 꿈이 좀 안 좋은 것 같아."

"왜? 뭔데?"

"아니 글쎄 말이야. 내가 호랑이한테 막 쫓기고 있었거든? 근데 마침 딱 김숙희네 그 시골집 있잖아. 거기로 호랑이가 쑥 들어가더라고."

"뭐?"

"근데 거기 누가 있었는지 알아?"

"새봄이?"

"어. 새봄이랑 숙희도 있었어. 근데 그 무섭게 생긴 호랑이가 숙희랑 새봄이 앞에서 막 꼬리를 흔들고 강아지처럼 아양을 떠는 거야."

"그게 무슨 꿈이냐?"

"몰라."

남기가 영문을 모르겠다는 얼굴로 어깨를 으쓱하고 있었는데.

"그거 태몽 아니에요?"

옆 테이블에서 열심히 회를 집어 먹고 있던 평소가 말했다.

"아, 너도 있었구나."

뒤늦게 평소의 존재를 깨달은 석경이 한마디 했다. 그러자 평소가 그를 째려봤다.

"사장님, 오늘 제 생일이거든요? 제가 저녁 사 달라니까 집에 가서 신 감독이랑 먹는다고 점심이나 먹자면서 데려와 놓고, 둘이서만 얘기하고 섭섭합니다."

"미안하다. 많이 먹어."

"먹고 있구요. 암튼 그거 태몽이에요 태몽. 호랑이면 아들이네. 근데 호랑이가 정확히 누구한테 간 거예요? 신 감독? 김 작가님? 아니다. 김 작가님은 애인 없으시니까 아니겠……."

"김수희도 애인 있어."

평소의 말을 석경이 잘라먹었다. 그 소리를 들은 남기가 하늘이 무너진 것 같은 얼굴로 되물었다.

"수희한테 애인…… 남자가 있다고? 누가 그래?"

"본인이 그러던데? 남자 있으니까 빨리 부케 달라고. 암튼 넌 꿈 얘기나 계속해 봐. 호랑이가 대체 누구한테 갔는데?"

석경은 괜히 긴장되는 듯한 얼굴로 남기를 쳐다봤다.

사실 속으론 은근 이 태몽의 주인이 저와 새봄이기를 바랐다. 그 핑계로 결혼을 서두를 수 있을 테니까.

한편 수희한테 남자가 있다는 소식에 잠시 넋이 나가 있던 남기가 천천히 입을 열었다.

"호랑이가 누구한테 갔냐면……."

* * *

"우웩!"

수희가 헛구역질을 했다. 옆에서 닭발을 뜯던 새봄이 그녀를 걱정스레 쳐다봤다.

"작가님, 어디 편찮으세요? 그 좋아하던 닭발도 못 드시고."

수희가 명치를 어루만지며 괴로워했다.

"으, 그러게…… 나 왜 이러지? 속이 너무 안 좋네."

"어떡해. 그럼 이거 치울까요?"

"아니야. 아니야. 신 감독은 마저 먹어. 난 따뜻한 차 좀 마셔야겠다."

수희가 주방으로 가서 차를 내리는 동안 새봄은 닭발을 옆으로 치웠다.

"왜? 마저 먹지."

"배불러서요. 저도 차 마실래요."

그렇게 두 사람은 테이블에 마주 보고 앉아 차를 마시며 얘기를 나눴다.

"요새 너무 무리하신 거 아니에요?"

"그런가 봐. 요즘 계속 속이 메슥거리고 안 좋더라고. 그래도 2회만 더 쓰면 된다. 그거 생각하면서 좀만 더 버텨야지. 나 처음이잖아. 촬영 전에 완고하는 거. 너무 설레. 진짜 개설레!"

언제 아팠냐는 듯 수희는 날아갈 듯 기분 좋은 미소를 지었다. 그녀를 따라 새봄도 환하게 웃었다.

"저도 처음이에요. 촬영 전에 완고 대본 받는 거. 작가님, 정말 수고 많으셨어요. 조금만 더 고생해주세요. 고생하신 만큼 제가 진짜 완벽하게 준비해서 촬영 들어갈게요."

"그래. 땡큐. 그럼 캐스팅은 거의 다 끝난 거지? 근데 신 감독 진짜 괜찮겠어?"

"뭘요?"

"서채희 말이야. 원래 캐스팅 반대했었잖아. 갑자기 마음 바뀐 이유가 뭐야?"

"서채희 씨 열정이 정말 대단하더라고요. 저 솔직히 지금까지 서채희 씨만큼 열정을 가지고 열심히 노력하는 배우는 본 적 없어요. 그래서 마음 바꿨어요."

새봄은 서채희가 배역을 위해 단발로 머리를 자르고 10kg이나 증량하고 나타났을 때 사실 너무 부끄러웠다. 질투에 눈이 멀어 공과 사를 구분하지 못하고 있던 자신이 한심하기까지 했다.

'감독님, 저 정말 절실해요. 부탁드립니다.'

정중하게 허리까지 숙여 부탁하는 그녀에게 새봄은 미안하다고 사과했다. 그리고 계속 도전해 줘서 고맙다고 말하며 그 자리에서 캐스팅을 약속했다.

"서채희 씨한테 되게 미안하더라구요."

"에이, 너무 미안해하지 마. 신 감독이 잘한 거야. 서채희 원래 그렇게 막 열정적인 타입은 아니래. 근데 그 승부욕을 신 감독이 건드린 거지. 중간 역할을 잘한 거야. 뺏었다가 줬다가. 배우랑 감독도 밀당이 필요하다니까? 암튼 그건 그거고, 자, 이제 신 감독 얘기해 봐."

"무슨 얘기요?"

"우석경이 결혼하자고 두 번이나 했는데 깠다며."

"깐 게 아니라…… 작가님, 저 진짜 너무 속상해요."

"왜?"

"오빠는 다 좋은데 성격이 너무 급하고 막, 하아……."

새봄이 말을 하다 말고 한숨을 크게 내쉬었다. 아침마다 결혼 언제 할 거냐고 닦달하는 석경이 떠오른 것이다.

"아주 맨날 결혼해 주긴 할 거냐고 사람을 들들 볶는다니까요. 누가 안 한다고 했나구요. 좀 기다려 달라니까……."

"에이, 그건 신 감독이 잘못한 거지. 이유도 말 안 해 주고 계속 기다리라고만 하니까 사람 환장하지. 더구나 우석경이잖아. 성질 더러운. 그래도 신 감독이니까 아무 말도 못 하고 참고 있는 거지. 남기 말로는 엄청 불안해한다던데?"

"사실 오늘 할 거예요. 오늘이 디데이거든요."

"아, 그래? 근데 무슨 디데이?"

새봄이 발그레해진 얼굴을 손으로 가리며 대답했다.

"오늘 오빠한테 프러포즈할 거예요."

새봄의 말을 들은 수희는 놀란 눈으로 되물었다.

"프러포즈? 오늘? 갑자기?"

"갑자기 아니에요. 사실 오래전부터 준비하고 있었거든요."

"어떤 걸?"

"비밀이에요."

새봄이 수줍게 웃었다. 수희는 너무 궁금했지만 더 이상 묻지 않기로 했다. 새봄이 석경에게 제일 먼저 그 비밀을 털어놓고 싶어 하는 것 같았기 때문이다.

"뭔진 몰라도 잘해 봐. 근데 이제 알겠다. 우석경이 그동안 왜 그렇게 신 감독 수상하다고 난리 쳤는지. 프러포즈 준비 때문에 바빴구나?"

"네. 저 하마터면 오빠한테 차일 뻔했어요."

"나도 그 얘기 들었어. 학교 선배랑 바람났었다며?"

"에휴."

새봄이 한숨을 크게 내쉬었다.

"오빠 진짜 아무것도 몰라요. 솔직히 제가 다른 남자가 눈에 들어오겠어요? 오빠 말고는 다 오징어로 보이는데. 오빠 왜 본인이 잘났다는 걸 모르지?"

"뭐?"

"농담이에요. 암튼 저 이제 그 선배랑 방송국 복도에서 마주쳐도 인사도 못 해요. 오빠가 어디에서 지켜보고 있을까 봐. 선배랑 눈도 마주치지 말래요."

"그 정도야? 집착 장난 아니네? 근데 신 감독도 만만치 않다던데?"

"제가 뭘요?"

새봄이 영문을 모르겠다는 얼굴로 되묻자 수희가 짓궂은 얼굴로 대답했다.

"넥타이."

"……!"

"서채희가 만졌던 넥타이 가위로 다 잘라 버렸다던데?"

"그거 어떻게 알았어요? 오빠가 말했어요? 우씨. 아무한테도 얘기 안 한다고 했는데……."

"우리가 또 아무나는 아니잖아. 난 최남기한테 들었지. 남기 말로는 우석경 걔 아주 신나 하더래. 신 감독이 질투해 주니까 좋았나 봐. 남기한테 엄청 비싼 술도 사 줬대. 질투받은 기념으로."

못 살아 정말. 새봄이 결국 웃음을 터뜨리고 말았다.

"얼씨구. 석경이 생각만 해도 기분이 좋으신가 봐요?"

"아, 진짜…… 네. 좋아요."

새봄의 얼굴에서 미소가 떠나질 않았다. 그런 새봄을 흐뭇하게 바라보던 수희의 표정이 서서히 진지해졌다.

"근데 이런 거 물어봐도 되려나?"

"뭔데요?"

"두 사람 결혼하는 거 말이야…… 회장님은 아셔? 석경이 할아버지."

"아……."

"혹시 만났어?"

"네."

새봄이 조금 경직된 얼굴로 고개를 끄덕였다. 수희는 그녀의

표정만 보고도 대충 어떤 일들이 있었는지 어느 정도 예상이
갔다.

"나도 건너 건너 들은 얘긴데…… 회장님 꽤 무섭다던데. 신
감독은 괜찮았어?"

"……."

갑자기 새봄의 말수가 적어졌다. 수희가 걱정스러운 얼굴로
새봄을 흘끔 보더니 넌지시 물었다.

"석경이는 모르지?"

"네. 알아서 좋을 것도 없고……."

"회장님은 언제 만났는데? 최근이야?"

"오빠한테 프러포즈 받기 바로 전날이었던 것 같아요."

새봄이 애써 웃으며 말했다.

"타이밍 진짜 기가 막히죠?"

"그럼 결혼 미루자고 한 이유가……."

대충 뭔지 알 것 같다는 표정으로 수희가 새봄을 애잔하게 바
라봤다.

"아니에요. 그런 눈으로 안 보셔도 돼요. 아무래도 제가 이긴
것 같거든요."

"응? 그게 무슨 말이야?"

"사실 할아버님이랑 내기 비슷한 걸 했어요."

"무슨 내기?"

새봄은 잠시 생각에 잠겼다. 그리고 김 회장과 만났던 그 날을
떠올리며 천천히 입을 열었다.

　　　　　　　* * *

　남기는 급한 볼일이 생겼다며 식사를 하던 도중 먼저 일어나
회사로 갔고, 석경은 평소가 식사를 다 마칠 때까지 기다렸다가
같이 자리에서 일어났다.

　"사장님, 잘 먹었습니다."

　계산을 끝마친 석경에게 평소가 예의 바르게 인사했다. 비싼
밥이 들어가니까 절로 존경심이 생겨난 거다.

　"생일 축하한다. 꼭 오래 살아라."

　석경은 평소의 어깨를 두드리며 덕담을 건넸다. 하지만 평소
는 왠지 그게 덕담처럼 들리지 않았다.

　"저 비서로 계속 부려 먹고 싶어서 그러는 거죠? 그래서 오래
살라고 한 거죠?"

　"당연한 걸 왜 묻냐?"

　"진짜 너무하시네. 그나저나 점심으로 생일 선물 퉁 치시는
겁니까? 뭐 없어요? 금일봉이라든지."

　"그딴 거 없고. 대신 조기 퇴근을 허락할게."

　"네? 퇴근이요? 그럼 지금 당장 집에 가도 돼요?"

　"어. 가도 돼. 나도 여기서 바로 퇴근해야 할 것 같거든."

　석경이 턱 끝으로 앞을 가리키며 말했다. 평소가 의아한 얼굴로
석경이 가리킨 곳으로 시선을 옮겼다. 그곳엔 다름 아닌 김성화
회장이 있었다. 그의 주변엔 정장을 차려입은 회사 중역들이 줄지
어 있었다.

김 회장을 발견하자마자 평소는 저도 모르게 90도로 허리를 숙여 인사했다. 그러곤 석경을 향해 작게 속삭였다.

"그럼 저 먼저 가 봐도 될까요?"

"가."

석경도 작게 속삭이듯 얘기하며 가라고 손짓했다. 그러자 평소가 도망치듯 일식당을 빠져나갔다.

그사이 김 회장은 사람들을 물리치고 석경에게로 다가왔다.

"이 녀석아, 넌 꼭 이 할애비가 먼저 와서 인사를 해야겠어?"

"제가 가려고 했는데 성질 급하게 먼저 온 건 할아버지거든요? 그동안 잘 지내셨죠?"

"입만 살아선! 쯧쯧. 얼른 따라와."

"또 무슨 잔소리를 하려고요? 아, 진짜."

석경이 구시렁거리며 김 회장의 뒤를 따라 룸으로 들어갔다. 곧 직원이 따뜻한 차를 내왔고, 석경은 차를 마시며 주변을 두리번거렸다.

"성 비서 아저씨가 안 보이네요?"

"막내 녀석이 이번에 로스쿨 입학해서 지도 교수 좀 만난다고 일찍 갔어."

"막내도 법조인 시킨대요? 아저씨도 가만 보면 명예욕이 엄청나셔. 성 검사 걔는 출세욕이 장난 아니더라고요. 목표가 뭐 법무부 장관이랬나?"

"세상에 너무 맘에 드네. 성 검사가 딱 내가 원하는 손주며느릿감인데."

또 시작됐다. 석경이 들은 척도 하지 않고 차를 마셨다. 하지만 김 회장은 끈질기게 물었다.

"넌 진짜 성 검사는 별로더냐?"

"할아버지, 약속하셨잖아요. 나 사장 취임하는 대신 결혼은 내 맘대로 한다고."

"그랬지. 그래서 가만히 있는 게잖아. 안 그랬음 진즉에 성 검사 손주며느리 삼았지."

"또 말도 안 되는 소릴 하시네. 이제 그만 포기하세요. 할아버지 손주며느리 진즉에 정해졌으니까."

한마디도 지지 않고 말대꾸하는 석경 때문에 김 회장은 골이 다 흔들렸다.

"내가 진짜 궁금해서 묻는 거니까 바른대로 말해."

"뭘요?"

"넌 그 애가 대체 어디가 그렇게 좋은 게냐? 평범하게 생겼던데. 인물은 성 검사가 훨씬……."

"새봄이 만났어요?"

석경의 싸늘한 눈빛에 김 회장이 말실수를 인정하고 얼른 입을 다물었다.

"할아버지."

"뭐, 뭐! 그래 만났다 어쩔래."

"언제요? 아, 일단 새봄이 평범하게 안 생겼고요. 성 검사랑 비교도 안 되게 예쁘고요. 나중에 돋보기 쓰고 다시 보셔야 할 것 같고요. 언제 만났어요?"

석경이 재차 물었다. 그러자 '언제 만났더라⋯⋯.' 하며 곰곰 생각에 잠겨 있던 김 회장이 시치미를 뚝 뗐다.

"몰라."

"얼마 안 됐네. 혹시 새봄이 만나서 뭐라고 했어요?"

"했지. 너 사장 취임한 지 얼마 안 됐으니까 괜한 추문에 휘말리게 하지 말라고."

"아오!"

석경이 미치기 일보 직전인 얼굴로 자리를 박차고 일어났다. 그 바람에 약간 움찔했던 김 회장이 애써 체통을 지키며 말했다.

"앉아."

"싫어요! 내가 이럴 줄 알았어. 어쩐지 결혼하자고 해도 애가 계속 대답을 미루더라. 하아⋯⋯ 내가 왜 노인네 생각을 못 했지? 미치겠네, 진짜."

"노, 노인네? 이 녀석이!"

김 회장이 호통을 쳤다. 하지만 석경의 귀엔 들리지 않았다.

새봄이 혼자 상처받고 얼마나 힘들었을까? 그 생각만 하면 가슴이 찢어질 것 같았다.

"왜, 왜 그래? 우석경! 너 왜 그러냐니까?"

갑자기 석경이 다 죽어 가는 얼굴로 고개를 푹 숙이고 있자, 김 회장이 흘끔 눈치를 보며 물었다.

"그 애가 결혼 안 하겠대?"

"할아버지."

"오냐."

"나 진짜 새봄이가 나랑 결혼 안 해 주면, 사장이고 뭐고 나 안 해. 나 아무것도 안 할 거야. 후계자? 다 필요 없어."

"뭐? 이 망할 놈이! 넌 어째 갈수록 점점 더 어린애처럼 구는 게야! 그 새봄이 그 애는 참 어른스럽고, 침착하고, 예의도 바르고, 말도 예쁘게 하고, 밥도 잘 먹더니만."

"그러니까 좋아하는 거잖아요. 내가 걔 진짜 많이 좋아한다고요."

"그래? 흠흠."

괜히 할 말이 없어진 김 회장이 헛기침을 하며 말을 돌렸다.

"근데 새봄이 걔 좀 이상해. 내가 너랑 헤어지라니까 뭐라는 줄 아냐?"

"뭐랬는데요?"

김 회장이 그날을 떠올리며 말했다.

"밥 먹으면서 생각해 본다더라. 그러더니만 한정식 코스로 접시가 백여 개쯤 나왔는데 그걸 다 비웠어. 쪼그마한 게 세상에, 내 앞에서 그렇게 많이 먹는 앤 또 처음이네. 참나."

"그 와중에 밥을 먹었다고요?"

그래, 먹을 수 있지. 새봄이는 밥을 좋아하니까.

하지만 할아버지에게 새봄과 있었던 일들을 전해 들으면 들을 수록 예상치 못한 전개에 석경은 조금 멋쩍었다.

"걘 내가 무섭지도 않나 봐. 밥을 어찌나 맛있게 먹던지."

머리카락에 밥풀떼기가 붙은 줄도 모르고 열심히 밥을 먹던 새봄이 떠올라 김 회장은 헛웃음을 지었다.

'새봄 양, 밥 다 먹었으면 이제 대답해야지. 우리 석경이랑은 언제 헤어질 겐가?'

'저는 석경 씨랑 헤어질 생각 없습니다. 왜냐하면 그 사람을 행복하게 해 줄 사람은 이 세상에 저 하나밖에 없거든요.'

'허허. 그 자신감은 어디서 나오는 걸까? 이봐요, 새봄 양. 우리 석경이는 아픔이 많은 녀석이야. 그거 새봄 양이 절대 감당 못 해. 그리고 솔직히 말할게. 사실 내가 점찍어 둔 석경이 짝이 따로 있어. 어렸을 적부터 우리 집안 환경 다 알고 지낸 아이라서 내가 유일하게 믿는……'

'말씀 중에 죄송합니다. 저도 석경 씨에 대해 모르는 거 없어요. 우린 서로에 대해 아주 잘 알아요.'

'거참. 말이 안 통하는 아가씨구먼. 새봄 양, 우리 석경이에 대해 아주 잘 안다고? 그럼 그 녀석 배에 태울 수 있나?'

'네? 배요?'

'강이나 바다에 떠 있는 배 말이야. 만약 그 녀석을 배에 태운다면 내가 새봄 양 인정해 주지.'

김 회장은 녀석이 아무리 좋아하는 여자라도 절대 배에는 타지 못할 거라는 걸 알고 있었다.

왜냐면 과거 수연이라는 여자애도 하지 못했던 일이니까.

그런데 웬일인지 그 애는 자신감 넘치는 얼굴로 그러겠노라 대답하더니 뒤이어 나온 후식까지 싹 다 먹어 치우고 밝게 웃으며 인사하고 떠났다.

'그나저나 난 왜 자꾸 그 애 얼굴이 떠오르는 거야? 거참.

희한한 일일세.'

자꾸만 복스럽게 밥을 먹던 새봄의 모습이 떠오르자 김 회장은 이유 없는 웃음만 나왔다. 그러다 뒤늦게 정신을 차리곤 '아니야. 성 비서 딸아이가 석경이 녀석에게 딱 어울리는 신붓감이야. 그만한 아이가 없어.'라며 자기 암시를 걸었다.

애써 새봄의 얼굴을 지워 낸 김 회장이 굳게 마음을 먹고 고개를 들었는데.

"여보세요? 어. 나 방금 점심 먹고 이제 회사 들어가려고."

아까까지만 해도 제게 버럭버럭 대들며 날뛰던 녀석이 나긋한 목소리로 전화를 받고 있었다.

김 회장이 떨떠름한 표정으로 녀석을 올려다봤다.

"오늘 저녁에 데이트하자고? 너무 좋지. 몇 시에? 내가 데리러 갈까? 아…… 알았어. 그럼 5시까지 선착장으로 가면 되는 거지? 어어. 그럼 우리 오늘 유람선 타는 거야? 나? 좋지. 그럼 이따 보자."

이게 무슨 소리야? 김 회장이 혹시 잘못 들은 건 아닌지 귀를 후비적거렸다.

"할아버지, 저 갈게요."

"이 녀석아! 얘기하다 말고 어디가?"

"더 들을 것도 없어요. 나 새봄이랑 결혼할 거니까. 그리고 나 빨리 가야 돼요. 이따 저녁에 데이트하려면 옷도 갈아입어야 하고 바빠요."

"잠깐!"

나가려는 석경을 향해 김 회장이 물었다.

"데이트 어디로 간다고? 선착장? 진짜 거기로 가는 게야? 유람선 그, 그걸 탄다고? 너 배 못 타잖아."

"내가 못 탈 게 뭐가 있어요. 새봄이가 하자면 해야지. 지금 누구 때문에 결혼도 못 하게 생겼는데. 아무튼 할아버지 때문에 나 결혼 못 하면 진짜 알아서 해요."

석경이 잔뜩 으름장을 놓더니 밖으로 뛰쳐나가 버렸다.

그렇게 멍한 얼굴로 룸 안에 홀로 남은 김 회장은 차를 한 모금 마시더니 흐뭇한 미소를 지었다.

"내가 졌어. 완벽하게 지고 말았어. 하하."

승부욕 강하기로 유명한 김 회장이 내기에서 지고도 이렇게 기분이 좋았던 적은 난생처음이었다.

* * *

차를 달려 한강에 도착한 석경은 차에서 내리자마자 주차장을 벗어나 선착장으로 황급히 향했다.

예년보다 빨리 찾아온 봄. 가로수엔 벚꽃이 만개해 지나가는 사람들마다 걸음을 멈춰 사진을 찍기 바빴지만, 석경은 지금 풍경 따위를 감상할 여유가 없었다.

그는 지금 새봄을 찾기 바빴다.

사실 어린 시절 부모님의 죽음과 6년 전 새봄에게 바람맞았던 기억까지, 이곳은 석경에게 썩 유쾌한 장소는 아니었다.

배는 쳐다도 보고 싶지 않았고, 물은 더더욱 싫었다. 하지만 새봄과 오래간만에 밖에서 하는 데이트라는 것에 생각을 집중하니 마음이 한결 편해졌다.

정말 그녀를 많이 좋아하긴 하나 보다. 그녀가 가자면 그곳이 어디든 지옥 끝이라고 해도 갈 자신이 있으니 말이다.

"오빠!"

석경이 선착장 근처에서 서성이며 새봄을 찾고 있었는데, 어디선가 그녀의 목소리가 들렸다. 하지만 어디에서도 그녀는 보이지 않았다.

"뒤에! 여기요!"

석경이 얼른 뒤로 돌았다. 그리고 강 쪽을 바라봤다. 한강을 가로질러 요트 한 대가 다가오고 있었다. 그 요트를 운전하는 사람은 다름 아닌 새봄이었다.

그녀가 해맑게 웃으며 손을 흔들고 있었다.

석경은 놀란 얼굴로 선착장 앞에 도착한 커다란 요트를, 이 큰 요트를 운전하고 온 새봄을 낯설게 쳐다봤다.

그러자 새봄이 손을 내밀었다.

"타요."

"어? 어……."

얼떨결에 그녀의 손을 잡고 요트에 올라탄 석경은 다시 새봄을 멍하니 쳐다봤다. 그러는 사이 새봄은 석경의 몸에 구명조끼를 입혔다.

"자, 이제 출발할게요."

"이, 이게 뭐야? 이 요트 뭐야? 아니, 너 뭐야?"

"나 신새봄이고, 이 요트는 내가 적금 깨서 샀어요. 나 이제 빈털터리예요. 또 열심히 일해서 돈 모아야 돼."

"돈이 문제가 아니라…… 이거 아무나 막 운전하면 안 되는데?"

"나 면허 있거든요? 저번 주말에 땄어요. 누구 때문에 몰래 배우느라 죽을 뻔했네. 어휴……."

새봄이 어리광을 부리며 한숨을 내쉬자, 잠시 멈췄던 석경의 사고 회로가 다시 돌기 시작했다.

"너 설마 그럼 그동안 요트 배우러 다녔던 거야?"

"그래요. 그동안 못 놀아 줘서 미안해요. 이게 꽤 어렵더라구요. 필기만 있는 게 아니라 실습도 해야 하고 엄청 복잡했어요. 다른 사람도 아니고 오빠 태우는 거니까 완벽하게 배우느라 고생 좀 했죠. 아, 민지훈 선배가 많이 도와줬어요. 선배가 학교 다닐 때 요트 동아리 회장이었거든요."

"야! 그럼 진작 얘길 하지. 난 너 괜히 오해했잖아. 왜 말을 안 했어?"

"오빠 감동하라고요. 어때요? 깜짝 놀랐죠?"

"어. 이건 진짜 상상도 못 했어."

정말 전혀 예상하지 못한 이벤트였다. 석경은 그저 웃음밖에 나오지 않았다. 그러다 뒤늦게 넘실거리는 물이, 옆을 지나가는 커다란 유람선이 눈에 들어오기 시작했다.

석경의 표정이 어두워지자 새봄이 그의 손을 꼭 잡아 주었다. 따뜻한 손길을 느낀 석경이 고개를 돌려 그녀를 바라봤다.

"나 괜찮아."

"응. 오빠 괜찮아요. 왜냐? 내가 옆에 있으니까. 오빠 물에 빠지면 내가 구해 줄게요. 수영이랑 인명 구조도 완벽하게 마스터했어요. 나 믿죠?"

"당연하지."

"그럼 출발할게요!"

새봄이 힘차게 외치며 요트를 능숙하게 조작했다. 그러자 한강의 물살을 가르며 요트가 빠르게 움직이기 시작했다.

그렇게 얼마나 달렸을까? 한강 한가운데에 요트를 세운 새봄이 어딘가를 가리켰다.

"오빠, 저기 좀 봐요."

새봄의 얼굴만 쳐다보고 있던 석경이 이제야 주변 풍경을 보게 됐다.

어느새 한강이 주황빛 노을로 물들어 있었다. 마치 한 폭의 그림 같은 풍경에 말을 잃을 정도였다.

석경은 다시 천천히 고개를 돌려 그녀를 바라봤다. 따뜻한 노을에 물든 새봄의 얼굴을 보니 마음이 평온해졌다. 석경이 새봄의 손을 잡으며 말했다.

"고마워."

"제가 더 고마워요. 안 탄다고 할 줄 알았는데."

"그럴 리가 없잖아."

"요트 배우다가 우연히 노을을 봤는데 너무 예쁜 거예요. 그래서 그때 생각했죠. 아, 이거다. 오빠한테 이렇게 아름다운 거 보여 주면서 프러포즈해야지."

"아름다운 거는 맨날 보고 있었는데?"

석경이 새봄을 빤히 쳐다봤다. 그러자 새봄의 얼굴이 노을보다 더 뜨겁게 붉어졌다.

"뭐야. 부끄럽게……"

몸을 배배 꼬던 새봄이 갑자기 아차 싶었는지 얼른 주머니에서 반지를 꺼냈다.

"손!"

그녀가 시키는 대로 석경이 바로 손을 내밀었다. 그러자 새봄이 석경의 커다란 손에 반지를 끼워 주며 말했다.

"우리 결혼해요. 내가 평생 행복하게 해 줄게요. 우리 그동안 아프고 슬펐던 기억들 앞으로 좋은 추억으로 덮으면서 그렇게 하루하루 즐겁게 살아 봐요. 같이."

"와…… 나 진짜 어떡하지."

갑자기 울컥했는지 석경이 손등으로 두 눈을 가리며 고개를 돌렸다.

전혀 예상하지 못했던 그의 반응에 새봄은 당황스러운 얼굴로 그를 바라봤다.

"서……설마 울어요?"

"아니. 내가 왜 울……어."

"어? 지금 목소리 막 떨리고, 눈가도 좀 빨간데?"

"노을 때문이야. 안 울어."

석경은 겨우 마음을 진정시킨 후 새봄을 와락 품에 안았다.

"드디어 결혼해 준다고 하네. 기다린 보람 있어. 새봄아……."

석경이 새봄을 품에서 떼어 낸 후 그녀의 말간 얼굴을 어루만지며 고백했다.

"나도 내 인생을 걸고 네 행복 지켜 줄 거야. 평생."

말을 다 마친 석경이 천천히 고개를 숙여 그녀에게 입을 맞추려는데.

"우웩!"

"……!"

새봄이 갑자기 고개를 돌려 헛구역질을 했다.

"앗. 미안해요! 으읍! 어? 나 왜 이러지? 멀미하나? 아닌데…… 한 번도 이런 적 없었는데…… 우욱!"

"어떡해. 괜찮아? 많이 안 좋아?"

석경이 놀란 얼굴로 새봄의 등을 어루만져 주다가 불현듯 점심을 먹으며 남기가 말했던 태몽이 떠올랐다.

"너 설마……."

"설마 뭐요?"

"남기가 꿈을 꿨는데, 호랑이가 수희한테 갔다가…… 그러니까 최종적으론 너한테 갔대. 그러니까 이 꿈의 주인공은 너인 거지. 아니, 우리인 거지."

"그게 무슨 소리예요? 갑자기 감독님 꿈은 왜……."

"호랑이 꿈은 태몽이래."

"에이, 아니에요. 우리 피임 다 했잖아요."

"그날 안 했는데……."

"언제요?"

"너 취한 날."

"안 했어요?"

"네가 하지 말라고 했어. 그래도 난 끼웠는데 네가 너무 거칠게 해서 벗겨지는 바람에……."

"진짜? 어떡하지?"

"어떡하긴 잘된 거지. 그럼 나 아빠 된 거야?"

"설레발치지 마요. 그냥 멀미일 수도……."

"이름은 뭐라고 지을까? 봄에 생겼으니까 아기 이름도 너처럼 봄이 들어가는 이름이면 좋겠다. 그치?"

"아니. 무슨 벌써 이름이야. 확실한 것도 아닌데…… 어? 해 다 들어갔다."

새봄이 아쉬운 눈빛으로 노을이 머물렀던 자리를 쳐다보고 있었는데.

팡! 펑펑! 펑!

갑자기 폭죽이 팡팡 터지기 시작했다. 그 규모가 가히 역대급이었다. 어둠이 내려앉기 시작한 하늘 위에 수놓아진 형형색색의 불꽃이 주변을 환하게 밝혔다.

"웬 불꽃 쇼? 우와. 엄청 예쁘다."

매스껍던 속도 잊게 할 만큼 아름다운 불꽃이었다. 새봄은 넋을 잃고 하늘을 올려다봤다.

"저건 내가 준비했어."

행복해하는 새봄을 보며 석경이 의기양양한 얼굴로 말했다.

서울에 있는 불꽃을 모조리 공수해서 쏘아 올린 보람이 있었다.

"너 유람선 위에서 불꽃놀이 보는 게 소원이었잖아. 나야말로 오늘 너한테 제대로 감동 좀 주려고 했는데……. 내가 졌다, 졌어. 요트를 운전하다니…… 진짜 생각도 못 했어. 이럴 줄 알았으면 네덜란드 불꽃놀이 장인이라도 모셔올 걸 그랬네."

"무슨 장인까지. 됐어요. 지금도 너무 예뻐. 그나저나 나 선상에서 불꽃놀이 처음인데 이렇게 눈을 높여 놓다니. 일부러 이러는 거죠?"

"어. 너 어디 못 가게 앞으로도 최고로 좋은 것만 보여 줄 거고, 평생 좋은 것만 줄 거야."

펑. 펑펑. 펑!

계속해서 터지는 폭죽 소리에 석경의 말을 제대로 듣지 못한 새봄이 다시 물었다.

"네? 뭐라고요?"

"사랑한다고!"

석경은 도저히 못 들을 수가 없을 만큼 크게 외쳤다. 그가 목에 핏대까지 세우며 사랑한다고 외치는 모습에 새봄은 웃음을 터뜨렸다.

애정 가득한 눈으로 서로를 바라보던 두 사람은 누가 먼저랄 것도 없이 키스를 했다. 그렇게 아름답고 화려한 불꽃 아래에서 두 사람은 부부가 되기로 약속했다.

오늘은 생애 최고로 행복한 봄날이었다.